신외숙 소설 창작집

무 인 텔

신외숙 소설 창작집

무 인 텔

도서출판 한글

무인텔

2023년 6월 20일 1판 1쇄 인쇄
2023년 6월 25일 1판 1쇄 발행

저   자 신외숙
발행자 심혁창
마케팅 정기영
디자인 박성덕
교   열 송재덕
인   쇄 김영배
펴낸곳 도서출판 한글

우편 04116
서울특별시 마포구 신촌로 270(아현동)
수창빌딩 903호

☎ 02-363-0301 / FAX 362-8635
E-mail : simsazang@daum.net
창   업 1980. 2. 20.
이전신고 제2018-000182

* 파본은 교환해 드립니다
* 정가 15,000원
*

ISBN 97889-7073-623-5-13810

목 차

무인텔

　언젠가 기차 여행을 하다가 우연히 무인텔이란 상호를 본 적이 있다.

　무인텔이라니? 그 상호가 너무 생소했다. 나중에야 알았다. 텔은 모텔을 의미하고 무인(無人)은 사람이 없다는 뜻으로 직원 없이 운영하는 모텔이라는 것을. 인건비를 줄이기 위해 최소의 인력도 없이 모든 걸 자동화 시스템으로 설계된 모텔이란 것이다.

　논밭 한가운데 자리한 무인텔은 보통 5-6층 건물로 외진 곳에 있었다. 상호 자체가 음험하고 약간 범죄적인 냄새가 났다. 호텔도 아니고 일반 숙박업소도 아닌 무인텔이라니? 궁금증에 스마트폰을 열었다. 와이파이를 켜고 인터넷 검색을 했다.

　무인텔 : 입실과 퇴실을 관리하는 직원이 없는 모텔. 이용자가 기계를 이용하여 직접 객실을 선택하고 대금을 지불한다. 하룻밤 이용료는 4-6만원 기본이고 대실료는 2-4만원 정도이다. 무인텔을 이용한 사람이 쓴 수기도 보였다.

　안내자가 없고 3층 건물에 객실마다 출입구가 따로 분리되어 있고 주차장은 스크린이 자동으로 내려온다. 계단을 이용해서 올라가면 객실 옆 무인 카운터가 설치돼 있다. 숙박, 대실, 외출이라는 버튼을 누르고 지폐를 투입하면 딸깍 객실 문이 열린다.

　객실로 들어서면 침대 옆에 리모컨이 있는데 기능은 두 가지다.

하나는 침대가 상하로 움직여 피스톤 운동기능을 해 성적 쾌감을 극대화하는 것이다.

또 한 가지 기능은 전신 마사지 효과를 내주는 것이다. 글자마다 불륜을 암시하는 내용이 내포돼 있는 것 같아 기분이 나빴다. 언젠가 무인텔에 관한 기사를 인터넷에서 본 적이 있다. 친모가 친딸을 무인텔에 버리고 도망쳤다는…….

그러고 보니 무인텔이란 단어에 범죄적인 냄새가 난다. 정상적인 부부라면 굳이 무인텔을 이용할까? 불륜의 남녀들이 가면을 쓰고 흔적을 남기지 않기 위해 몰래 다녀가는 순간 정착지. 세상은 범죄를 부추기는 양상이 점점 더 극대화 되고 있다.

이번 시나리오 제목은 무인텔로 하기로 했다.

여러 가지 복합적이고 함축적인 의미로 무인텔이 가장 적합하다는 결론을 내렸다. 무인텔을 두고 벌어지는 범죄 스릴러 드라마로 일단 설정을 하기로 하고 현장 답사 겸 관광지로 유명한 ○○○시(市)로 발걸음을 향했다. 이번에 쓰는 시나리오는 일종의 스릴러물로 긴박감과 흥미를 최대한 살릴 것이다.

일단 여행지를 정하고 나니 이상한 흥분과 열기가 느껴졌다. 낯섦에서 오는 호기심과 자유, 그리고 모종의 썸씽도 포함돼 있어 더 가슴이 설레었다. 이번 여행을 위해 나는 직장에 월차까지 냈다. 간단한 일용품을 배낭에 넣고 집을 나서자 어떤 기대감과 설렘이 나를 들뜨게 했다.

내가 탄 1호선 전동차가 청량리역에 닿자 승객들이 썰물 빠지듯 우르르 내렸다. 계단을 내려서니 출구 앞에 대형 거울이 보였다. 사람들이 대형 거울 속에 비친 자기 모습을 보며 묘한 표정으로 지나

갔다. 그중 비교적 젊고 잘생긴 남자가 여유로운 표정으로 나를 쳐다
보며 웃고 있었다.

지금부터는 가파른 계단이다. 숨차게 올라 밖으로 나오니 초여름
의 땡볕이 앞을 막아섰다. 역 광장에는 오늘도 많은 사람들이 각양
목적을 가지고 한 자리씩 차지하고 있었다. 한 이단 종파는 사진 책
자를 놓고 차렷 자세로 사람들의 시선을 유도하고 있었다. 이벤트 행
사도 펼쳐지고 있었다.

지방에서 온 특산품을 저가로 판매한다며 홍보물을 나누어 주는
사람들은 오늘이 마지막 세일이라며 상혼(商魂)을 내뿜었다. 가파른
계단을 에스컬레이터로 올라갔다. 3층 높이는 더 되는 것 같다. 역
사(驛舍)에 들어서자 에어컨 바람에 마음마저 시원해졌다.

대형 TV 앞에 사람들이 정신 줄을 놓고 몰입하고 있었다. 북한에
서 김정은이가 내려오기라도 한 것일까. 사람들은 넋 나간 표정으로
탄성을 지으며 환한 미소를 짓고 있었다. 그런 군중 심리에 떠밀렸을
까. 나도 모르게 발걸음이 영상 앞으로 향하고 있었다.

영상에서는 국내 최고 영화배우들이 붉은 카펫에 오르는 장면을
연신 비추고 있었다. 최고의 인기 절정을 누리는 섹시미를 풍기는 여
배우가 한발 한발 내딛을 때마다 아나운서의 멘트가 터졌다. 조각 같
은 몸매에 여유로운 표정은 시청자들에게 감동을 물결처럼 번지게
했다.

그들의 이름 석 자는 대한민국 국민이라면 모두 다 알 것이다. 그
들은 TV 화면에서 영화관에서 인생 드라마를 감동과 교훈으로 알게
한 장본인들이었다. 그래서 사람들은 그들을 국민배우라고 불렀다.
그들이 등장하는 동안 판타스틱한 장면이 계속 레이저로 쏘아대고

있었다.

　그건 각광 받는 꿈의 무대이자 찬사와 우아함이 곁들이는 환상의 도가니였다. 단상 좌석에는 역대의 최고의 명작을 남겼던 영화감독들이 근엄하고 우아한 표정으로 카메라의 플래시를 받고 있었다. 그들의 옷차림은 또 하나의 가십거리가 되어 인터넷 화면을 달굴 것이다. 또 선망의 대상이 되어 관객들 가슴마다 꿈의 메시지를 전할 것이다.

　사람들은 황홀한 표정으로 계속 화면을 주시하고 있었다. 20대로 보이는 여자는 두 손으로 입을 막은 채 계속 탄성을 내질렀다. 그때였다. 무대 정 중앙으로 체크무늬 슈트 정장을 한 남자배우가 나타났다. 사랑스러운 표정과 완벽한 몸매로 그는 시청자들을 향해 멘트를 던졌다.

　영화에 대한 상징적 의미와 자신의 어릴 적 꿈을 매치시킨 가장 절묘한 표현이었다. 그의 멘트 하나 하나가 시나리오 작가인 내 마음을 감동시켰다.

　「영화는 우리 사회의 현실과 이상 꿈 기쁨과 슬픔을 비취는 거울이자 거울을 통해 새로운 꿈을 꾸게 하는 힘이라 생각합니다. 영화제는 그 힘을 모으는 축제이고요. 영화는 소년에게 꿈을 주었고 배우가 되어 타인의 삶을 표현하는 행운을 주었습니다. 이제는 영화인으로서 우리의 더 나은 미래를 꿈꾸는 삶을 살 수 있도록 길을 제시해 줄 것입니다. 오늘날 우리가 만드는 현실은 새로운 미래를 열어갈 것입니다」

　영화는 가상현실이고 다양한 삶의 압축판이다. 영화는 삶에 대한 메시지를 영상 화면과 사건으로 관객들에게 다양하게 제시한다. 영화는 영상 화면으로 우리에게 보여주는 삶의 표현이자 스토리다. 영화는 삶의 길목에서 인생을 헤쳐 가는 노하우와 가치를 알게 한다.

또 영화는 삶의 현실을 일깨우는 최첨단 기계 방식이다. 왜냐하면 사람들은 영화에서 인생의 희로애락과 쾌감을 만끽하기 때문이다. 영화는 우리 삶을 떠나서는 절대 존재하지 않는다. 영화는 현실이고 상상이고 삶의 현주소를 그대로 적나라하게 표현해 주고 있기 때문이다.

코레일 열차가 터널을 여러 번 지나더니 치악역(雉岳驛)을 통과하고 있었다. 간이역으로 있다 폐역(閉驛)된 치악역은 꽤 높은 정상에서 열차의 통과를 지켜보고 있었다. 어떤 스산한 느낌이 가슴 속에 머물다 사라졌다. 열차는 터널을 여러 번 지났다. 그동안 승객들은 대부분 잠을 자거나 스마트 폰에 심취해 있었다.

차창 밖으로 초여름의 녹색 풍광이 계속 지나치고 있었다. 푸른 삼림 속에 지나는 농경지와 인가(人家)가 옛날 드라마의 한 장면을 생각나게 했다. 내 뒤에 앉은 젊은 커플들이 나누는 대화가 내 귓가에 스치듯 들려왔다. 남자는 첫 휴가를 나온 사병이었다.

한번 흘끗 보았는데 애인으로 보이는 여자는 꽤나 미모였다. 대학 새내기인지 계속 대학 생활에 대해 이야기를 늘어놓았다. 화장실을 갔다 오면서 보니 선남선녀가 따로 없었다. 둘은 스마트폰을 서로 보여 주면서 웃다가 부여잡은 두 손을 서로의 얼굴에다 갖다 대며 행복한 표정을 지었다.

"오빠, 나 어렸을 때 초등학교 때 나쁜 짓 한 적 있었어, 어젯밤 잠자기 전에 기도하는데 갑자기 생각난 거야."

"초등학교 때 무슨 나쁜 짓을 했는데? 왕따시키고 친구들 때려준 거?"

"응, 그런 것도 있고 또 거짓 증거한 거 있어."

"거짓 증거?"

"응, 성경에 나오는 거짓 증거. 왜 갑자기 그 생각이 났는지 모르겠어. 지금까지 내가 알고 있던 내 모습에 환멸이 느껴져 얼마나 회개했는지 몰라."

"도대체 무슨 잘못을 얼마나 했기에……."

그는 여자 친구의 어깨에 손을 얹으며 말했다.

"너 혹시 컨닝했니?"

"그거면 차라리 낫게?"

"뭐? 그러면 도대체 뭐야? 어린 꼬마가 어떤 잘못을 얼마나 했다는 거야?"

"차마 내 입으로 말 못하겠어, 나중에 교회 가서 하느님 앞에 조용히 말할래."

여자는 손으로 입을 막더니 남자의 어깨에 고개를 파묻었다.

"지난날의 잘못을 회개한다는 건 좋은 일이야. 하느님께서 더 좋은 길로 인도해 주실 거야."

가만히 두 사람의 대화를 들어보니 남자는 군종(軍宗) 같았다. 신학대학을 다니다 군대 간 군종이거나 전도사 같았다. 그리고 여자는 애인보다는 성도이거나 어쩌면 친여동생인지도 모른다는 생각이 들었다. 순간, 그들은 내 시나리오의 주인공으로 설정되었다.

"그런데 오빠 나 아무래도 꼭 말을 해야 할 것 같애. 사실은 나 초등학교 때 내 짝이랑 짜고서 시험 채점지 갖고 장난쳤어."

"장난이라니? 그게 무슨 소리야?

"응 그러니까, 시험 답안지를 채점하는데 짜고서 틀린 것도 맞게 하고 점수를 부풀린 거였어. 어린 나이에 어떻게 그런 발상을 했는지, 그런데 그런 아이들이 종종 있었거든."

"그래도 넌 그러지 말았어야지. 그게 얼마나 큰 죄인데."

"그때 우리 반은 우열반이었어. 점수대로 수우미양가 분단별로 앉혔는데 나는 그게 너무나 창피했어. 친구와 짜고서 점수를 올린 다음 우리는 더 높은 분단으로 옮겨 갔어. 나중에 내 짝이 그걸 폭로하면서 몽땅 나한테 뒤집어씌우는 거야! 니가 짜고 하자고 했잖아, 사실은 지가 먼저 그러자고 해놓고서."

"이제라도 그걸 깨달았으니 앞으론 정직하게 살아."

"그런데 어젯밤 기도하다가 왜 갑자기 그게 생각난 거지?"

"성령님의 역사하심이지."

남자는 꽤 근엄한 목소리로 말했다.

"그 후론 다신 그런 짓 안 했겠지?"

"아니."

"뭐? 그럼 또 했다는 거야? 누구하고?"

"그냥 혼자. 커닝했어."

"뭐 또?"

"신학교에서도 커닝 페이퍼가 돌아다닌다고 그러던데?"

"그건."

남자는 말을 하다 멈췄다. 아니라고 딱히 부인할 수 없었다. 커닝이라는 오래된 역사는 신학교라고 해서 예외일 수 없었다.

"사실은 나도 딱 한번 커닝한 적이 있었어. 고등학교 다닐 때 커

닝 페이퍼가 막 돌아 다니는데 나도 모르게 그만.˝

아! 그때 내 마음속에도 울림이 있었다. 청소년 시절 친구랑 학교 앞 분식점에 갔다가 손님이 많은 북새통을 틈타 값도 치르지 않은 채 친구와 함께 도망친 것이다. 그날 친구와 나는 공범이었다. 순간적으로 모의되고 치러진 범죄는 오랜 세월 나를 괴롭혔다. 그때 충동적으로 이루어진 그 어이없는 작태를 어떻게 설명해야 할까.

양심이 가장 센시티브한 어린 시절에도 죄의 요소는 마음 곳곳에 침투해 있었다. 막 말을 배우기 시작한 어린 아기도 곧잘 거짓말을 한다. 누가 가르쳐 주지도 않았는데 천연덕스럽게 거짓말을 한다. 놀이방이나 어린이집에서도 몸집이 작거나 피부색이 조금만 달라도 왕따 현상이 인다.

못생긴 아이는 또래들이 같이 놀아주지도 않는다. 어린 아이 사회에서도 외모 지상주의가 판치고 있다. 통계를 보면 왕따 폭력이 가장 심한 곳이 초등학교라고 나와 있다. 막말 욕설 수준에는 백약이 무효라고 한다. 잔인한 게임과 잔혹한 동영상이 동심을 파괴하고 돌아다니기 때문이다.

동심천국은 옛말이 된 지 오래다. 요즘은 초등학교 5-6학년만 되어도 의식수준이 성인 못지않다. 몸집이 커지다 보니 2차 성징도 빨라져 청소년에 준하는 성교육을 해야 한다. 소개팅도 유행하는데 중매 역할을 친구에게 다가가 마음에 드는 친구가 있으니 다리를 놓아 달라고 부탁하기도 한단다.

외모가 뛰어난 아이는 이성 친구가 보통 서넛은 된다고 해 웃은 적이 있다. 가끔 예쁜 이성 친구를 서로 차지하기 위해 폭력사태가 일어나기도 한단다. 사귀던 여친 남친을 빼앗기면 동심 세계에서도 심각한 사태가 벌어진다고 한다.

인터넷의 폐해는 스마트폰으로 이어져 이젠 거의 중독현상마저 비일비재해 특단의 조치가 내려지지 않는 한 그 피해는 눈덩이처럼 불어날 것이다. 악을 부추기고 잔혹한 동영상이 모방범죄로 이어지는 데도 표현의 자유만을 외쳐대고 있으니 미쳐 돌아가는 세상이다.

악성 댓글과 명예훼손의 차이를 두고 소송이 벌어져도 그때뿐이다. 열차가 속력을 점점 줄이더니 멘트가 나왔다.

"이번 정차역은 ○○○역입니다. 내리실 승객 여러분께서는 잊으신 물건이 없는지 잘 살피신 후 하차해 주시기 바랍니다."

사람들이 자리에서 일어나 주섬주섬 물건을 챙기더니 출입구 쪽으로 걸어갔다. 열차가 심하게 흔들리더니 멈춰 섰다. 한 떼의 무리가 빠져나가고 새로운 승객이 객실 안으로 들어왔다. 어깨가 떡 벌어지고 덩치가 산만한 언뜻 보기에도 조폭 같은 인상의 남자들 서넛이 커플들 뒤로 가 앉았다.

남자들은 자리에 퍽 소리가 나게 앉더니 쌍욕부터 해댔다. 살벌한 분위기가 곧바로 끔찍한 사건이 벌어지는 건 아닌지 영화의 한 장면이 그려졌다. 열차가 출발하자 폭력배들은 즉각 행동 개시에 들어갔다. 거친 전라도 사투리를 쓰면서 허세와 난투극을 벌였다. 소주병을 꺼내 거꾸로 들고 마시더니 바닥에 그대로 내리꽂았다.

파삭!

소주 냄새가 파편과 함께 사방으로 퍼졌다.

"어이! 빨리 역무원 불러부러. 싸게 싸게 불러부러."

얼굴에 사선으로 칼자국이 난 남자가 고개를 주억거리더니 손짓을 했다. 사람들은 두려워 떨면서 어떤 동작도 취하지 않았다. 폭력배들은 신이 난 듯 계속 씨부렁거렸다.

"나가 왕년에 여수에서 한 가락 한 놈이다 그거여. 이 배 창시에 난 칼자국 좀 보드라고."

하더니 배를 훌러덩 까 보였다. 이십 센티는 넘어 보이는 칼자국에 양 옆으로 꿰맨 흔적이 징그러웠다. 그때였다. 열차가 갑자기 심하게 흔들렸다.

어어! 이거 왜 이래?

승객들은 불안한 기색으로 안절부절못했다. 그때였다. 여자애가 창밖을 가리키며 말했다.

"오빠 저기 좀 봐. 무인텔이 뭐야?"

"무인텔?"

사병이 창밖으로 눈길을 돌리는데 내 눈길도 저절로 움직였다. 여자가 가리키는 방향에 무인텔이라고 쓰인 5층짜리 건물이 보였다. 논밭 사이로 난 한적한 곳에 자리한 무인텔은 어감이 좋지 않았다. 관광지도 아닌 농경지가 있는 동네에 무인텔이라니?

누가 이곳까지 와서 숙박시설을 이용한단 말인가? 열차가 지날 때마다 무인텔은 계속 나타났다.

열차가 ○○○역에 닿자 승객들이 우르르 출입구로 몰려갔다. 승강구를 내려서자 후텁지근한 더위가 몸을 덮쳐왔다. 짓다 만 역사는 급격한 경사로 이어져 지하 출구로 통하고 있었다. 관광명소를 알리는 대형 화면이 당장 눈길을 당겼다.

시원한 물줄기와 초록 삼림과 단풍이 어우러진 계곡풍경이 대부분이었다. 개찰구를 나오자 열차표를 파는 창구가 보였다. 지방이라 아직 자동화 시스템이 이루어지지 않은 모양이다. 대형 TV 화면이

열차를 기다리는 사람들에게 심심한 눈요깃감을 계속 보내고 있었
다.

주변에 지방 특산품을 파는 가게가 보였다. 역사(驛舍) 밖은 전통
시장이었다. 트럭에다 농산물을 잔뜩 부려놓은 상인들은 뙤약볕에도
하나라도 더 팔기 위해 마지막 상혼(商魂)을 불사르고 있었다. 인상
이 험악한 어떤 치들은 물건을 파는 척하며 여자들을 상대로 성적
농담도 거침없이 했다.

한쪽에선 노랫가락과 함께 술판이 질펀하게 벌어져 있었다. 순박
하고 온순한 농심(農心)도 거친 세파 앞에 무너져 내리고 있었다. 값
싼 중국 농산물의 유입과 지나친 풍작으로 수급 조절이 안 돼 가격
이 폭락했기 때문이다. 세상에서 가장 불쌍한 사람들은 농민과 어민
이 아닐까.

농사가 흉작이 되어도 걱정, 풍작이 되어도 걱정이다. 어민도 마
찬가지다. 바다에 나가 목숨 걸고 파도와 싸워 가며 잡아 온 물고기
는 제 값도 못 받을 때가 더 많다. 어떨 때 배의 기름 값도 못 건질
때도 많다. 수온이 올라 어획량이 급격히 줄었기 때문이다.

시장 중앙 통로로 들어섰다. 높은 천장에 차일이 쳐져 있었다. 중
간 통로에 탁자가 보이고 양편으로 음식점이 자리하고 있었다. 역사
를 주변으로 모텔이 사방으로 보였다. 어느 방향을 보아도 모텔건물
이 줄지어 서 있었다.

하다못해 발걸음을 옮기기만 해도 여관 아니면 여인숙이었다. 요
즘 세상에도 여인숙이 있다니. 뿐만 아니라 여관 하숙집은 골목골목
마다 끝없이 이어지고 있었다.

이 지방 사람들은 잠을 집에서 자지 않고 호텔이나 여관에서 자나

보다 생각될 정도였다. 아무리 역 인근이어도 그렇지 일반 점포나 음식점보다 모텔이 더 많다니! 넓은 주차장이 보이는 모텔 건너편으로 사진관 건물이 보였다. 자세히 보니 누드 사진작가 협회 사무실이었다.

세상에……. 누드 사진 작가협회도 있었구나.

새로운 사실에 나도 모르게 무언가 혼이 빼앗긴 기분이었다. 정신없이 돌아다니는데 젊은 커플 한 쌍이 보였다. 모텔 건물을 향해 걸어가는 그들의 뒷모습이 심상치 않았다. 우악스런 남자의 손길에 이끌려 가는 여자는 스무 살도 채 안 돼 보이는 앳된 얼굴이었다.

그러면 그렇지.

몇 년 전에 시(市)로 승격한 ○○○은 관광명소로 유명했다. 충청도와 강원도를 아우르는 호수는 수십 킬로에 걸쳐 녹색삼림과 함께 장관을 이루고 있어 관광객들을 유치하는데 큰 몫을 담당하고 있었다. 호수는 수상 스키와 오리배 등 각종 놀이기구 시설이 갖추어져 영화 촬영장소로도 안성맞춤이었다.

그 어느 것 하나도 상업적 목적이 아닌 것이 없어 보였다. 토산품을 파는 가게는 호객 행위까지 하고 있었다. 교각 아래로 흐르는 물줄기와 나무숲만이 자연적 정취를 나타내고 있었다. 전통시장을 벗어나자 비로소 번화가가 나타났다.

번화가의 시작은 언제나 각종 브랜드 의류상가와 프랜차이즈 음식점 행렬로 이어진다. 아파트와 주택가 골목을 지나자 또다시 전통시장이 나타났다. 좀 전의 역 주변의 전통시장이 오일장이라면 이곳은 상설시장으로 주로 음식점 상가와 청과물 방앗간 씨앗 종묘상과 농기구 등을 판매하는 점포가 많았다. 시장 안으로 들어서자 음식 냄새가 가득했다.

메밀전병과 감자전 보리밥 곤드레 나물밥 메밀국수 올챙이국수 장칼국수 등 토속 음식점이 식객들의 발걸음을 잡아당겼다. 가격은 서울에 비해 저렴한 편이었다. 할머니 보리밥집이라는 상호를 붙인 음식점으로 들어섰다. 앉을 자리가 없이 사람이 빼곡히 차 있었다.

창가 쪽에 놓인 좌석에 간신히 몸을 붙이고 앉으니 주인으로 보이는 노파가 다가와 물었다.

"총각은 무얼 드실 거유?"

"총각이라니?"

잠시 아연했다. 나이 사십 넘긴 지가 언젠데? 어쨌든 기분은 좋았다.

"보리밥 된장국이요."

"알겠수. 금방 해드리리다."

노파는 굽은 허리로 주방으로 들어서더니 금세 한상을 차려 가지고 나왔다. 밥통에 있는 보리밥을 대접에 놓고 각종 나물을 얹으면 끝이었다. 된장국 역시 솥에서 퍼내 그릇에 옮겨 담으면 되었다. 마침 배가 고팠던 터라 정신없이 퍼먹었다.

계산을 마치고 나오니 언제 그랬냐는 듯이 시장 바닥이 한산했다. 근처를 지나는 마을버스가 있기에 무작정 올라탔다. 11인승 소형 마을버스였다. 버스는 주택가를 지나 논밭이 보이는 벌판을 한참 달리더니 이윽고 멈춰 섰다. 종점이라 했다.

사람들을 따라 내리는데 느낌이 이상했다. 사람들 인상이 한결같이 험상궂었다. 그들은 약속이라도 있는지 바삐 발걸음을 옮겼다.

나도 어느새 그들 뒤를 따르고 있었다. 논밭으로 통하는 길목에 작은 점방이 보였다. 구멍가게라는 표현이 더 맞을 것 같았다.

술과 담배 과자 라면 등속을 파는 초라한 가게였다. 주택가도 없는 곳에 점방이라니, 모텔을 찾는 사람들을 위해 급조한 모양새로 허술하기 짝이 없었다. 사방을 둘러보니 논밭 사이로 모텔 군락이 형성돼 있었다. 얼핏 보아도 스무 동은 넘어 보였다. 그것도 모두 무인텔 상호를 달고 있었다.

건물 밖으로 내려진 현수막에는 대실 2-3만원 숙박비는 5만원이라 씌어 있었다. 그들은 일부러 자동차도 버려두고 걷고 있는 것 같았다. 이미 해가 졌는데도 선글라스를 쓴 채 사방을 휘둘러보며 걷고 있었다. 덩치가 태산만한 남자는 검은색 모자를 깊이 눌러쓰고 핸드폰으로 열심히 통화를 하고 있었다. 손목에 문신이 꿈틀거렸다.

그들은 모두 외지인들이 분명했다. 그런데 아무리 살펴봐도 CCTV가 없었다. 일부러 그런 건지 주변에는 인가(人家)가 하나도 안 보였다. 그런데 저들은 무슨 일로 이 먼 곳까지 와서 무인텔을 이용하는 걸까. 궁금증이 실타래처럼 엉켜들었다.

앞에 가던 남자가 갑자기 뒤를 돌아보더니 내 눈을 쏘아보았다. 의심스런 눈초리가 내 전신을 훑어 내리더니 고갯짓을 했다. 일행에게 내 존재를 날리는 것 같았다. 순간 등짝이 오싹했다. 잘못 들어선 건 아닐까. 모텔로 향하는 길은 모두 비포장도로로 승용차 한 대가 겨우 지날만한 구간이었다.

이윽고 산등성이 밑에 있는 모텔이 내 눈에 들어왔다. 그곳으로 가려면 논밭 길을 한참 지나 개울물이 흐르는 작은 외나무다리를 건너야 했다. 험상궂은 사내들은 언제 사라졌는지 보이지 않았다. 근처 가까운 모텔로 숨어버린 것 같았다. 그들은 모종의 계획을 위해 이곳을 선택한 게 틀림없었다.

범죄 모의를 하거나 마약을 하거나 아니면 엄청난 폭력사건이 전개될 것 같은 위기감이 몰려왔다. 시나리오 작가 아니랄까봐 상상력에 발동이 걸렸다. 다리를 건너는데 얕은 물가에 송사리 떼가 보였다. 잠자리와 흰 나비가 무리를 지어 날아다녔다.

이 한가로운 시골 구석에 이 많은 모텔은 무슨 용도로 지어졌을까.

상상 속에 잠시 두려움이 스쳐 지나갔다. 그런데 나는 왜 지금 이 길을 가고 있는 걸까. 꼭 이 길을 가야만 시나리오가 완성되는 걸까. 더구나 직장에 월차까지 내고서 이곳을 택한 이유는 무엇일까. 새삼스레 나의 저의가 의심스러웠다.

무인텔은 신축된 지 얼마 안 됐는지 산뜻한 느낌이었다. 그깟 인건비가 얼마나 든다고 직원을 채용할 일이지, 꼭 이렇게까지 무인텔을 만들게 뭐람. 안 그래도 젊은 층들은 취업이 안 돼 난리인 판에. 아직은 휴가철도 아니고 평일이라 그런지 모텔 근처는 한산했다.

조금 전에 보았던 근육질의 사내들도 어느 모텔로 숨어들었는지 묘연했다. 나는 핸드폰을 전원 꺼짐으로 하고는 무인텔로 들어섰다. 무인텔 상호명은 로그아웃이었다.

짙게 선팅된 출입문을 열고 들어서니 대형 거울과 수채화 정물화가 눈에 들어왔다. 혹시나 하고 찾았지만 안내 데스크는 보이지 않았다. 무작정 2층 계단으로 올라섰다. 객실 앞에 이르기 전 무심코 창밖을 내다보았다. 푸른 논밭 사이 모텔 건물 틈으로 빨간색 승용차가 들어서는 모습이 보였다.

　승용차는 내가 있는 모텔 앞에 정차했고 젊은 남녀 한 쌍이 내렸다. 20대 초반으로 보이는 그들은 사회 초년생이거나 대학생 새내기 같아 보였다. 여자는 흰색 원피스에 빨간 하이힐을 신었고 선글라스를 끼고 있었다. 남자는 하늘색 티셔츠에 꼭 끼는 청바지를 입고 있었다. 선글라스는 끼지 않았다. 착하고 앳돼 보이는 청년이었다.

　나는 핸드폰을 꺼내 전원을 연결한 뒤 와이파이를 연결했다. 와이파이는 비밀번호도 없이 곧바로 연결되었다. 2층 맨 첫 번째 객실에 들어섰다. 무인 카운터에 숙박 버튼을 누르니 가격표가 떴다. 신용카드 대신 현금을 투입하니 딸각하고 객실 문이 열렸다.

　붉은색 카펫에 대형 침대가 눈에 들어왔다. 커튼을 열어젖히니 논밭과 삼림, 그 속에 바위처럼 솟은 모텔 건물들이 보였다. 화장대 옆에 컴퓨터와 대형 TV가 보였다. 침대 머리맡에 대형 거울이 있었다. 욕실도 마찬가지였다. 피곤이 엄습했다.

　욕실에 들어가 샤워를 마친 후 침대에 눕자마자 잠이 들었다. 불도 끄지 않고 잠이 들었는데 꿈인지 생시인지 시끄러운 음악과 함께 물건 부수는 소리가 들려왔다. 간간이 여자 울음소리도 들려왔다, 남자의 고함치는 소리와 유리병 깨지는 소리도 들렸다.

　바로 옆방에서 나는 소리였다. 온몸이 공포로 빳빳하게 굳는데 여자의 비명이 귀를 찢을 듯이 들렸다. 핸드폰을 찾는데 이상하게 보이지 않았다. 그러고 보니 간밤에 문이 열리는 소리가 들렸던 것 같다. 아니 그보다도 문을 닫았던가?

　너무 피곤한 나머지 침대에 눕자마자 곯아떨어진 생각밖에 나지 않았다. 신고를 해야 하나 모른 체해야 하나. 영 판단이 서지 않았다. 아무래도 신고를 해야겠지. 그런데 핸드폰이 어디로 사라진 걸까. 몽롱한 정신이 들었다. 내가 어제 분명히 핸드폰 와이파이를 켠 것까지는 기억이 나는데 그 이후는 통 기억이 나지 않았다.

소리는 멈출 새도 없이 계속 들려왔다. 남자의 윽박지르는 소리와 여자의 공포에 찬 울음소리. 여자를 때리는지 둔탁한 움직임과 함께 쿵! 하는 소리가 났다. 그러더니 한동안 조용했다. 이제 한시름 놓으려나 했는데 두려움이 몰려왔다.

혹시나?

이번 여행은 아무래도 행선지를 잘못 선택한 것 같다. 만일 옆방에서 사건이 발생했다면 참고인으로 불려가는 것 아닌가 걱정되었다. 나의 상상 시나리오는 직업병이다. 내가 가끔씩 이런 외진 곳을 찾아 시나리오를 쓰는 데는 다 이유가 있다.

자유를 만끽하면서 마음껏 상상의 나래를 펼칠 수 있기 때문이다. 하지만 이런 무인텔은 처음이다. 내가 시나리오 작가라고 하면 사람들은 대뜸 묻는다. 어떤 영화 대본 쓰셨는데요?

그렇다면 별 할 말은 없다. 내가 시나리오 공모전에서 당선된 작품이 영화로 크랭크 인 되기 직전에 영화사가 도산하는 바람에 내 꿈도 한꺼번에 도산해 버렸기 때문이다.

그때 무너지는 나를 보고 아내와 딸은 안심하며 얼마나 만족한 미소를 지었는지 모른다. 하지만 시기상조였다. 나는 그들의 기대대로 내 직업 무대인 회계사 사무실로 출근했지만 또 다른 일탈을 꿈꾸기 시작했다. 내 본업은 태초부터 시나리오 작가였기 때문이다.

아내와 딸은 평상시에도 늘 말했다.

"그 헛된 망상 집어치우고 본업에 충실하시죠."

"내 본업이 뭔데?"

"그야 회계사지."

"내 본업은 시나리오 작가야. 내가 쓴 대본이 영화화 됐다 하면 빅 히트 치는 건 기본이고 국제영화제도 나갈 걸 아마도."

"하늘이 두 쪽 나도 그럴 일은 없을 거라고요. 요새 누가 시나리오 작가가 대본 쓰나요? 감독이 직접 쓰지. 내 말이 틀렸습니까?"

"그럼 내가 감독하지 뭐."

"뭐? 감독? 미치려면 곱게 미쳐. 감독 좋아하시네. 영화 한편이라도 극장가에 올려 보기나 하고 저런 소리 하면 내 말도 안 해."

어릴 때부터 나는 영화광이었다. 꼬마 때부터 만화 영화는 물론 애니메이션 TV 드라마에 빠져 살았다. 대학 갈 때도 영상학과를 지망하려 했지만 가족들의 극렬한 반대에 부딪쳐 실패했다. 대신 회계학과에 들어가 안정된 직업을 택한 후 시나리오 공부를 하기로 했다.

지망생이라고 하기엔 열정이 지나쳤을까. 본업에 막대한 지장을 초래하고 말았다. 당연했다. 퇴근 후면 곧바로 극장으로 달려가 영상 화면에 몰입했고 밤새 시나리오 쓰느라 아침이면 빨간 토끼 눈이 되어 출근했으니까. 졸린 눈으로 근무하느라 눈총을 받았고 헛된 꿈 포기하고 일에 진력하라고 지청구도 수없이 들었다.

수년 동안 시나리오 공모전에 응모한 끝에 그야말로 천신만고 끝에 수상작에 올랐는데 꿈을 이루기도 전에 회사가 도산한 것이다. 그렇다고 꿈을 포기하기엔 그동안 공들인 세월이 너무 아까웠다. 취미로든 무엇으로든 난 전혀 포기할 생각이 없었다.

머릿속의 센서가 그쪽으로만 돌아가는 걸 나보고 어쩌란 말인가.

이번만, 이번만 하며 달려온 세월이 내게 미련을 떨쳐 버리지 못하게 했다. 나는 외쳤다.

기회는 기다리는 자에게만 온다. 꿈은 열정이다. 열정은 삶의 목표다. 이 말만 믿으며 내 나이 사십대 후반을 치닫고 있었다. 비몽사몽간에 나는 자리에서 일어나 불을 끄고는 자리에 누웠다. 순간 적요(寂寥)가 나를 둘러쌌다. 불안도 함께 나를 둘러쌌다.

그리고 무언가 내 정신을 잡아채듯 곧바로 잠속으로 추락했다. 잠결에 여자의 신음소리를 들었던 것 같다. 귀를 막고 싶을 정도로 처절한 신음은 통증을 동반한 죽음의 신호였다. 아무래도 저 방에서 살인사건이 난 게 틀림없어. 언젠가 내가 썼던 시나리오의 한 대사가 생각났다.

완전범죄는 있을 수 없어, 신이 살아 있는 한 범인은 반드시 잡힌다. 그것도 내 손으로.

그러나 영화와 현실은 다르다. 아무리 많은 드라마 대본을 썼다 해도 상상과 현실은 일치하지 않는다. 밤새 몸이 가위 눌렸는지 아침에 도저히 자리에서 일어날 수가 없었다. 몸이 침대에 묶여 있는 것처럼 움직여지지 않았다. 갑자기 심장이 쿵쾅쿵쾅 뛰기 시작했다.

전조(前兆)가 안 좋았다. 요란한 구둣발 소리와 함께 문 두드리는 소리가 났다.

"경찰입니다, 문 좀 열어 주십시오."

"경찰이오?"

분명 꿈은 아니었다. 더구나 내가 시나리오를 쓰고 있는 건 아니었다. 입던 옷 그대로 문을 열었다. 경찰 서너 명이 신분증을 보이며 들어섰다. 조폭을 연상시키듯 하나같이 인상이 험했다. 그들은 나를 빙 둘러싸더니 마치 피의자 취조하듯 말했다.

"밤새 옆방에서 무슨 싸우는 소리 못 들었나요?"

은테 안경에 뱁새눈을 한 형사가 물었다. 그러자 그 옆에 서 있던 중년으로 보이는 형사가 말했다.

"바로 옆방에서 살인사건이 났습니다. 실례지만 직업이 어떻게 되십니까?"

"살 살인이라뇨?"

놀라서 손이 부들부들 떨리는데 경찰들은 마치 예상이라도 하지 않았냐는 듯한 말투였다. 형사들은 살인사건을 많이 다루다 보니 살인이라는 단어가 아무렇지도 않게 느껴지는 모양이다.

그런데 도대체 옆방에서 살인사건이 난 것과 내 직업이 무슨 상관이란 말인가.

"혹시 어제 저 옆방에 입실하는 남녀를 보신 적 있나요?"

"저는 어제 들어오자마자 샤워하고 잠들어서 못 봤는데요? 제가 옆방에 드는 사람들까지 일일이 확인해야 하나요? 직원도 아닌데."

"하긴 뭐 무인텔이니까."

형사는 무슨 단서라도 찾을 것처럼 쓸데없는 질문을 늘어놓더니 말했다.

"아참! 직업이 뭐라고 하셨죠?"

"그걸 꼭 내 입으로 말해야 합니까? 왜죠?"

"저희 직업상 물어보는 거니까요? 아! 그렇잖아요. 휴가철도 아니고 이 외진 곳에 무인텔에 애인도 없이 혼자 숙박하셨는데."

애인도 없이 라는 말이 몹시 귀에 거슬렸다.

"저 시나리오 작가입니다."

"시나리오 작가요? 아! 그래서."

형사는 알겠다는 듯 고개를 끄덕이더니 말했다.

"그럼 어떤 영화 대본을 쓰셨는지. 요즘엔 감독이 직접 시나리오까지 다 쓴다고 하던데."

참 하릴없는 형사 같았다. 내가 시나리오 작가라는 것 하고 이 사건과 무슨 상관이 있다고. 하긴 직업상 그럴 수도 있지 싶었다. 방안 구석구석을 살피던 형사 하나가 물었다.

"잠시 참고인으로 서까지 가주셔야겠습니다."

"제가요? 왜죠?"

"성가시겠지만 몇 가지만 여쭤어 보고 금방 보내 드리겠습니다. 사안이 사안인 만큼 아주 간단한 질문만 할 건데 너무 부담 안 가지셔도 됩니다."

너 같으면 부담이 안 되겠냐? 죄지은 것도 없는데 저절로 오금이 저렸다. 형사는 동료에게 눈짓을 하더니 나를 채근했다. 그런데 이들이 정말 형사 맞기는 한 거야? 나오면서 보니까 옆방에는 이미 가이드라인이 쳐 있었다. 단서가 될 만한 것들을 찾기 위해 도구를 이용해 샅샅이 뒤지는 중이었다.

경찰차로 이동한 지 십 분도 안 됐는데 벌써 조사실에 도착했다. 영화에 보던 것과 거의 똑같은 상황이 내 앞에 펼쳐져 있었다. 그들은 간단한 질문만 몇 가지 한다고 하더니 끝도 없이 말을 이어갔다. 검시 결과가 나와 봐야 알겠지만 소리를 열 번도 더 하면서.

쉴 새 없이 울리는 전화벨 소리와 질러대는 고함으로 정신이 혼미할 지경이었다. 그때였다. 조사실 창밖으로 열차 안에서 보았던 젊은 남녀가 지나가고 있었다. 남자는 평상복을 입었고 여자는 선글

라스에 청바지 차림이었다. 순간 의심이 뭉게구름처럼 마음속에서
피어올랐다.

"그런데 말입니다. 꼭 이 먼 곳까지 그것도 무인텔 같은 곳을 이용
해야만 글이 써지는 겁니까? 혹시 어느 영화 대본 쓰셨는지요?"

기분 나쁜 말투 때문에 속이 뒤집히는 줄 알았다. 마치 내가 시나
리오 작가 아닌데도 작가라고 우기는 것처럼 말했다.

"영화가 크랭크 인 되기 전에 도산하는 바람에."

"아! 그러니까 아마추어시구나."

표정이 야릇해지더니 비아냥조로 말했다.

"그렇다면 본업은 어떻게 되십니까? 본업은 있겠죠?"

"더 이상 할 말 없으시면 이만 가보겠습니다."

나는 가방을 들고 벌떡 일어섰다. 재수 없는 자식.

형사는 눈도 안 마주치더니 말했다.

"혹시 모르니까 연락처 하나 남겨놓고 가십시오, 바쁘신데 시간 뺏
어 죄송합니다. 시나리오 꼭 성공하셔서 흥행에 성공하시고요."

나는 그대로 조사실을 나와 버렸다. 그런데 나오면서 보니까 젊은
남녀 한 쌍이 이쪽으로 걸어오는데 어제 열차 안에서 보았던 바로
그들이었다. 아는 체를 하려다 그대로 돌아섰다. 너무 피곤했다. 이
동네 근처는 다시 오지 않으리라. 무인텔이 많은 것도 그렇고 기분
나쁜 동네다.

귀경 길은 열차가 아닌 시외버스를 택했다. 잠시 대합실에서 TV
를 보는데 무인텔 살인사건이 보도되고 있었다. 그것도 아주 짤막하
게. 이젠 살인사건도 너무 빈발해 가십거리도 안 된다는 건지 수사
중이라는 말만 되풀이 하고는 뉴스가 끝났다.

경찰 조사실에서 나오기 전 형사가 연락처 남기고 가라고 했을 때 핸드폰 번호를 적고 온 게 후회가 됐다. 귀찮게 자꾸만 오라 가라 하면 어쩌나. 급한 마음에 핸드폰 전원을 꺼버렸다. 시외버스가 ○○○시를 벗어나는 동안 나는 한 번도 창밖을 내다보지 않았다.

눈을 감고 생각에 잠겼다. 어제 열차 안에서 만났던 젊은 남녀는 무슨 일로 경찰서에 들른 걸까? 그들은 진짜 오누이 사이일까. 아님 한참 연애 중인 청춘 남녀일까? 어제 그들은 ○○○시에서 어떻게 지낸 걸까. 그러고 보니 어제 로그아웃 무인텔로 들어서던 그 젊은 커플이 바로 그들 아니었을까.

자세히 못 보아서지 그렇지, 선글라스만 아니었다면 그 여자애라고 확신할 수도 있었을 텐데. 그렇다면 어제 몇 호실에 투숙했던 걸까. 둘이 혼숙했을까? 아니 내가 지금 무슨 생각을 하는 걸까. 어느새 그들을 커플로 기정사실화 하고 있다니.

습관처럼 핸드폰을 켰다. 그런데 아무리 두들겨도 먹통이었다. 당연했다. 핸드폰 전원을 꺼 놓았으니까. 다시 핸드폰 전원을 연결했더니 카톡과 문자메시지가 여러 개 도착해 있었다. 회계사 사무실에서 보낸 게 가장 많았다. 또 무슨 일이 발생한 걸까?

생각만 해도 머리가 지끈거렸다. 직장에서 하는 일은 항상 팩트에 근거한다. 정확한 판단과 계산속에 절대 오류가 발생해서는 안 된다. 의뢰자의 요구를 절대 벗어나서도 안 되고 그들의 요구사항과 이익에 초점을 맞추어 일을 진행하여야 한다.

그런데 나는 그 팩트 위에 자꾸만 시나리오를 추가하는 것이다. 상상 시나리오는 팩트를 벗어나기 마련이다. 그러나 다른 한편으로는 철두철미한 예방책을 제시하는 경우도 있어 그럭저럭 나는 삶을

영위하는데 불편이 없었다. 그건 곧 경제적 이익과 직결돼 불의와 법
망을 속이는 계기가 되기도 했다. 열차 안 젊은 남녀가 말했던 죄성
의 결과였다.

시외버스 안에서 나는 심각한 자괴감에 휩싸였다. 고작 하루만의
일탈을 위해 너무 많은 감정 소비를 한 것 같다. 무인텔이라는 그 생
소한 단어에 이끌려 시나리오 구성은커녕 난데없는 사건의 소용돌이
에 휘말리다 간신히 빠져나온 기분이었다.

쓸데없이 객기 부리다 현실 속으로 돌아오니 어느새 환상은 사라
지고 딱딱해진 감성만 남았다. 두려움이 가슴속에서 자꾸만 살아났
다. 처음 보는 낯선 도시에서 그것도 무인텔에서 살인사건 현장에 있
었다니.

핸드폰을 되찾게 된 것도 기적 같았다. 분명히 머리맡에 둔 것 같
은데 아무리 찾아도 안 보이던 핸드폰이 어떻게 화장대 서랍 안에
들어가 있더란 말인가. 형사가 자꾸 캐물을까 봐 말은 안 했지만 의
문투성이가 한두 가지가 아니었다.

어둑한 저녁 무렵 무인텔을 향해 걷던 근육질의 어깨들이 아무래
도 열차 안에서 만난 조폭들 같았다. 전라도 사투리며 내뱉는 욕설이
흡사했다. 그리고 빨간 승용차에서 내리던 젊은 커플들도 열차 안에
서 만났던 그들과 비슷했다.

여자는 선글라스를 껴서 긴가민가했지만 하늘색 티셔츠에 꼭 끼는
청바지를 입은 청년은 군종 사병과 너무 닮아 있었다. 군복을 사복으
로 갈아입어 잘 분간이 안 갔지만 다시 한 번만 만난다면 그땐 꼭 알
아볼 수 있을 것이다. 그런데 더 이상한 건 경찰서에서 그들을 또 만
난 것이다.

뭔가 꼬인 실타래가 풀릴 듯 잘 추적해 가노라면 퍼즐 조각이 맞춰질 것 같다는 생각이 들었다. 어제 열차 안에서 봤을 때는 분명 어리고 오누이 사이처럼 보였는데 경찰서 내부에서 보았을 때는 평범한 직장인으로 보였었다.

만일 그들이 내가 탄 열차와 모텔 앞에서 보았던 남녀가 맞다면 그들은 분명 변장의 천재이거나 연극배우임에 틀림없다. 나는 생각의 조각을 상상력으로 계속 맞춰가다 그만 깜빡 잠이 들고 말았다.

꿈속에서 나는 수많은 길을 보았다. 넓고 탄탄한 길. 가끔은 안전하지만 꼬불꼬불 하고 수많은 가시밭길과 험난한 길, 좁고 협착하지만 곧고 안전한 길.

그런데 결론은 그 길 끝에 있었다. 넓고 탄탄한 길에는 많은 사람들이 몰려들고 있었다. 그들 가슴에는 부와 명예 쾌락이라는 단어가 붙여져 있었다. 그들이 달려갈 때마다 비리와 거짓과 모략 협잡이라는 단어도 같이 따라 붙었다. 그러다 어느 순간 그들은 피투성이가 되어 싸웠다.

사상자가 늘어나고 많은 부상자가 속출하면서 점점 대열에서 이탈하는 사람들이 늘어났다. 마지막 몇 사람이 남았을 때 그들은 피투성이가 되어 고지에 서 있었다. 그들은 만족한 미소를 짓고 있었지만 입에서는 허무라는 단어를 외쳤다.

천 길 낭떠러지 같은 아래를 바라보면서.

그들은 깊은 외로움에 떨며 산등성이를 내려갔다.

다음은 좁고 협착하지만 안전하고 단단한 길이었다. 그들은 좌우를 돌아보는 일 없이 곧바로 목표를 향해 달려갔다. 어떤 불의와도 타협 없이 정직과 노력과 인내로 경주하는데 수없이 많은 낙오자가 발생했다. 그들에게도 순간마다 유불리에 따라 낙오자가 속출했는데 돌아보는 이는 아무도 없었다.

그들에게는 목표만 중요했지 타인에 대한 배려나 아픔 따위는 안중에도 없었다. 그들 중에는 뛰어난 석학과 인재가 많았고 지도자도 있었다. 그러나 소수에 대한 배려나 격려는 없었다. 오로지 자신의 성공을 위한 고지만 있을 뿐이었다. 그나마도 다행이었다.

그들 중에는 사회의 귀감이 되어 존경과 찬사를 받는 이들도 더러 있었다. 그리고 가끔 정의와 선을 위한 헌신자들도 나타났다. 그리고 그 좁은 길을 향해 수많은 사람들이 끊임없이 몰려들고 있었다.

다음은 가끔은 안전하지만 꼬불꼬불하고 수많은 가시밭길과 험난한 길이었다. 그 길에는 사람들이 많지 않았다. 어느 순간에는 많은 인파가 모였다가 미로처럼 얽힌 길을 보고는 이내 돌아섰다. 모험심과 의지가 강한 사람들도 얼마 안 가 포기하고 오던 길을 되돌아갔다.

소수의 사람만이 그 길을 가는데 안전한 길보다는 험하고 낭떠러지 같은 사행길이 더 많았다. 설상가상으로 폭풍우와 우박과 폭설로 길이 지체되는 경우도 발생했다. 따라서 많은 부상자가 발생했지만 낙오자는 없었다. 이미 길을 너무 깊숙이 들어섰기 때문이다.

그들은 때로는 인내와 달관으로 어떤 초월적인 힘으로 길을 걸어갔다. 그러다 어느 순간에는 탄탄대로가 나타나 모두 환호성을 질렀다. 햇빛이 찬란하게 비치고 경쾌한 음악과 위로의 힘이 그들을 인도하고 있었다. 그러나 또다시 먹구름이 끼고 험로는 이어졌다.

그들이 가는 길은 유난히 길게 이어졌다. 가도 가도 끝이 안 보였다. 험로와 가시덤불로 길이 전혀 안 보이는 순간도 이어졌다. 어둡고 캄캄한 동굴 속에 갇혀 지내던 어느 날 한줄기 빛이 비쳐왔다. 그들은 모두 와! 함성을 지르며 그 길 끝을 향해 달려갔다.

그들은 모두 회개의 영성을 받은 사람들이었다. 세상의 잘못된 가치관을 따르지 않고 공의를 실천하는 의인들이었다. 다른 사람의 아픔을 걸머지고 믿음과 사랑과 인내로 끝까지 길을 완주한 경주자들이었다. 그들의 가슴에는 십자가가 보였고 머리에는 금빛 면류관이 씌워졌다.

모든 길은 자신의 의지로 선택하지만 끝은 선택에 따른 운명이 정해져 있었다. 그렇다면 나는 어떤 길로 들어선 것일까. 아직도 길을 선택하지 못하고 서성대고 있는 건 아닐까. 아니 분명 길은 정해졌다. 그런데 아직도 결과물이 내 앞에 나타나지 않았을 뿐이다. 세 가지 갈림길이 내 눈앞에서 자꾸 어른거리는 순간 잠에서 깨어났다.

꿈에서 깨는 순간 무언가 명료한 느낌이 내 가슴을 훑고 지나갔다.

동서울 시외버스 터미널 앞은 한밤중에도 많은 사람들로 북적이고 있었다. 그들은 모두 삶의 기로 앞에 동분서주하고 있었다. 길을 떠나는 사람들과 도착하는 사람들로 터미널은 언제나 북적일 것이다. 기대와 설렘으로 자기들만의 길을 경주할 것이다.

길이란 단어가 계속 내 머릿속에서 맴돌았다. 길과 선택 결과라는 단어도 내 생각을 계속 붙잡고 늘어졌다.

집으로 돌아온 나는 잠자리에 들려는 순간 직장 동료로부터 뜻밖의 소식을 들었다. 이번 분기가 지나면 직장에서 대대적인 인원감축 즉 구조조정이 있을 것이라고 했다. 믿는 도끼에 발등 찍힌다더니 그동안 안전빵이라고 믿었던 직장에 해고 바람이 불다니.

그렇다면 내 발등에도 불이 떨어진 것인가.

그러나 다른 한편으로는 내 꿈을 펼칠 절호의 기회라는 생각도 들었다. 기회란 위기 속에 찾아오는 것이라 하지 않던가. 그러나 가족들은 모두 난리가 났다. 특히 아내는 심장이 무너지는 것 같다며 안타까워했다. 며칠이 지나자 생각이 바뀌었는지 아니면 어느 믿는 구석이 있는지 기도를 하기 시작했다. 가슴에 십자가를 긋고서.

그 모양이 내 눈에는 꼭 주문을 외우는 것처럼 보였다. 어쨌든 아내는 안정을 찾기 시작했고 내게도 너무 걱정하지 말라며 격려했다. 참 이상한 일도 다 있지 싶었다.

그렇다. 아내는 절대자 권능자를 신봉하는 것 같았다. 우주만물을 창조하시고 인생의 생사화복을 주관하신다는 그 분. 그 분을 아내는 믿기 시작한 모양이다. 직장에 복귀하고 한 달쯤 지났을까.

우연히 인터넷을 검색하다가 눈에 띄는 기사를 보았다. 그때 내가 머물렀던 무인텔 살인사건에 관한 기사였다. 궁금증에 단번에 읽어 내려갔는데 억! 하는 소리가 절로 났다. 흔한 폭력배 이권 다툼에 여자가 희생된 것이다. 희생자는 상대방 보스와 하룻밤을 지낸 여자였는데 아이를 임신한 상태였다.

그런 줄도 모르고 보스는 자기 여자를 방관한 것이다. 여자는 임신한 줄도 모르고 남자를 따라 무인텔에 들었고 상대에게 무참히 살해된 것이다. 사건의 본말을 밝히는 경찰 관계자들 사이에 낯익은 얼굴이 보였다. 열차 안에서 만났던 젊은 남녀였다.

애인인지 오누이인지 모르는…….

그렇다면 그들은 경찰? 그러면 그날 무인텔에 나타났던 빨간 승용차에서 내렸던 남녀는 그들이 아닌 다른 투숙객이었던 것인가. 그렇다면 내가 또다시 시나리오를 쓴 것이었구나. 그건 그렇다 치고 열차 안에서 만난 대학 새내기로 보이던 그들이 경찰이었다니 도무지 이해가 가지 않았다.

그 천진난만한 미소와 대화 내용이 경찰이라는 신분과 도무지 맞아 떨어지지 않는다. 내가 환상을 본 것일까. 나는 화면을 달굴 듯이 기사 내용을 보고 또 보았다. 그리고 그 남녀의 모습도 재확인했다. 맞다. 틀림없이 그들이었다. 어쩌면 그들은 열차 안에서 조폭들을 따라 붙기 위해 일부러 잠입했는지 모른다.

그들의 눈길을 피하기 위해 대학 새내기와 군종으로 위장했는지 모른다. 그러나 그것도 맞지 않는다. 그 남녀가 무인텔로 잠입했다면 충분히 살인사건을 막아냈을 것이다. 머릿속이 또다시 뒤죽박죽 엉키기 시작했다.

언제는 빨간 승용차에서 내린 남녀가 열차 안에서 만난 커플과 동일하다고 주장하더니 이번에는 또다시 조폭을 체포하기 위해 일부러 잠입한 형사로 둔갑한 것이다. 어쩌면 이 모든 우연의 일치가 내 시나리오를 위한 대본인지도 모른다는 생각이 들었다.

하지만 그때 열차 안에서 들었던 그들의 대화 내용은 들을수록 충격 이상이었다. 거짓 증거 하지 말라는…….

그동안 나는 죄에 대해 너무 둔감하게 살아온 것 같았다. 거짓과 진실에 대해 무관심했고 특히 죄에 대해 깊이 통찰하거나 회개하는 일은 더더욱 없었다. 용서와 참회에 대해서도 생각하지 않고 살았다. 생각의 틀에 변화가 일기 시작하는 순간이었다.

곧바로 시나리오 착상이 떠올랐다.

다음번에는 죄와 폭력으로 물든 청소년들의 회심을 일깨우는 영적 드라마를 만들자. 약자를 괴롭히고 집단으로 린치를 가해 죽음으로 몰고 갔던 파렴치한 범죄를 저지르고도 후회나 회개할 줄 모르는 양심들을 향해 진정한 회개를 일깨우는 그런 영적 드라마를.

나는 자다 말고 일어나 컴퓨터 앞에 앉았다. 나의 두 손이 빠르게 컴퓨터 자판을 두드리기 시작했다. 눈물이 자판 위로 뚝뚝 떨어지고 있었다. (2021년 창조문학)

춘천에서

사랑하는 것보다 사랑받는 게 더 힘들다.

어느 목회자가 말했었다.

그는 진실로 하기 어려운 말을 했다. 사람들은 대부분 사랑받는 걸 원한다. 거기에 행복이 있다고 믿기 때문이다. 사람들은 인생의 진짜 목적을 사랑받고 인정받는데 있다고 생각한다. 그리고 그 수단으로 돈과 명예 권력 등 많은 스펙을 쌓기 위해 목숨 거는 것이다.

많은 드라마와 영화의 단골 소재로 떠오르는 것도 다 그 이유에서다. 일확천금을 위해 어떤 위험도 불사하고 배반과 불의와 협잡한다. 영화나 드라마는 대부분 해피앤딩을 위해 권선징악을 내세우지만 꼭 그런 것만은 아니다.

요즘 영화의 대부분은 악과 악의 대결이며 선이나 정의는 찾아보기 힘들다. 그만큼 악이 보편화 되고 사람들의 인식에서 정의라는 개념이 빠르게 상실돼 가기 때문이다. 이유는 딱 한가지다. 성경에도 나와 있듯이 사람의 생각이 어릴 때부터 항상 악하고 모든 계획이 악에서 출발하기 때문이다.

인간 본성이 악하고 타락한 게 어제 오늘의 일만은 아닐 것이다, 다만 세상이 종말을 치달을수록 그 현상이 더 극심해질 뿐이다. 그런 악한 인간 본성 속에서도 사랑받고자 하는 욕구는 결코 사라지지 않는다. 그렇다고 사랑받는다고 해서 악이 끝나는 것도 아니다.

그 다음 순서로 다스리고자 하는 욕구가 뛰쳐나와 온갖 악을 자행하는 것이다. 참으로 아이러니 하지 않은가. 악한 본성 속에 사랑받고자 하는 욕구가 꿈틀대다니. 자신은 남을 사랑하지 않으면서 무조건적인 사랑을 원하다니. 옛말에 이런 말이 있다.

사랑받아본 사람만이 남을 사랑할 줄 안다.

어느 정도 일리(一理) 있는 말이다. 그렇다면 사랑받아 보지 못한 사람은 남을 사랑할 줄 모른다는 말도 된다. 어느 정도 수긍 가는 말이다. 그러나 사랑하는 것보다 더 힘든 건 사랑받는 일이라는 것을 사람들은 과연 알까? 평생 상처 속에 살아온 사람들에게 사랑받는다는 것이 얼마나 어색하고 힘든 일이라는 것을.

오랜만에 지인(知人)과 함께 춘천을 찾았다. 예전이나 지금이나 호반의 도시 춘천은 깨끗하고 조용했다. 달라진 게 있다면 아파트 군단이 들어섰고 도시화의 물결이 너무 급속하게 이루어진 것 같다. 남춘천이나 춘천 역사(驛舍)도 서울 전철과 직통하면서 엄청 세련되고 산뜻하게 대형화 됐다. 일반 전동차는 용산에서 2시간 가량 걸리는데 반해 ITX 청춘열차는 1시간 10분 만에 도착한다. 가격은 무려 세배 차이가 났다.

일반 전동차는 3200원인데 ITX 청춘열차는 9600원이었다. 태생이 느려터진 나는 집안일 하느라 일반 전동차를 놓치고 용산역에서 ITX 청춘열차에 탑승했다. 열차는 지하와 1층 2층까지 3개 층으로 운영되고 있었다. 빈자리가 없이 꽉 찼다.

주말이라 그런지 젊은 남녀들이 대부분 자리를 차지하고 있었다. 청춘열차는 일반 열차와 달리 입석을 자유석이라 해서 요금을 1900원 할인해 주었다. 난 무조건 빈 자리를 차지하고 앉았다. 좌석 주인이 나타나면 그때 일어나도 늦지 않을 것이라 생각했다.

　지하층에 앉아 가는데 느낌이 묘했다. 살다가 지하에 있는 열차를 타보다니, 열차는 용산을 지나 옥수역과 청량리역에 잠시 정차하고는 빠르게 전진했다. 역을 통과할 때마다 승무원의 멘트가 나왔다.

　일반 전동차가 아니니 청춘열차 승차권이 없는 사람은 빨리 하차하라고 했다. 후불 신용카드로도 정산이 안 되고 부정승차로 간주되니 그때는 요금의 10배를 부과한다고 거듭 강조하고 있었다. 아니나 다를까 승무원들이 돌아다니며 승차권을 점검하고 있었다.

　열차는 도심을 벗어나 마석과 청평 가평을 지나면서 산야와 물길을 보여주었다. 와! 소리가 나도록 산천이 눈앞을 스쳐 가더니 어느덧 남춘천역에 닿았다. 역사(驛舍) 밖으로 나오자 뙤약볕이 발걸음을 가로막고 나섰다. 사거리를 가운데 두고 왼쪽으로는 교대이고 오른쪽으로 예술회관과 중부시장 명동이 이어지고 있었다.

　이글대는 태양을 이고 우리는 재잘대며 걸었다.

　"춘천은 옛날이나 지금이나 깨끗하고 조용하네요. 저 산 좀 보세요, 등성이가 세 개가 굽이져 있네요."

　"바로 저기가 신숭겸 장군 묘지가 있는 곳이래요."

　"어쩌면 천 년 전에 저런 명소를 찾았을까요? 저기 바로 옆이 박사 마을이라고 들은 것 같아요."

　"예전에 유명했었죠, 한 마을에서 박사가 수십 명 나왔으니, 그것도 수십 년 전에 말이죠."

　"저기 보이는 저쪽이 의암호가 있는 곳이래요, 여기 춘천은 호수로 둘러싸여 구경할 데가 많데요."

　"그렇죠, 사실 저 어렸을 때 춘천 효자동에서 살았더랬어요, 우리

고모는 아직도 여기서 살고 계세요. 그래서 이곳 지리를 조금 알아
요."

"아! 그래요. 그럼 이왕 왔으니까 예술회관에서 연극 본 뒤 명동
쪽으로 가서 식사하고 쇼핑 겸 산책 합시다."

"그런데 거리가 정말 깨끗하고 조용하네요. 참 예전에 강원도지역
에서 근무했다고 하지 않았나요?"

"벌써 35년 전 일이네요. 여기 소양댐에서 쾌속선 배 타고 ○○지
역에 내리면 도내 버스가 있는데 읍내서 30분가량 걸리는 곳이었어
요. 최전방지역이라 경비도 삼엄하고 인심도 각박한 편이었어요. 지
금이야 굴을 뚫어서 2시간 안팎 걸리지만 그때는 소양호를 돌고 돌
아가느라 4시간 30분 걸렸어요. 지금 꼭 소설 쓰는 기분이에요. 너
무 오래 전 이야기라."

"서울과 너무 멀리 떨어져 불안하지 않았나요?"

"그때는 젊었고 여행하는 기분이라 별로 나쁘지 않았어요. 난 인
생을 여행이라 생각해요."

"여행 참 좋은 말이네요. 여행은 신이 인간에게 내려주신 선물이
래요."

"나는 여행갈 때마다 생각해요. 여행은 그리움을 만나러 가는 길
이다. 여행이란 한번 가면 다시는 못 올 이 세상의 아름다움에 대해
맘껏 즐기라고 신이 허락한 은총이라 생각해요."

"멋진 말이네요. 여행은 그리움을 만나러 가는 길이라."

"난 생각해요. 여행지에서 혹시 내가 그동안 그리워했던 사람들을
만나게 되지 않을까. 수십 년의 세월을 뛰어 넘어 그동안 살아온 안
부를 묻고 그리움에 대한 회포를 풀면서 옛 추억에 잠기면 인생은

얼마나 아름다울 것인가."

"고등학교 다닐 때 단짝이 있었는데 나의 말실수로 헤어졌었어요. 난 그 수십 년의 세월을 두고 참회하는 심정으로 살았는데 언젠가 만나면 꼭 사과하리라 생각해요. 그 애도 이젠 할머니가 되어 손자를 보았겠네요, 우리 나이가 벌써 육십이라니."

나는 말하다 말고 눈물이 나오려고 했다.

내년이면 나도 환갑이구나. 이 나이까지 살게 될 줄 상상도 못했는데. 가슴 속 깊숙한 곳에서 그리움이 안개처럼 피어올랐다. 예전에는 항상 미래만 생각하며 살았는데 나이가 육십이 가까워 오면서 생각이 늘 과거로 치닫는다. 몸도 기력이 쇠하면서 죽음이란 단어가 더 자주 보인다.

하긴 내가 언제 죽음이란 단어를 놓친 때가 있었던가. 지나가는 사람들에게 물어 물어 예술회관에 도착했다. 오래된 석조건물로 약간 퇴색한 느낌이 들었다. 이미 많은 관객들이 연극을 보기 위해 운집해 있었다. 안으로 들어서니 무대가 엄청 넓고 객석에 빈자리가 많았다.

혹시나 아는 얼굴을 만나게 될까 사방을 휘둘러보았다. 대부분이 중장년으로 여유있는 표정들이었다.

자리에 앉는 순간, 객석이 어두워지면서 징소리와 함께 막이 열렸다. 무대 맨 뒤쪽에 있는 창호지 문살에서 창(唱)이 들렸다. 때는 1920년대 일제 강점기였다. 구슬픈 창가(唱歌)는 당시 상황을 말해주듯 처량했다.

그때 양장(洋裝)을 한 여배우가 나타났다. 그녀는 날렵한 몸매에 정감 어린 표정으로 혼신의 힘을 다해 연기를 했다. 피를 토하듯 여배우로서 자신의 입지를 위해 강변하며 울부짖었다. 그녀는 신극 여배우로 자긍심과 함께 인생 험로를 헤쳐 나가고 있었다.

당시 여배우는 광대 수준에도 못 미치는 기생으로 취급되던 시대였다. 식민 치하의 암울한 배경과 자신의 운명을 탄식하면서도 결단코 순복하지 않겠다고 절절히 외치고 있었다. 정체성과 소신이 강한 그녀는 아름답고 지혜로웠지만 시대와 운명을 거스를 수 없었다.

여배우는 절규하며 외쳤다.

"내 이 더러운 운명을 버리고 배우로서의 인생을 살아갈 수만 있다면 난 무엇이든 버릴 용기가 있다."

출생부터 불행했던 그녀는 비극조차 아름답게 승화시키고 있었다. 연극을 보다가 중간에 잠깐 잠이 들었던 것 같다. 피곤이 눈꺼풀 위로 마구 쏟아지고 있었다. 눈이 감기면서 고개가 저절로 숙여졌다. 다음 순간 정신을 차렸을 때 이미 연극은 끝난 뒤였다.

자리에서 일어나는데 지인(知人)이 말했다.

"아니 연극 보다 말고 웬 잠을 그리 자요? 배우가 연기하면서 자꾸 쳐다보더라고요, 많이 피곤했나 봐요."

"글쎄 갑자기 잠이 막 쏟아지는데 정신을 차릴 수가 없었어요."

그때였다. 누군가 옆을 지나면서 자꾸만 쳐다보는 것 같았다. 느낌이 이상했다. 계속 나를 계속 주시하고 있는 것 같은 느낌에 뒤돌아서는데 누군가 내 팔을 툭 치고 지나갔다. 뒷모습이 어딘지 낯익었다.

예술회관 밖으로 나오니 또다시 뙤약볕이 엄청난 기세로 퍼붓고 있었다. 얼마나 더운지 시멘트 블록조차 불에 달군 것처럼 발바닥이 뜨거울 정도였다. 뜨거운 바람을 안고서 우리는 휘적휘적 걸었다.

교각을 건너니 왼쪽으로 공지천 알림판이 보이고 천주교 성당과 아파트 단지가 나타났다. 거리는 깨끗하고 각종 여름꽃이 지천으로 피어 주변이 온통 한 폭의 풍경화 같았다. 신호등 네거리 사이로 중앙시장이 보였다. 음식점 간판과 상가 골목이 이어지고 있었다.

시멘트 포장 도로 위에도 노점상이 빼곡히 들어차 있었다. 상가를 지나 교차로를 지나자 고등학교가 보였다. 춘천에서 가장 유명하다는 명문 고등학교였다. ○○에 있을 때 유명한 일화가 있었다.

인심이 후덕한 동네 부녀회장이 있었는데 그녀가 강원도에서 가장 유명하다는 모 여고를 나왔다고 했다. 그 동리에서 유일한 모 여고 출신이었다. 그리고 내가 근무하는 학교에 나보다 5살 많은 여교사가 그 학교 출신이었다. 명문여고를 나온 여자는 어디를 가나 인정과 후대를 받았다.

35년 전, 이 거리를 지나고 나서 처음 밟는다. 공무원 연수교육을 위해 방문했을 때 춘천은 논밭이 대부분이었다. 이렇게 대규모 아파트 단지가 들어서리라곤 짐작도 하지 못했다. 더구나 서울 전철과 직통하리라곤 꿈에도 상상하지 못했다. 머릿속으로 35년이란 세월이 빠르게 휘몰아치고 있었다.

대학 졸업하고 처음 갖는 직장이었다. 천둥벌거숭이처럼 철없고 어리석은 게다가 겁이 많고 소심한 나였다. 얼마나 철이 없고 어수룩했는지 부임한 지 일주일도 안 됐는데 교육청에서 교육감님이 학교를 방문해 신신당부하며 말했다.

"아직 어린 여선생님입니다. 서울에서 멀리 떨어져 이 먼곳까지 왔는데 교장 교감 선생님 여러 선생님들께서 특별히 관심 가지시고 잘 보살펴 주시기 바랍니다. 더구나 이곳은 군 주둔지역 아닙니까?"

교육감은 자동차를 타고 떠나는 순간까지 내 안위를 부탁했다. 그 때 잘 몰랐었다. 그것이 배려이고 돌봄이라는 사실을. 그리고 35년 세월동안 까맣게 잊고 살았다. 세월은 간단없이 흘렀어도 마음은 어느새 그 시절로 가 있다. 그때는 젊다는 이유만으로 미래에 대한 당당한 포부가 있었다.

지금이야 공무원이 철밥통인 시대라 퇴직 때까지 안전이 보장 되지만 그때는 최하위급으로 취급되었었다. 급여 수준이 일반 회사보다 삼분의 일 수준이었다. 하위급 공무원 한달 월급이 9만원이라면 (교사는 15만원) 일반 회사 초봉은 30만원이었다. 그래서 공무원은 그다지 전망이 좋은 직업이 아니었다.

다만 공직자라는 자긍심과 정년이 보장된다는 이유로 섣불리 그만 둘 수도 없었다. 그리고 또 한가지 거의 두 달 간격으로 상여금이 있어 그럭저럭 버틸 수 있었다.

더구나 사회활동 경험이 전혀 없고 대인기피증이 심한 나로서는 더더욱 그랬다. 23세 막 대학을 졸업한 나는 춘천시 강원도 교육청에서 발령장을 받고 소양강 선착장에 서 있었다. 그곳에서 배표를 샀고 승선했다. 쾌속정은 1시간 넘게 달려 ○○에 닿았다.

봄이라 개나리와 진달래가 선착장에 가득 피어 있었다. 낭만 100 퍼센트였다. 처음 대하는 낯선 객지 표정에 가슴이 뛰었다. 그곳에서 읍내로 들어가는 일반버스를 타고 바깥 풍경을 바라보는데 꼭 영화 찍는 것 같았다. 읍내에서 다시 ○○○리로 가는 도내 버스를 탔다.

논에서는 모내기를 하기 위해 물막이공사가 한창 진행 중이었다. 도로는 군 트럭이 대부분 지나갔고 이따금 경운기도 지나갔다. 이윽

고 목적지에 내렸다. 형제슈퍼 상호가 보였다. 그 맞은편으로 중학
교가 보였다. 거기서 다리 하나 건너면 면사무소가 있다 했다.

나는 슈퍼 옆길로 난 도로를 따라 걷다 교각을 건넜고 이윽고 내
근무지에 도착했다. 주변이 온통 논밭이었다. 학교 바로 옆이 대대
본부였고 그 너머는 비무장 지대고 펀치볼을 넘으면 바로 북한이었
다. 나는 당시 직장에서 유일한 서울 출신이었고 동료들은 대부분
나보다 연배가 20년 이상 차이가 났다.

제일 젊은 여교사가 나보다 5살 많았고 그러다 보니 자연스럽게
세대차이가 났다. 그것도 극심하게. 더구나 그곳은 농촌 지역으로
조선시대 같은 사고 발상을 하고 있었다. 직장에서는 그럭저럭 넘어
갔는데 문제는 퇴근 이후였다. 대화 상대가 없었다.

어려서부터 혼자 있는 걸 좋아하는 나였다. 그래서 꿈을 이루었다
고 좋아했는데 시간이 지나자 공백이 미칠 듯한 외로움으로 다가왔
다. 대화가 안 통하는 직원들과는 할 말도 없었다. 나는 주말이면
무조건 읍내로 나가 돌아다녔다. 거기서 알게 된 또래의 여자들이
있었다.

나처럼 공직 생활하는 관공서 여직원들이었다. 예를 들면 군청이
나 경찰서 면사무소에서 근무하는 여직원들이었다. 어느 해 봄, 춘
천에서 공무원 연수교육이 있었는데 그때 모두 알게 되었다.

그들이 나누는 대화는 서울 사람과는 천지 차이였다. 어릴 때 고
향 개울물에 멱을 감던 일, 친구들과 남의 밭에 들어가 서리해 먹던
일. 동네 오빠와 몰래 데이트하다 집안 어른들한테 들켜 치도곤 당
하던 일. 그중에 기억에 남는 여자가 있었다.

그녀는 읍사무소에 근무했는데 사는 곳은 남면에 있었다. 읍에서

10리쯤 떨어진 곳이었다. 주변에 인가(人家)는 몇 십 호 되지 않고 온통 논밭뿐이었다. 그녀는 읍내에서 여고를 나왔는데 그 어렵다는 공무원 시험에 붙어 고향에서 근무하게 된 케이스였다.

심성이 곱고 넉넉한 마음씨를 지닌 아가씨였다. 농사짓는 집안을 돕느라 도시로도 못 떠나고 아까운 청춘을 썩히고 있었다. 사람이 그리웠던지 공무원 연수교육에서 만난 내게 자기 집으로 놀러 오라고 신신당부했다. 그래서 한번 찾아간 적이 있었던가?

아! 이제 생각난다. 그녀가 무릎이 아프다고 만나는 사람마다 하소연하던 기억이 난다. 처음에는 잘 들어주던 사람들도 나중에는 짜증내며 외면했었다. 그래도 그녀는 섭섭한 말 한마디 없이 내게 친절하게 대해 주었다.

시골 농가였던 그녀의 방안에 들어섰을 때 그녀가 제일 먼저 묻던 말이 있었다.

"선생님은 왜 서울이 아닌 이 먼 시골까지 오시게 되었나요?"

"서울에 티오가 꽉 찼고 경기도도 자리가 없어서 할 수 없이 여기까지 오게 되었네요, 그래도 난 이곳이 좋아요."

"시골 생활 답답하지 않으세요?"

"물론 그렇죠, 사실 얼마나 버틸지 저도 궁금해요, 서울은 눈만 뜨면 돌아다닐 때도 많은데 여긴 기껏해야 읍내 장구경 뿐이니."

"그래도 대한민국에서 여기만큼 물 맑고 공기 좋은 곳은 없을 걸요."

물 맑은 건 인정하지만 공기는 정반대였다. 여름이면 논마다 농약을 어찌나 뿌려대는지 창문을 열어 놓을 수가 없었다. 또 최전방 지역이라 밤이면 총소리도 들렸고 특히 추수가 끝나고 나면 대대적으로 작전 훈련이 시작돼 대포 소리로 잠을 설쳐야 했다.

그곳은 모든 게 군(軍) 위주였다. 도로도 민간인도 군(君)에서 실시하는 모든 정책이 군(軍)을 위한 것으로 간주됐다. 당시, 그곳에만 유독 통행금지가 실시됐는데 밤 10시 이후에는 세상 없어도 외출 금지였다. 또 주요 요소마다 감시 초소가 있었는데 사람들은 그곳을 보안부대라 했다.

처음 보는 낯선 사람이 나타나면 무조건 신고부터 해야 하는 게 그곳 주민들의 일이었다. 산에 가면 북에서 뿌린 삐라가 대량 발견됐고 간첩이 잡혔다는 소문도 심심치 않게 들려왔다. 그런가 하면 교육계에서 벌어지는 난잡한 소문도 들려왔다. 남녀 교사 사이에 일어나는 각종 불륜 스캔들이었다.

소문은 어찌나 빠르게 번지는지 교육청에서 경고성 지시사항이 하달된 적도 여러번 있었다. 한번 춘천으로 출장 다녀온 나는 재미가 붙었는지 또다시 가고 싶어 안달이 났다. 하지만 그곳을 떠나오는 날까지 출장 가는 일은 생기지 않았다.

당시 밤 마실을 다니다 보면 풀숲에 반딧불이 날아다니는 것을 볼 수 있었다. 형광빛 날파리 같은 것이 풀숲을 날아다니는데 너무나 신기했다. 또 밤에 누워 하늘을 바라보면 깨알 같이 박힌 별을 볼 수 있었다. 마치 하늘을 아름다운 별자리로 수놓은 듯 정겨운 모습이었다.

주민들의 의식은 대체로 조선시대를 연상케 했다. 마을에서 다방을 운영하는 미모의 마담이 있었는데 그녀에게는 귀공자처럼 잘생긴 아들이 있었다. 본처가 아들을 못 낳자 남편이 첩을 보아 아들을 낳았는데 그게 바로 다방 마담의 아들이었다. 그들의 이야기를 들어보면 참 재미있었다.

본처는 시부모의 박대를 참아가며 힘든 농사일을 하고 첩은 다방을 운영하면서 생활비를 보태는데 둘 다 사고방식이 매우 자유로웠다. 본처는 시부모의 극심한 구박 속에 살면서도 남편과 첩의 존재를 인정했다. 첩이 돈을 벌어 생활비를 대니 남편이 운전하는 오토바이 뒤에 타고 다녀도 무방하다는 것이었다.

다방 마담도 마찬가지였다. 본처가 힘들게 농사지어 보내는 쌀과 야채 등을 거저 먹으니 생활비는 자기가 대는 게 당연하다 했다. 본처와 첩의 자식은 같은 초등학교를 다니는데 사이가 좋았다.

어쩌다 동네 여자들과 본처인 여자가 이야기하는 소리를 들은 적이 있다.

"에구, 한 살이라도 젊을 때 도망쳐서 새신랑 얻어 살지, 뭣하러 힘든 농삿일에 시부모 박대까지 참아가며 살아요?"

"아들을 못 낳으니 별 수 있나요? 그래도 애 엄마가 다방 운영해서 생활비도 대고 하니께 사는 데 별 지장은 없어요."

사람들은 말했다. 저러니 첩꼴을 보고 살지. 본처는 심성이 너그럽고 착했다. 남편이 첩을 오토바이 뒤에 태우고 온 동네를 휘젓고 다녀도 당연하게 여겼다.

그런가 하면 없는 시골 살림에 시부모와 시동생까지 모시고 사는 여자가 있었다. 시부모와 남편의 박대가 심했는데 문제는 시동생이었다.

농사일은 나 몰라라 팽개치고 밖으로만 나도는데 얼마나 철이 없고 멍청한지 몰랐다. 허름한 작업복을 입고 막노동을 업으로 살아가는데 집안에 생활비는 단 한푼도 내놓지 않았다. 하는 일이 동네 돌

아다니며 술 퍼마시고 남의 싸움판에 끼어 들고 못된 일은 도맡아
했다.

게다가 가끔씩 조카들도 울리고 형수한테 대들기까지 했다. 그런
집안에 초상이 났다. 오랫동안 병치레를 하던 남편이 드디어 운명한
것이다. 남편은 평소에도 성질이 고약해 처자식 구박하는 걸 예사로
알고 살았다. 동네 사람들한테는 한없이 너그럽고 인심이 후하면서
도 유독 처자식한테만 욕설과 매질을 해대며 괴롭혔다.

여자는 날마다 눈물로 살았는데 그 남편이 그만 암에 걸려 운명하
고 만 것이다. 사실 남편은 자기 병명도 모른체 죽었다. 자기가 죽
을병에 걸린 걸 알면 처자식 먼저 죽이겠다고 나설 인간이었다. 동
네 불쌍한 사람들한테는 쌀가마니까지 갖다 주면서 온갖 생색을 내
던 인간이 처자식에게는 늘상 행패와 모진 말로 괴롭혔었다.

사람들은 모두 궁금해 했다. 그렇게 모질게 괴롭히던 남편이 죽었
는데 아내 눈에서 눈물이 날까. 아니면 차라리 잘 됐다며 시원해 할
까. 사람들은 궁금증을 가지고 초상집으로 몰려갔다. 여자는 죽은
남편 시신 옆에서 처량하게 울고 있었다.

사람들은 생각했다. 무슨 미련이 남아서 저리도 슬피 울까. 나 같
으면 웃고 말 텐데. 아니 자기 설움에 우는 건지도 몰라. 한편 시동
생은 무엇이 그리 신이 났는지 동네 사람들 볼 때마다 큰 소리로 말
했다.

"이따 우리 집에 술 마시러 와유."

"왜 무슨 좋은 일 생겼나?"

"우리 형이 죽었어유, 아주 저 세상으로 가 버렸어유.

"그런디 뭐가 그리 신나게 그렇게 다니는감."

"초상이 낫으니께 알리는 거구먼유. 이따 술 마시러 와유."

그는 형이 죽었다는 데도 신이 나게 말했다. 동네 사람들은 이구동성으로 말했다. 하나밖에 없는 즈이 형이 죽었는데 뭐가 저리 신나서 난리람. 여자는 남편 상을 치르고 나서 농사일을 하며 겨우 살아가는데 시동생은 사사건건 분란만 일으키며 돌아다녔다.

사람들은 그를 미실이라 지칭했다. 미실이란 강원도 사투리로 약간 모자라고 철이 없다는 일종의 방언이었다. 그들은 나중에 나를 두고도 미실이라 하지 않았을까? 나는 가끔 생각한다. 동네는 농사짓는 원주민과 군인 가족이 상주했는데 그로 인한 에피소드가 많았다.

대부분 직업군인들의 아내는 기가 세고 억척스러웠다. 남편들이 새벽에 군장(軍裝)하고 특수훈련에 들어가도 걱정 한번 안 했다. 똑똑하고 황소라도 잡을 듯이 건강했다. 장교들 부인 간에도 서열이 존재했는데 남편이 육사 출신이냐 ROTC냐에 따라 진급 차이가 났다.

내가 근무하는 바로 옆에 대대본부가 있었는데 그 부대장은 ROTC 출신으로 월남에 파병되었다가 군에 눌러 앉은 케이스였다. 부인은 초등학교 교사로 미인이었다. 장교 중에서도 육사 출신은 매우 드물었다. 그들은 승진에 있어서 일순위로 꼽혔는데 부인들이 내조가 대단했다.

부인들의 학력도 거기에 포함돼 있었는데 이대 출신이면 어느 정도 승진이 보장된 거나 마찬가지라는 소문이 있었다. 그들은 자녀가 초등학교 5학년만 되면 거처를 서울로 옮겼는데 대부분 대령으로 전역했다. 장군으로 승진하는 경우는 육사 출신 중에서도 매우 드물었다.

당시는 군사정권 시절이었는데 하나회 출신들이 승진이 가장 빠르다고 했다. 직원들은 가끔씩 나를 두고 말했다.

"정현미 선생도 군납(軍納)해야 하지 않을까요?"

그러면 교감과 교무주임은 웃으며 말했다.

"서울 가면 괜찮은 총각들이 널렸을 텐데 굳이 군납(軍納) 들어가려 하겠어요."

그때 교무실 문이 열리면서 중령 계급장을 단 군인이 들어왔다. 그는 교감과 눈인사를 나누고 나더니 대뜸 나를 보면서 말했다.

"혹시나 우리 부대 사병들이 선생님께 귀찮게 하거나 그러지 않나요?"

"그런 일 없습니다."

"그렇담 다행이고요."

그들은 동네 다방 아가씨 이야기를 했다. 형제 슈퍼 건너편에 향수 다방이 있는데 거기에서 일하는 아가씨 부모님이 학교 교감이라는 것이었다. 이미 보안부대를 통해서 정보가 들어가 있었다. 한번은 저녁 늦게 학교 관사 앞에 있는 수도다방을 간 적이 있었다.

자리에 앉아 음악을 듣고 있는데 주인 마담이 앞에 와 앉더니 신세타령을 시작했다. 자기는 서울에서도 명문으로 꼽히는 수도 여고를 나왔는데 결혼한 지 10년 만에 이혼했다고 한다. 왜 이혼했냐고 하니까 남편이 10년 동안이나 살면서 전혀 속을 안 주었다고 했다.

몸만 옆에 있을 뿐 마음은 전혀 딴 곳에 가 있었다고 한다. 결국 이혼했는데 너무도 상처가 커서 아예 먼 이곳까지 와 다방이나 운영하면서 살고 있다고 했다. 그녀는 자기가 부리는 레지 아가씨들한테도 늘 말한다고 했다.

"여기 출입하는 군인들 사병이 됐건 장교가 됐건 절대 정(情) 주지 마라. 상처받는다. 좋을 때는 간이라도 떼어 줄 듯이 해도 떠날 때는 뒤도 안 돌아보고 간다."

아! 난 그때 어린 나이였지만 인생공부를 어느 정도 한 것 같다.

바로 그녀를 통해서. 얼마 후 수도 다방은 문을 닫았고 음식점으로 간판을 바꿔 달았다. 동료 중에 40대 부부교사가 있었다. 4학년 담임을 맡고 있는 여교사의 남편은 버스 정류장 옆에 있는 중학교 미술교사로 근무하고 있었다.

맞벌이 하는 아내 덕에 돈을 물 쓰듯 하는 그는 오토바이에 여자들을 태우고 다니며 염문 뿌리기에 바빴다.

못생긴 주제에 어찌나 멋을 부리는지 옷과 헤어스타일이 매양 바뀌고 여자도 수시로 바뀌었다. 어느 날 군 교육청에서 사생 대회가 열렸다. 심사위원은 여교사의 남편인 중학교 미술선생이었다.

내가 근무하는 학교의 아이들도 사생대회에 나갔는데 상을 모두 휩쓸어 왔다. 그때 그 여교사가 교무실에서 그 비밀을 폭로하면서 박장대소가 터졌다.

"제가 남편에게 말했어요, 우리 아이들은 크레파스로 그림을 그린 다음 물감으로 덧칠할 거예요."

"어쩐지 어쩐지."

그날 사생대회에 나갔던 아이들은 모두 영문도 모른 채 상을 거머쥐고 귀가했다.

동네 입구에서 식당을 운영하는 젊은 부부가 있었다. 여자는 아이가 셋인데 나이가 26세였고 남편은 12살 많은 36세였다. 그들은 바로 윗동네 마을에 살고 있었는데 주인집 딸과 머슴으로 만난 사이였다.

16살 어린 나이에 머슴과 눈이 맞아 야반도주한 여자는 신혼 초부터 고생보따리를 끌어안고 살았다. 헛간 같은 방구석에 밥상도 없이 사과 궤짝에 밥 한 그릇 김치 하나 놓고 먹었는데 막노동하는 남편이 돈을 벌어도 한 푼도 내놓지 않아 부부싸움을 억수로 했다고 한다.

여자는 농사일에 공사판 막노동에 잡역부로 일하는데 남편은 돈 한푼 내놓지 않고 술주정에 폭력을 예사로 휘둘렀다. 그녀는 강철 같은 몸으로 엄청난 막노동에 매질까지 견디면서 자식 셋을 키우는데 이혼할 생각은 전혀 없어 보였다.

차츰 생활이 안정되면서 식당과 하숙집을 운영하는데 손님이 보는 앞에서도 남편은 욕설과 주먹질을 예사로 했다. 그런데 그녀는 죽도록 얻어맞으면서도 남편에 대한 식사 공대는 끔찍하게 잘했다. 그녀가 내게 한 말이 생각난다.

"어릴 때 우리 친정아버지가 나를 무척이나 싫어했어요. 그래서 엄마랑 아버지랑 부부싸움을 자주 했어요. 그래서 내가 빨리 시집가서 저 꼴을 안 봐야지 생각했는데 저런 인간을 만났네요. 그래도 옛날에는 돈을 벌면 지가 다 쓰고 한 푼도 안 내놓았는데 지금은 꼬박꼬박 가져와요. 내가 두들겨 맞으면서도 돈 내놓으라고 했거든요."

그녀는 반지나 시계 등 장신구 하나 없으면서도 화장품은 고급 일색으로 썼다. 눈이 퉁퉁 붓고 못생긴 얼굴에 투자를 하는 걸로 보아 남편 사랑은 받고 싶은 모양이었다.

면사무소 근처에 있는 초등학교에 근무하는 유선생이 있었다. 그녀는 팔등신 외모에 탤런트 못지않은 미인형이었다. 부산에 있는 교육대학을 나왔는데 일부러 자청해서 그곳으로 근무지를 정했다고 한다. 애인이 내가 근무하는 학교 옆에 있는 대대본부 중위였다. ROTC 출신에다 키가 크고 잘생긴 편이라 지나가던 여자들도 한번쯤 되돌아볼 만큼 미남이었다. 어떻게 사귀게 되었느냐고 묻자 그녀가 내 귓가에 대고 말했다.

"대학 때 미팅에서 만났어요. 저 사람이 여기 부대에 근무하는 거 알고 내가 일부러 이곳으로 근무지를 정한 거예요. 임도 보고 뽕도 딸 겸."

그 말이 얼마나 멋있게 들리던지. 두 남녀가 읍내에서 데이트를 하면 모르는 사람이 없을 정도로 소문이 빠르게 번져 군 전체가 흔들흔들할 정도였다. 내가 그곳을 떠나올 무렵 그들은 결혼식을 올리고 전역과 함께 고향인 부산으로 갔다고 한다. 나는 그곳에서의 기억을 내 소설로 철저히 우려먹고 또 우려먹었다. 그리고 시나리오로 각색하기까지 했다.

인생은 세월과 함께 경험이라는 노하우를 제공한다. 그런데 어쩌면 나는 여전히 어리석을까. 그 많은 세월을 두고 깨달은 게 있다면 난 어쩌면 이리도 어리석을까 하는 것이다. 세월 속에 위기와 고난을 겪으면서 삶에 대한 노하우와 대처 능력을 갖추었을 법한데 난 그러지를 못한 것이다.

지금도 위기가 닥치면 그대로 무너져 내리고 허둥지둥 당황하며 때를 놓치기도 하고 손해를 보기 일쑤다. 한번 피해의식이 발동하면 분별력이 떨어지고 이성을 상실한다. 일순간 흥분도 잘하고 같은 실

수를 똑같이 반복할 때도 많다. 그 정도면 두뇌에 심각한 난기류가
발생한 게 아닐까.

나는 지금 지인(知人)과 효자동을 지나 중앙시장 입구에 들어서고
있다. 내 눈이 빠르게 사방을 둘러보고 있다. 혹시나 그녀를 만나게
되지 않을까. 얼마 전에 만난 여고 동창 혜영이가 말했었다.

"현미야, 경자가 춘천에 있는 중앙시장에서 장사하고 있대, 누가
지나가다가 봤는데 경자가 틀림없대. 세상에 잘난 척 고매한 척은
저 혼자 다하고 다니더니."

생각해 보니 그녀와 헤어진 지도 꼭 30년이 넘었다. 이유는 그녀
가 내 첫사랑인 그를 야유하는 말을 했기 때문이다.

내가 고등학교 2학년 때 그는 사관생도 1학년이었다. 어리고 철
없던 내 눈에 그가 눈부신 환상으로 다가왔다. 그때 나는 거의 멘붕
직전이었다. 집안사정은 대학에 진학할 형편이 아닌데도 나는 대학
을 고집했다. 단식투쟁까지 해가면서. 그가 내 귓가에 대고 말했었
다.

"공부 열심히 해서 대학 가야지, 꼭 합격하길 바라."

내가 대학을 졸업할 무렵 그는 공군 파일럿이 되어 서울을 떠났고
나 역시 서울을 떠났다. 내가 그를 사랑한 건 순전히 환상 때문이었
다. 그가 내게 하는 말 한마디도 확대 해석했고 나를 향한 관심쯤으
로 알았다. 하루 종일 그에 대한 환상에 빠져 살았다.

그렇게라도 하지 않으면 정신분열증이 올 것 같았다. 나는 나에게
전혀 관심도 없는 그를 두고 매일 소설이나 써댔다. 그리고 그에게
말했다.

"내 장래 희망은 소설가예요."

그가 말했다.

"나도 한때 소설을 쓴 적이 있었지, 포기하지 말고 꼭 소설가가 되어야 해. 내가 도와줄게. 절대 포기하면 안 돼."

그러면서 그는 내가 자기를 좋아할까봐 미리 방어막 치는 말도 했다. 거칠게 행동하면서 나를 꾸짖는 듯한 말도 여러 번 한 적이 있었다. 그는 생각보다 보수적이었고 까다롭고 예민한 편이었다. 그런데 바로 그러한 점이 내 마음을 자극하면서 집착현상을 일으켰다.

그와 함께 거리를 걸으면 사관생도 제복 망토 안의 붉은 빛이 번쩍이는데 이 또한 환상이었다. 그때 내 안에서 엄청난 불안이 두려움과 함께 똬리를 틀고 일어났다. 왜 이렇게 슬프고 외로운가. 이건 아니다. 이렇게 불안하고 가슴 아픈 건 사랑이 아니다.

내 말을 들은 그녀가 말했다. 그는 너를 절대 좋아하는 게 아니야, 좋아하는 여자에게 불안과 고통을 주는 건 사랑이 아니야. 상관없어 난 그저 소설만 쓰면 되니까. 그러자 그녀가 내 약점을 들먹이면서 내 분노를 촉발시켰다. 내 아픔을 자극하고 내 열등감을 꼬집는 가슴 아픈 말이었다.

"그 사람이 왜 너를 만나 준다고 생각하니? 더 이상 그 사람 찾아가지 마. 그럴수록 너만 상처받아, 그 사람이 말을 안 해서 그렇지 너 때문에 힘들어 하는지도 몰라. 자기가 진짜로 좋아하는 여자한테는 그렇게 행동하지 않아. 지난번에 면회 갔을 때도 훈련 나갔다면서 안 나왔다며?"

순간 나는 이성을 상실했다. 그리고 곧바로 나도 그녀의 약점을 공격했다.

"너는 니가 뭐 대단한 줄 아는데 착각하지 마, 너가 남한테 내세울 조건이 뭐가 있다고 큰소리야?"

가진 건 쥐뿔도 없는 주제에 그녀는 자존감이 강했다. 자신과 가족을 대단한 특권이라도 가진 양 마치 명문가족처럼 이야기했다. 그녀가 예의바르고 배려심 깊은 건 나도 인정했다. 그렇다고 그것이 남을 무시해도 되는 조건은 아니지 않은가.

결정적으로 내 속을 뒤집은 건 그가 나를 사랑할 이유가 하나도 없다는 것이었다. 내 가난하고 힘든 상황을 비웃은 말이었다. 당시 나는 직장을 그만두고 백수신세였기에 그 말이 더 가슴 아팠다. 나도 지지 않고 그녀에게 대거리를 했다.

"난 그래도 대졸 출신이다."

내 열등감을 감추기 위해 한 말이지만 아차 싶었다. 집안사정으로 대학 진학을 포기한 그녀의 과거를 그대로 찌르고 말았다. 그녀는 그대로 뒤돌아섰다. 여고 때, 바늘과 실이라 불릴 정도로 절친했던 그녀와 나였다. 내 아픔을 그대로 받아주고 조언해 주던 명민하고 사려 깊은 그녀였다.

그래서 더 믿고 의지하고 위로받고 싶었는지 모른다. 그 시절 나는 왜 그렇게 거칠고 사나웠는지 모른다. 상처가 깊은 탓도 있었지만 무엇보다 사랑받지 못한 아픔이 가장 컸다. 대체 사랑받는다는 건 뭘까? 난 어릴 때부터 제대로 된 사랑은 받아본 적이 없었다. 대학에 진학할 때도 말할 수 없는 상처와 수모를 겪었다.

그런데 그녀는 내가 받지 못한 사랑을 가족으로부터 끊임없이 받고 있었다. 7남매의 막내로 늙으신 부모님과 언니 오빠로부터 분에 넘치는 사랑을 받고 있었다. 다만 집안의 몰락으로 그녀의 대학 진학이 막혀 버린 것이다. 그녀는 곧바로 직장생활을 시작했다. 그러면서 그녀의 가슴에도 생채기가 쌓이기 시작했다. 말이 행동이 점점 거칠어졌고 짜증도 자주 냈다.

그녀와 헤어지고 나서 두 달 쯤 되었을까. 어느 날 그의 결혼 소식이 들려왔다. 이상하게 침착했다. 이미 소문으로 알고 있었기에 그냥 지나가는 소리로 들었다. 내가 쓰는 소설의 한 대목으로 알아들었다. 집안에 말할 수 없는 환란이 불어 닥쳤고 날마다 마음이 무너져 내리고 있었다.

우울증이 심화되면서 무기력과 신경불안증과 분노, 절망까지 추가돼 자살충동까지 왔다. 도저히 숨을 쉬고 살 수가 없었다. 몸 움직이는 것조차 힘들어 바깥출입조차 할 수가 없었다. 집안형편으로는 어떡하든 직장을 구해야 하는데 도무지 정신을 차릴 수가 없었다.

우울증으로 온몸이 망가져 있었다. 정신이 회로를 이탈했는지 자꾸만 엉뚱한 소리를 했다. 그렇게 수렁 속을 헤매던 어느 날 꿈을 꾸었다. 그를 만나기 위해 면회를 갔는데 조화로 상징되는 국화가 내 앞에 놓여 있었다. 꿈속이었지만 충격이 컸다.

그리고 얼마 안 가 그가 헬기 사고로 순직했다는 소식이 바람결에 들려왔다. 그가 결혼한 지 2년쯤 되었던 때 같다. 사랑하는 아내를 두고 떠나는 그의 심정은 어떠했을까. 소설로 몇 번 썼던 기억이 난다. 정신이 아득했고 눈물이 주체할 수 없을 만큼 흘러내렸다. 그러나 다음 순간 부끄럽고 수치스러웠다. 그의 죽음과 내가 무슨 상관이 있다고.

한낱 추억거리도 안 되는 그와의 기억을 두고 내가 슬퍼하고 절망한단 말인가. 그냥 소설 한편 쓴 셈 치자. 그런데 이것조차 내가 꾸며낸 감정은 아닐까. 내가 스스로 꾸며낸 감정놀음이 아닐까.

그 끔찍한 고통에서 나를 구해 준 건 소설이었다. 나는 소설로 나의 모든 원한을 갚아버렸다. 그러면서 한편으로 알바자리를 찾기 시작했다. 몸과 마음을 낮추다 보니 알바자리는 얼마든지 구할 수 있었다. 그때부터 내 주변에 악머구리 같은 인간 악마들이 몰려들기 시작했다.

그들은 내 약점을 교묘히 파악해 멸시하는 말을 무시로 퍼부었다. 그때마다 가슴속에 불덩어리가 생기면서 화병이 도지기 시작했다. 가만히 있으면 가슴속에서 모닥불이 활활 타올랐다. 머리칼이 한 움큼씩 빠지고 얼굴이 벌겋게 변했다. 나를 본 한의사가 대뜸 말했다.

"화병 났구먼."

그럼에도 돈벌이를 멈출 수 없었다. 죽기 살기로 직장생활을 했는데 어딜 가나 갑질의 횡포가 심했다. 이미 멘붕에 빠진 나에게 날마다 상처와 분노가 쌓여갔다. 아침이면 얼음수건을 머리에 얹고 집안일을 했다. 출근해서도 냉동실에 있는 얼음수건을 꺼내 머리 위에 얹었다.

내 머리 위에서 얼음이 녹으면서 김이 모락모락 났다. 분노를 삭이다 한계치에 도달하면 사표를 내던지고 여행을 떠났다. 아무 계획도 없이 무작정 고속버스터미널이나 청량리 역사로 달려가 표를 끊고 탑승했다. 낯선 풍광이 차창 밖을 스칠 때면 분노가 사그라들어 안심이 됐다.

난 내 가슴속에 남아 있는 그에 대한 그리움을 저주했다. 내가 무슨 자격으로 남의 남자였던 그를 그리워한단 말인가. 수렁 속을 헤매며 세월이 흘러갔다. 늘 끝간 바닥을 치달으며 말과 행동이 거칠어졌다. 그럴수록 나는 더 소설 습작에 매달렸다.

글은 내 한풀이 대상이 되어 내 분노를 그대로 받아주었고 차츰 마음이 정리면서 안정이 찾아왔다. 그리고 어느 날 기적처럼 소설가가 되었다. 다니던 직장에서 권고사직을 받았고 또다시 백수가 되면서 전업작가의 길로 들어섰다.

백수에 대한 이야기를 하자면 끝이 없을 것 같다. 본업을 팽개치고 난 후부터 난 처절하게 나락으로 떨어졌으니까. 그 어떤 시도도 노력도 할 수 없을 만큼 멘붕에 빠지자 백수는 나의 일상이 되었다. 그러다 알바자리라도 나서면 또다시 인간 악마들이 내 곁을 에워쌌고.

백수의 기간은 길지 않았지만 폐해는 엄청났다. 돈을 벌면 병원비 충당하기에도 바빴다. 그런데 소설가가 되고 난 후 백수가 되니까 오히려 집중력이 강해지면서 소설이 완성되었다. 소설은 내 정체성을 확인시켜 주면서 내 안의 어둠을 밝혀주었다. 그를 내 소설 주인공으로 초대한 것은 두말하면 잔소리다.

어느 날 소설을 쓰다가 여고동창인 그녀가 한 말이 생각났다.

'자기가 진짜 사랑하는 여자에게는 그렇게 행동하지 않는다.'

그녀 말이 옳았다. 그래서 나는 더 슬프고 가슴 아팠다. 그에게 건넨 내 짝사랑이 너무 부끄럽고 슬펐다. 그녀 말대로 그는 나에게 어떤 감정도 가지고 있지 않았다. 다 내가 꾸며낸 자작극이었다. 그를 만났을 때 불안했던 이유가 바로 그 증거였다.

그런 줄도 모르고 난 헛된 망상에 빠져 수십 년의 세월을 낭비한 것이다. 내 열등감을 그에게 보상받기 위해 내가 꾸며낸 소설을 두고 수십 년간 나 자신마저 속이고 있었다. 그리고 생각했다. 난 당신과 약속한 대로 소설가가 되었다.

그가 살아 있었다면 참모총장이 되었을지도 모른다. 난 또 그를 내 소설 속에 끌어들여 거짓나부랭이를 써대고 있다. 난 그동안 힘겨운 삶을 살아내느라 마음이 만신창이가 되었다. 난 요즘 나 자신에게 묻는다.

인생은 무엇으로 사는가. 인생의 목적을 어디에 두고 살아왔는가.

삶의 존재 목적에 대해 내가 만난 육십이란 나이는 당황하고 있다. 어느 날 나는 희한한 소리를 들었다. 사람이 애쓰고 힘쓴다고 다 되는 건 아니다. 결정권자는 절대자에게 있다. 즉 신의 은총으로 살아간다는 뜻이었다.

한번은 치매에 걸린 남편을 치다꺼리하는 여자를 만난 적이 있다. 그녀는 치매에 걸린 시어머니를 23년 간 봉양했는데 남의 이야기 하듯 했다. 요즘은 의술이 발달해서 웬만하면 치료가 가능하다고 하던데 일찍부터 서두르지 그랬냐고 하면 유전이라 소용없다고 했다.

그녀의 남편은 평생을 공무원으로 지냈는데 60대 초반이 되니까 치매증상이 본격적으로 시작됐다고 했다. 벌써 10년도 넘은 일인데 지금은 치매 요양센터에 아침에 맡겼다가 저녁에 다시 찾으러 가는데 불쌍하다는 말만 했다. 남편은 인지기능이 다 망가져 하루 종일 움직이지 않고 TV만 본다고 했다.

주변사람들에게도 남편이 치매라는 사실을 아무렇지도 않게 말했다. 평생을 치매 환자 뒷바라지하고 살면서 잘 웃고 친절했다. 다행히 아들딸이 효자효녀라 돈 걱정은 안 하고 산다고 했다. 그녀는 사람들과 이야기 하다가도 남편 모시러 가야 한다며 서둘러 자리에서 일어났다.

말끝마다 우리 아저씨 우리 아저씨하며.

　남편이 잘 나갈 때는 돈 자랑하며 살다가 퇴직하고 나면 밥해주는 것 귀찮아서 밤낮으로 쏘다니며 사는 여자들이 많다. 하루 세 끼 밥해주는 거 귀찮아서 삼식이라며 남편을 벌레 보듯 하는 여자들도 있다고 한다. 심지어 죽은 남편의 연금을 타먹고 사는 여자들이 제일 부럽다고 하는 여자들도 있다.

　돈만 있다면 남편이 없어도 무방하다는 세상이다. 희생이니 내조니 하는 단어를 거추장스럽게 생각하는 여자들도 많다. 세상에는 온통 악인들 천지 같지만 눈에 보이지 않아서 그렇지 의인과 천사들도 많다. 의인과 천사의 특징은 생각의 틀이 다르다는 것이다.

　그들은 내 한 몸 희생해서 상대를 구하자는 게 아니다. 이미 닥친 운명을 그대로 받아들이고 순응하는 것이다. 원망이나 미움이 애초부터 생기지 않게 생각이 바르게 정해져 있다. 그래서 그들은 역경 앞에서도 원망하지 않고 묵묵하게 견뎌낸다. 모든 게 생각하기 나름이었다. 어떤 생활 속에서도 마음먹기 따라 평안과 지옥이 엇갈렸다.

　멀리 춘천 역사(驛舍)가 보였다. 가파른 에스컬레이터 위로 많은 발걸음이 몰려오고 있었다. 뜨거운 태양이 어느덧 산등성이 너머로 지고 있었다. 벌판에 때 아닌 코스모스가 무리져 피어 있었다. 원두막도 보였다. 세상은 온통 구경거리로 가득했다.

　앞서 걸으며 내가 말했다.

　"○○에서 떠나올 때 가지 말라고 붙잡은 사람이 있었어요?"

　"누가 붙잡았는데요?"

　"나보다 1살 어린 총각선생이 있었는데 나보고 가지 말라고 눈물을 글썽이며 말하더라고요. 2년만 참았다 같이 가재요."

"어딜요?"

"자기 고향 충청도로. 내가 그 촌구석이 싫어서 떠나는데 또다시 시골로 가자니까 기가 막혀서 싫다고 했죠."

"작가님을 좋아했었나 봐요. 같이 떠나자고 한 걸 보면."

"좋아하긴 뭘요. 촌구석에서 어지간히 심심했나 보죠. 들리는 소문에 의하면 내가 떠난 뒤 술을 억수로 퍼마시고 그러더니 교회에 나가 신앙생활을 착실히 했대요."

나는 또 생각난 듯이 말했다.

"그곳에 있을 때 교감 선생님께서 나보고 교회 나가서 신앙생활하라고 조언하신 적 있었어요. 자기는 교인도 아니면서. 그땐 잘 몰랐는데 모두들 내게 관심 갖고 사랑을 많이 해주셨던 거 같아요. 두 달 간인가 동네 교회 출석했었는데 떠나오는 날 교회 청년회장이 선물을 주더라고요. 성화 그림 같았는데……. 아참, 그 사람이 내게 프러포즈했었어요. 외국에 다녀올 건데 1년 동안만 기다려 달라고 했던가. 그런데 왜 갑자기 그 생각이 난 걸까."

이야기하다 보니 발걸음이 어느새 춘천 역사로 들어서고 있었다. 시원한 에어컨 바람이 가슴 속에 감기듯이 들어왔다. 때마침 열차 출발을 알리는 아나운서의 멘트가 흘러나오고 있었다. 지인과 나는 뒤질세라 전동차 안으로 발걸음을 디밀었다.

전동차가 막 출발하려는 순간이었다. 누군가 창밖에서 나를 향해 손을 흔들고 있었다. 순한 눈빛과 안타까운 표정으로 발을 구르며 내게 손짓을 하고 있었다.

"경자야."

"현미야"

우리는 동시에 소리치며 가슴이 아려왔다. 눈물이 가슴 밑바닥에서부터 차올랐다. 아쉬움과 후회, 아픔과 연민이 눈물과 함께 가슴을 적셨다. 차창 밖으로 그녀의 모습이 점점 사라지고 있었다. 묻고 싶은 말이 많은데 열차는 전속력으로 질주했다. 핸드폰 번호라도 물어 볼 걸.

"그분인가요? 그 고등학교 동창이라는."

난 대답 대신 고개를 끄덕였다.

나는 요즘 유튜브에서 '추억이 말을 해'라는 프로그램을 자주 시청하고 있다. 70-80년대까지의 시대 상황을 그대로 재연하는 프로인데 그때 유행하던 음악과 사람들의 모습이 애잔하게 기억난다. 어느 날도 유튜브를 클릭했는데 정감 어린 아나운서의 멘트가 흘러나왔다.

'사랑해서 미안했습니다. 한 사람이 다른 사람을 사랑한다는 건 분명 미안한 일이 아닐 터인데 그대에게 건넨 제 사랑은 모두 미안한 사랑이 되고 말았습니다. 그동안 사랑해서 미안했습니다. 그대라는 사람을 알고 난 후에 얼마나 많이 흐느꼈는지 그래서 내 남은 눈물이 말라버린 채 이제는 무덤덤한 나를 보며 요즘 놀라곤 합니다. 이제 어지간히 슬퍼서는 눈물이 나지 않습니다. 사랑해서 정말 미안했습니다. 마음먹은 대로 되는 일이 아니겠기에 이 미련한 짝사랑은 마음처럼 쉽게 잡혀지지가 않아 앞으로도 기약 없이 그대에게 계속 건네야 할 것 같습니다. 이 미안함. 그대 가슴 안에 내 작은 빈자리 하나 남아 있다면.'

유튜브 화면에는 우산을 쓰고 길을 가는 연인들의 모습이 계속 비치고 있었다. 비를 흠뻑 뒤집어쓴 연인들은 서로 부둥켜안은 채 택

시를 집어타거나 버스 정류장을 향해 종종걸음을 치고 있었다. 화면 속의 남자들은 80년대 초답게 대부분 장발을 하고 있었고 여자들은 파머 머리를 한 채 하이힐을 신고 있었다. 그런데 재미있는 건 화면 속의 얼굴들이 대부분 광대뼈가 튀어나오고 인상이 험했다.

　삶이 팍팍했던 탓일까. 거리와 도로를 적시는 거대한 빗물은 물결처럼 내 눈에서 눈물샘이 터지게 했다. 그동안 살아온 세월이 눈물이 되어 내 가슴을 적시고 있었다.(2021년 순수문학)

매너리즘

역사(驛舍)에서 나오자 낯익은 겨울풍경이 마음속으로 설핏 다가왔다. 언제 봐도 신선한 객지의 풍경이다.

검푸른 산과 그 아래 펼쳐진 호숫가는 산책객들의 발걸음을 잡아채듯 이끌고 있었다. 호숫가 주변으로 억새풀과 얼음에 반쯤 얼어붙은 연꽃의 잔해가 보였다. 갑자기 마음에 생동감이 일었다.

난 겨울이 좋다. 그것도 얼음이 꽁꽁 얼고 삭풍이 몰아치는 매서운 겨울이 정말 좋다. 그런데 한겨울에도 소나무는 어쩌면 저리도 푸르고 청청할까. 나는 다시 한 번 산을 바라보며 혼자 웃었다.

나무는 세월이 가도 늙지 않나 보다. 나무로 만든 다리를 건너니 어디선가 시끄러운 새소리가 들려왔다. 끼룩끼룩 하는 게 갈매기 소리 같기도 하고 거위 소리 같기도 했다. 멀리서 봐도 새가 제법 컸다. 커다란 흰 날개를 폈다가 사뿐히 물 위에 내려앉는 물새는 고니였다. 얼음이 녹은 호수 한편에 고니 떼가 모여 물고기 사냥을 하는 중이었다.

긴 다리로 물구나무서기로 자맥질을 하는 고니마다 입에 물고기가 물려져 있었다. 겨울 하늘에 원을 그리며 날던 고니가 하나 둘 모여 들었다. 어느새 호숫가는 고니 떼로 가득했다. 희한한 건 그 고니 떼 중에 갈색 오리 서너 마리가 열심히 자맥질을 하며 사냥에 동참 중이었다. 고니 떼는 서로에게 신호를 보내는 듯 계속 끼룩거렸다.

　짐작컨대 고니 떼가 모인 물가에 물고기가 많은 모양이었다. 갈대 수풀가에서 중년으로 보이는 여류 사진작가가 계속 카메라 셔터를 눌러댔다. 간밤에 비가 왔는지 흙길이 질척거렸다. 호수가 끝나는 곳에 고가도로를 달리는 차량의 행렬이 보였다. 어디론가 떠나는 발걸음은 자유롭다. 목적이 있기에 발걸음에 힘이 느껴진다.

　주변을 둘러보니 건물마다 카페 아니면 음식점이었다. 도시뿐만 아니라 어디엘 가도 상업지구가 형성되지 않은 곳이 없다. 조금 전 역사를 나왔을 때도 제일 먼저 보인 게 2층짜리 커피숍이었다. 그 커피숍에는 전동차가 지나는 모습을 보며 연인을 기다리는 청춘들이 있을 것이다.

　그들의 그 신선한 감성이 쌓아가는 추억이 부럽기만 하다. 누군가 말했다. 미래보다 지난 추억을 자주 말한다면 그건 바로 늙은 증거 다. 살아온 날보다 살아가야 할 날이 적다는 건 그만큼 늙었다는 증 거다. 아니 이젠 그 정도가 아니라 점점 죽을 시기가 가까워졌다는 말이 더 맞다.

　이제 불혹의 나이지만 몸이 노쇠현상을 호소할 때마다 후회는 강 물처럼 의식을 점령한다. 후회는 과거를 의미하는 대표적인 현상이 다.

　또한 가장 무의미한 쓸데없는 감정 낭비임에 틀림없다. 노인들이 동네 어귀에 앉아 내가 젊었을 때는……. 하던 말이 떠오른다. 도대 체 과거로 돌아가서 뭘 어쩌겠다는 건가? 한마디로 일축해 버리던, 왜 그땐 그렇게 어리석었을까. 왜 세월의 빠름에 대해 미리 감지하 지 못했을까. 맑고 환한 겨울 날씨였다. 찬바람이 강쪽에서 강하게 휘몰아쳤다.

발걸음을 차도 쪽으로 돌리는데 전에 보지 못하던 주차장이 보였다. 콩밭을 뒤집어엎더니 주차장이 들어선 것이다. 보도블록을 걷어내고 발밑이 폭신폭신한 인도로 변한 것도 새로웠다. 오토바이 수리상이 사라지고 커피숍이 들어선 것도 이채로웠다. 전철역이 들어선 후 호숫가를 끼고 상업지구로 변한 것은 어쩌면 당연한 건지도 모른다.

지방자치제로 전국이 경제활성화를 위한 상업지구로 변했다 해도 과언이 아닐 것이다. 군사정권 시절 새마을운동을 하면서 초가집이 사라진 것처럼. 인도를 따라 걷다 보니 오른쪽으로 면사무소가 보였고 뒤쪽으로 돌아가니 초등학교와 중학교가 보였다. 중간 중간에 파헤쳐진 밭과 도랑물도 보였다. 사거리에는 굉음을 지르며 달려가는 차량과 생태환경 도서관이 행인들의 시선을 유도하고 있었다.

자세히 보니 도로마다 행사를 알리는 현수막이 깃발처럼 나부끼고 있었다. 각종 문화 행사와 세태를 알리는 정치 문구가 가슴마다 작은 파문을 안겼다. 풍차 모양의 고급 음식점 뒤로 초록색 물결이 넘실대고 있었다. 강가를 끼고서 청정 웰빙식품이라는 문구를 달고서 음식점이 연이어졌다. 버스정류장으로 향하는 입구에 옹기장이 보였다.

커다란 항아리와 옹기그릇이 산더미처럼 쌓여 있었다. 요즘 세상에 누가 장을 담가 먹는다고. 옹기상을 둘려쳐진 철조망에는 CCTV까지 설치돼 있었다. 다리를 건너는데 한떼의 물오리가 유영하는 모습이 보였다. 저 물오리 떼는 어디서부터 흘러왔을까. 고개를 거꾸로 처박고 자맥질을 하며 마치 숨바꼭질 하듯, 자유가 평화가 강물에 넘쳐나는 듯했다.

어디선가 향긋한 바람이 불어왔다. 장작 태우는 냄새도 바람결에 날아와 코에 스며들었다. 대학 때 MT갈 때마다 캠프 화이어 하자고 조른 것도 나였다. 타오르는 장작불을 보면서 낭만이라고 소리치고 시를 읊조리고 혼자 들떠서 다니던……

세월은 가도 기억은 언제나 튀어나와 생각을 점령한다. 나는 유난히 장작 태우는 냄새를 좋아했다. 낙엽 태우는 냄새도 좋아했다. 연기가 길게 바람에 밀려 날아갈 때면 감성이 최고조로 달하면서 어떤 강력한 희열을 느끼곤 했다. 그 느낌이 지금 가슴 속에서 새록새록 살아나고 있다.

막 다리를 지났을 때 문자메시지가 왔다. 버스정류장 쪽에서 기다리고 있으니 빨리 오라는 그가 보낸 메시지였다. 발걸음은 두려움과 기대, 그리움과 어떤 후회감으로 자꾸 더뎌지고 있었다. 나는 급히 가방을 뒤져 선글라스를 꺼냈다. 위장된 마음을 보이고 싶지 않았다. 갑자기 온 세상이 까맣게 변하면서 가슴이 떨려왔다.

겨울에 선글라스는 꼴불견이다. 위장하고 싶은 불순한 마음의 동기를 스스로 표출하는 격이다. 선글라스를 도로 벗어 가방에 넣고 천천히 걸었다. 좀 기다리게 하는 것도 괜찮아. 너도 옛날에 그랬잖아.

사방을 둘러보니 초록색 강물 빼놓고 온통 잿빛이었다. 풀은 쓰러져 지푸라기가 되었고 나무마다 말라붙은 이파리가 겨울의 마지막 바람을 견디고 있었다. 그리고 어디선가 삼겹살 굽는 냄새가 속이 뒤집히게 풍겨왔다. 도로를 지나는 차량의 속도도 갑자기 높아지고 있었다.

그때였다. 키가 크고 깡마른 남자가 내 앞으로 다가선 것은. 그는 검은 가죽 장갑을 벗더니 내게 악수를 청했다. 희고 가느다란 손길이었다.

"뭐해? 악수 안 해줄 거야?"

뭔지 모를 거부감이 가슴 속에서 울컥 솟았다. 그리고 후회어린 반감이 그를 향해 쏟아지려는 순간이었다.

"싫어요."

그는 당황한 눈빛으로 고개를 뒤로 젖혔다.

"북한강 쪽으로 갈까? 오늘 자동차 일부러 안 가지고 왔어. 당신하고 걷고 싶어서."

그래 오늘 딱 하루만이다. 다신 이런 기회를 만들지 말자. 다시 내 감정에 스스로 속지 말자. 감정만큼 변화무쌍한 속임수도 없으리라. 한때의 감정을 두고 사랑이라고 운운하고 감정이 변하면 배반이라고 서로에게 삿대질을 하는. 그런 감정놀음에 다신 속지 말자.

감성적인 사람일수록 감정에 예민하다. 60-70년대 영화를 보면 남자는 한량인 반면 여자는 사랑 하나에 목숨 걸고 자신을 희생했다. 심지어 정절을 지키기 위해 죽음도 불사했다. 중국이나 일본도 예외는 아니었다. 비밀을 지키라는 연인의 말에 그대로 강물 속에 뛰어들거나 남편의 명예를 위해 스스로 할복자살한 일본 여인네도 있다.

그런데 우스운 건 불륜의 행태이다. 남자는 바람이 나도 자식을 끝까지 지키려 하는데 여자는 오히려 자식을 버리고 애인을 따라 나선다. 지금이야 세태가 바뀌어 양상이 달라졌지만 여자들은 사랑 앞에 현실을 외면하는 경우가 종종 있다. 얼마 전 인터넷 기사에서 읽은 생각이 난다.

재벌 총수의 딸이 평사원과 결혼했는데 몇 년 안 가 파경을 맞은 것이다. 집안의 엄청난 반대를 무릅쓰고 결혼했을 때는 그만큼 사랑에 대한 확신이 있었을 것이다. 그 흔한 드라마 속 내용처럼 모종의 사건이 있은 후 오직 사랑 하나 믿고 행복을 과신했을 했을 것이다. 그러나 파경을 맞으며 세간의 이목을 집중시키며 소송까지 몰아간 것은 변심이라는 주요한 원인이 작용했으리라.

감정을 맹신한 결과는 언제나 처참하다. 자기를 믿었든 상대를 믿었든 결과는 언제나 실망과 분노로 남는다. 밤낮없이 막장 드라마에 빠져 살더니 어느 날인가 내가 그 주인공이 되고 말았다. 신뢰라는 그 허울 좋은 인격적인 사랑 앞에서. 배신과 버림이라는 쓴 결과 앞에서도 사태 파악을 못한 나는 10년도 넘는 세월을 방황하며 살았다.

후회와 어리석음은 내가 만들어낸 일종의 자충수였다. 아니 자가당착이었다. 내가 목적을 가지고 만들어낸 환상이자 허상이었다. 후회할 줄 뻔히 알면서 내 부족한 부분을 상대로부터 보완 받고 싶었다. 스스로 일어나지 못하고 나보다 강한 대상을 의존하고 싶어하는 어리석음은 열등감과 무능감으로부터 출발했다.

도대체 그 망할 놈의 발상은 끝도 없이 나를 물고 늘어지는 고질적인 병폐였다. 무능감의 원인은 철저한 자신감의 결여와 낮은 자존감에서 비롯됐다.

그때 난 분명 매너리즘에 빠져 있었다. 매너리즘이란 항상 틀에 박혀 일정한 방식이나 태도를 취함으로 독창성을 잃는 일이라고 사전에서 명명하고 있다. 그건 나의 오랜 습관이 만들어낸 고질적인 병폐이자 자충수의 결과라고도 할 수 있다.

어릴 때부터 끈기가 부족하고 나약해 빠진 나는 도전의식 자체가 없었다.

늘 그저 무사안일주의에 빠져 어떤 위험도 감수하려 들지를 않았다. 그렇다고 내 주변 환경이 항상 편안한 건 아니었다. 때때로 극심한 환란이 닥쳐왔고 그때마다 나는 위기 의식에 사선(死線)을 넘은 적도 많았다. 그때마다 누군가 내 안에서 평안을 외치곤 했었는데 그게 바로 견딜 수 있는 힘이 되었다.

어떻게 하면 강해질 수 있을까?

어떻게 해야 나 자신을 강하고 지혜롭게 단련할 수 있을까?

때때로 반문하며 자의식에 시달렸다. 그러나 대체로 위기가 지나고 나면 곧바로 안정감을 회복하면서 매너리즘에 빠졌다. 매너리즘은 진전을 향한 최대 걸림돌이 되었다. 변화를 싫어하고 그저 주저 앉게 만드는 소심함. 그건 내 안의 가장 두려움이자 최대의 적수였다.

언젠가 TV에서 야생성을 잃어버린 시라소니 이야기를 시청한 적이 있었다. 동물원에 갇혀 사는 시라소니는 사냥할 필요를 전혀 느끼지 못한다. 때마다 공급되는 식사와 적당한 놀이터에 길들여 있기 때문이다. 따라서 특기인 점프도 하지 않고 어슬렁어슬렁 동물원 경내만 왔다 갔다 할 뿐이다.

맹수로서의 기능을 잃어버린 시라소니는 그 위용과 함께 매력도 상실했다. 이에 동물원 측은 시라소니의 본성인 야생성을 되찾기 위한 순서에 돌입했다. 먹이를 공중 그물에 올려놓고 스스로 점프해 낚아채게 하는 것이다. 그럼으로써 점프력도 키우고 또 살아 있는 먹잇감을 통해 본성인 야생성을 살려 맹수로서의 삶을 되찾게 하는 방법이다.

이미 편안한 먹잇감에 길들여진 시라소니는 배가 고프기 전까진 전혀 움직이지 않는다. 먹잇감을 잡기 위해 야생성을 동원할 필요도 느끼지 못한다. 또한 특기인 점프력을 사용할 필요도 없다. 시라소니는 그저 동물원이라는 편안한 환경 속에서 인간이 던져주는 먹이에 의해 자신의 정체성도 잃고 살아갈 뿐이다.

어린 시절, 허약한 나는 온종일 방구석에 처박혀 잠을 잤다. 등짝이 방바닥에 붙었는지 움직일 줄 몰랐다. 간신히 정신을 차리고 일어서려고 하면 눈앞이 핑그르르 돌면서 어지럼증이 몰려왔다. 그런 몸으로 학교에 간다는 건 너무 끔찍한 일이었다. 몸을 억지로 일으켜 등교했다가 쓰러져 양호실로 업혀간 적도 여러 번 있었다.

조회시간이나 체육시간 때는 교실에 앉아 놀았다. 아니 책상에 죽은 척 엎드려 있었다. 병원에 가서 검사를 해도 특별한 병명이 나오지 않았다. 다리가 쇠꼬챙이처럼 말라서 보는 사람마다 위태롭다고 했다. 꼭 새 다리를 보는 같다며 부러질 것 같다고 했다. 이유 없이 하체가 약해지더니 걸음 걷는 것조차 힘들어졌다. 그리고 무슨 이유에선지 나는 바닥만 보면 누워 잠을 잤다.

병원에선 여전히 병명을 알 수 없다고 했다. 머리를 감기만 하면 머리칼이 숭숭 빠져 머릿속에 훤히 보일 정도였다. 어느 날 엄마가 미국에서 건너왔다는 하얀 알약을 주면서 먹으라고 했다. 그 약을 먹고 나서 약간의 차도를 보이긴 했다. 그러나 하체의 이상 증세는 여전했다.

나는 참새 같은 다리를 하고서 겨우 학교를 다니고 졸업을 하고 상급학교에 진학했다. 물론 학교에서 하는 조회시간이나 체육시간은 참관만 했다. 어린 나이지만 죽음을 직감했다.

과연 이런 상태로 살아갈 수 있을까? 이런 몸 상태로 무엇을 할 수 있을까?

허약한 몸에 병이 쌓이고 쌓이더니 정신마저 혼미해져 갔다. 마치 사형선고 날짜를 받아 놓은 것 같았다. 의사는 여전히 병명을 알 수 없다고 했다. 가족은 내 몸 상태에 대해 점점 무관심해져 갔다.

고통은 철저히 개인의 몫이었다. 그 누구도 나의 고통의 원인에 대해 더 이상 알려고 하지 않았고 묻지도 않았다. 미래라는 단어가 가장 두려웠다. 혼곤한 잠에 빠져 있다 깨어나면 두려움이 가장 먼저 엄습했다. 죽음은 생각만큼 쉽사리 찾아오지 않았다. 집안에는 나 말고도 중환자가 또 한 명 있었다.

내 엄마였다. 막내 남동생을 낳고 나서 병을 얻은 엄마는 병을 앓느라 나를 돌아볼 틈도 없었다. 툭하면 앰뷸런스에 실려 가기를 여러번 하더니 어느 날 급성 폐렴으로 생을 마감하고 말았다. 엄마가 천국으로 이사를 간 이후부터 집안에는 환란이라는 태풍이 몰아치기 시작했다.

간신히 숨만 붙어 있는 내게 죽음을 강요하듯 날마다 술 마귀가 극성을 부리기 시작한 것이다. 이전에도 찢어지는 가난으로 절망과 모욕감을 안고 살았는데 엄마가 세상을 떠나자 아버지에게 술 마귀가 붙어 씌운 것이다. 집안은 날마다 난장판이 되었다. 겨우 숨만 붙어 움직이는 나는 딸이라는 이유로 집안일을 했는데 그로 인해 몸은 더욱 만신창이가 되었다.

우울증과 정신분열 증세가 나타나면서 끝도 없이 자살충동에 휘말린 것이다.

'내 나이 삼십 세 이전에 죽어지리라.'

난 딱 거기까지만 내 삶의 한계선을 그었다. 더 이상 살 가치나 희망이 보이지 않았다. 혼미한 정신을 뚫고 출몰한 자살 충동을 실행으로 옮기기엔 난 최소한의 용기나 의지도 없었다. 아무리 자살사이트를 뒤져도 마땅한 방법을 찾을 수 없었다. 그저 앉아서 죽을 날만 기다리자니 내 몰골이 너무 비참했다.

나중에는 심장병까지 추가해 하루에도 몇 번이나 발작증세가 나타났다. 아! 이제 마지막이구나 하면 또 심장이 박동해 죽음이 비켜 갔다. 그런 일이 몇 번이나 반복하니까 나중에는 가족들조차 내게 꾀병이니 신경성이나 하면서 외면해 버렸다.

저거 하나 죽는다 해도 시체 치울 돈도 없다며 악담까지 했다.

생명줄은 끈질겼다. 죽고자 원해도 죽음의 신이 찾아오지 않으니 생명은 이어 갔다. 세월마저 뛰어 넘어 내 나이 29세가 되었다. 이제 1년 남았다. 세월의 달음질 속에 이제 죽음의 사선을 앞둘 시기가 정말로 다가온 것이다. 누군가 말했었다.

인생이란 태어나는 순간부터 절망이라는 터널을 통과해 죽음이라는 종착역을 향해 가는 것이라고.

그런데 아무리 기다려도 내겐 죽음의 신이 오지 않는 것이다. 오히려 기적적으로 건강이 조금씩 호전 증세를 보이고 있었다. 아! 죽는 것도 마음대로 안 되는구나. 자살충동마저 점점 약해지더니 나이 30이 점점 다가오고 있었다. 30세 이전에 죽으려던 계획이 완전 빗나가고 있었다.

드디어 나이 삼십이 되었다.

나는 여전히 숨을 쉬고 살아 있었다. 그리고 내 앞에 남은 시간들이 물밀듯이 몰려오고 있었다. 삶에 대해 방관자세만 취하고 아무런 준비도 없는 내게 현실과 미래라는 단어가 한꺼번에 옥죄고 있었다. 죽음보다 더 두려운 무능력이 나에게 무한 책임이라는 단어를 제시하고 있었다.

어쩌면 내 사전에 삶에 대한 계획이나 미래에 대한 안전장치 같은 것은 아예 없었는지 모른다. 생각해 보니 나에겐 무능력이 가장 큰 적수였다. 몸은 여전히 병마에 치이고 무기력증 또한 거들고 있었지만 마냥 누워 있을 수만도 없는 처지였다. 무엇보다 돈이 필요했다.

그런데 생각해 보니 나에겐 가진 재능이나 기술이 하나도 없었다. 도와줄만한 일가친척이나 지인도 없었다. 난 무작정 자리에서 일어나 밖으로 나갔다. 수중에는 돈 한 푼 없었다. 매일 방안에 누워 잠을 자거나 TV를 보는 게 내 일상이었으니까. 나는 알에서 깬 병아리처럼 집밖을 나가 돌아다녔다.

따가운 땡볕이 내리쬐는 거리는 살아 움직이는 생물들로 가득했다. 모두가 살기 위해 움직이고 있었다. 4차원 혁명시대라는 단어가 실감날 만큼 삶은 전쟁터였다. 사람이 해야 할 일을 인터넷이나 인공지능 등 로봇으로 대체하는 바람에 일자리는 나날이 줄어 실업자 수는 급증하는 추세였다.

어느새 나는 긴장 수위를 높이면서 어깨가 빳빳하게 굳어 있었다. 동네 골목길을 벗어나 시장 통으로 들어섰다. 대형마트에 밀려난 시장은 문을 닫은 점포가 더 많았다. 반찬가게와 야채상 빼놓고는 손님들도 별로 없었다. 음식점 골목을 지나니 곧바로 한강물이 보였다.

익숙한 고개인 비계를 지나 국립 현충원으로 들어섰다. 웬만한 국립공원 못지않은 현충원에는 꽃들이 만발해 천혜의 자연 공원이었다. 그곳을 지나 구반포 신반포 역을 지났다. 문득 서점 앞을 지나는데 눈에 띄는 글자가 보였다.

'여직원 구함.'

나는 지체 없이 들어섰다. 어리벙벙한 표정으로 서 있는 내게 카운터에 있는 주인 남자가 물었다

"손님, 어떤 책을 찾으시나요?"

"저 여직원 구한다고 해서."

주인은 내 아래위를 훑어보더니 말했다.

"본인인가요?"

"네."

주인은 마침 손님이 들고 온 책을 계산대에서 스캐너로 찍고 있는 중이었다. 그는 계산을 마치더니 내 얼굴을 찬찬히 들여다보며 말했다.

"서점에 근무해 본 적 있나요?"

"전혀."

"서점 일이란 게 간단해 보이지만 복잡하고 힘든 점도 많아요. 그런데 나이는?"

나는 잠시 주춤했다. 삼십이라고 하면 어떤 표정을 지을까? 그 나이까지 뭘 하고 지냈느냐고 전직이 무엇이냐고 물어볼 것 같았다.

"삼십은 안 넘었죠?"

"네 아직.

만 나이라는 게 있으니까. 나는 스스로 퉁쳤다.

"몸이 약해 보이는데 할 수 있겠어요?"

"네 열심히. 그보다도 전 책을 좋아해서 꼭 서점에 근무하고 싶었어요."

그건 사실이었다. 병마가 내 몸을 엄습할 때도 내 손에는 책이 꼭 쥐어져 있었다.

"저기 저 위에 꽂혀 있는 저 원서들 보이죠? 한번 읽어 보세요."

그가 손가락으로 가리키는 곳에는 영어나 한자로 된 전문서적들이 잔뜩 꽂혀 있었다. 정신을 집중해서 하나씩 읽어 내려갔다. 의학과 어학 전문서적이었다.

"우리 서점은 여기 1층과 2층 모두 사용하는데 대부분 참고서나 전문서적을 판매해요. 문학서적도 취급하긴 하는데 판매가 저조하다 보니, 그리고 페이는 서점이 워낙 구조적으로 열악하다 보니 많이는 못 드려요. 시급으로 정산해서 지급하고 일주일에 한번 쉬어요. 근무할 수 있겠어요?"

"네 할 수 있어요."

시켜만 주신다면 하고, 감격한 나머지 말할 뻔했다.

"한두 달 하다 그만 둘 것 같으면 사절이에요. 우리는 오래 근무할 사람을 원해요. 거의 매일 신간이 들어오기 때문에 책 이름도 잘 외워야 하고 서고 위치도 정확히 파악해야 해요."

난 무조건 오케이라고 대답하고는 돌아섰다. 어디서 그런 힘이 났던 걸까? 집으로 돌아오는 내내 발걸음에 힘이 났다. 집안을 깨끗이 청소하고 몇 가지 반찬도 만들어 미리 도시락도 준비해 놓았다. 일찍 잠자리에 들었다. 이튿날 아침부터 서둘러 식사를 마치고 돌아서는데 아버지가 물었다.

"어딜 가는 건데?"

"나 오늘부터 출근해."

"출근이라니? 어디로?"

"응 서점에 취직했어."

"월급은 얼마나 받기로 했는데?"

"지금 그게 문제야? 내 생애 첫 출근인데?"

너무 작아서 말하는 순간 실망할까봐 나는 입을 다물었다. 그나 저나 내 생애 첫 출근이었다. 내 나이 삼십에 기적같이 얻은 직장이었다. 남들은 비웃을지 몰라도 나에게는 첫 돈벌이 수단이었다. 스스로 대견하다고 격려하며 부지런히 발걸음을 옮겼다. 어떤 기대와 흥분이 내 안에서 잔뜩 부풀어 있었다.

돈이라는 기대치가 위로와 희망을 주고 있었다. 그런데, 서점 강화도어를 열고 들어서는 순간 엄청난 책의 입고량을 두고 놀라고 말았다. 서점 입구에 쌓여 있는 책들은 무게가 나가 보이는 것들이었다. 캐리어로 나르기에도 분량이 턱없이 많았다.

'어휴 언제 저걸 다 나른담.'

신간을 정확한 책 위치에 꽂고 나머지는 창고에 쌓았다. 책을 들고 일어서는 순간 허리가 휘청했다. 책을 정리하는 동안에도 손님이 들이닥쳐 책을 찾는 통에 정신없이 움직여야 했다. 그러는 동안 손님이 먼저 책을 들고 카운터에 가 계산을 마쳤다. 잠시도 쉴 틈 없이 일하느라 피곤한 줄도 몰랐다.

어느새 점심시간이 되었다. 주인이 부르더니 식권을 내밀었다.

"지하 상가에 매점이 있는데 그곳에 가서 식사해요."

매점에서 식사를?

이럴 줄 알았더라면 도시락을 준비하지 말 것을.

동료인 미스 정이 따라오라고 손짓을 했다. 지하계단을 들어서는데 무릎 뼈가 시큰했다. 무거운 것을 들고 나르느라 약한 무릎에 무리가 온 모양이다. 미스 정을 따라 들어선 매점은 간단한 문구와 식사를 함께 팔고 있었다. 식사는 떡볶이와 김밥 라면 딱 세 종류였다.

그러면 그렇지.

실망감 대신 어떤 안도감이 드는데 미스 정이 말했다.

"그래도 우리 서점은 다른 곳보다 대우가 좋은 편이에요, 사람들은 서점이 책도 마음대로 볼 수 있고 편한 줄 알지만 정반대예요. 매일 들어오는 신간도 엄청 많은 데다 책 이름을 모두 외워야 하고 무거운 책 제자리 찾아 꽂아야 하고 반품되는 책들도 다 찾아서 묶어 출판사에 넘겨야 해요. 일은 힘들지만 보람도 있어요. 일반 장사와 달리 서점은 고객들이 대우해 주는 편이에요."

"고마워요."

나는 진심으로 말했다. 미스 정은 약간 당황한 눈치였다. 자기보다 나이도 많은데 존칭을 하며 고맙다고 하니 얼떨떨한 모양이었다.

"미스 정은 근무한 지 오래 되었나요?"

"전 사실은 사장님과 먼 친척 관계예요. 오래 근무할 생각은 없고 기회 보다가 다른 직장으로 옮길 계획이에요."

순간 생각했다. 그렇다면 나는 미스 정 대타인가? 미스 정은 자기소개를 장황하게 늘어놓았다. 4년제 대학 국문과를 나왔으며 서점에서 출판시장에 대한 현황을 꿰뚫은 다음 출판사에 들어가 업무를 익힌 후 반드시 작가가 되어 성공하겠다고 했다. 지금은 바로 그 첫

단계라 했다.

아무진 포부에 비해 너무 생각이 진부했다. 내가 보기엔 그녀는 작가로서의 소질이나 그 면면이 별로 보이지 않았다. 적어도 작가라면 발상이 기발하진 않더라도 평범은 뛰어 넘어야 하는데 그녀는 항상 현실적이고 타산적이었다. 그래도 미래를 향한 그녀의 젊은 패기와 능력은 부러웠다.

나는 서점에 근무하면서 점점 생각이 깨어나고 있었다. 허리에 무리가 올만큼 힘이 들어도 백수가 아니라는 사실에 감사가 절로 났다. 늦은 저녁 서점 창밖으로 보이는 세상은 이전과는 확실히 느낌이 달랐다.

거리를 지나는 사람들은 목적 있는 발걸음으로 생기가 넘쳤고 서점에 와서 책을 사가는 사람들도 미래에 대한 준비와 사명감으로 꽉차 있었다. 그들은 미래의 향방에 대해 의지에 차 있었다. 가끔씩 출판사 직원들과 대화하면서 새로운 사실도 터득했다.

당시 크게 히트 쳤던 시집이 있었는데 출판사 직원이 나와 미스 정에게 선물하면서 독자들에게 많이 홍보해 달라고 했다. 집에 온 나는 그 시집을 읽고 나서 말할 수 없는 감동에 사로잡혔다. 주로 바닷가 풍경을 배경으로 쓴 시인데 한 줄 한 줄 읽을 때마다 감성이 최고조로 달했다.

바다의 모습을 한편의 드라마처럼 생생하게 보여주는데 마치 바다 한가운데 떠 있는 느낌이었다. 시인은 바다를 사랑해 일부러 섬 생활을 하는데 삶의 여유와 풍류가 느껴졌다. 그가 쓴 시가 아직도 내 속에 생각난다.

모든 걸 다 떨쳐버리고 나 자신도 바닷가로 달려가 합류하고 싶었다. 바닷가에 나의 인생을 묻어버리고 싶었다. 시인은 바다를 좋아해 아예 섬 속에 파묻혀 살고 있다고 했다. 바다는 행복을 주는데 천국과 같다고도 했다. 나도 즉시로 바다로 떠나고 싶었다. 끝없는 물결에 내 마음을 던져 놓고 끝없이 표류하고 싶었다.

아름다운 바다의 정경에 나 자신을 맡겨놓고 바다와 동화되고 싶었다. 시인의 감성에 취해 난생 처음으로 안정된 기쁨이 생겨났다.

나도 시인이 되고 싶다.

떠나고 싶다. 나를 알아 볼 이가 없는 바닷가로.

떠남에 대한 환상으로 들뜨기 시작했다. 떠나리라. 반드시 이 복잡한 도심을 떠나 낯선 곳 이질감으로 가득한 곳에서 새로운 도약을 꿈꾸리라. 얼토당토않은 생각에 사로잡히며 현실감각이 둔해졌다. 시인이 되고 싶다는 생각은 또 다른 일탈을 꿈꾸고 있었다. 그러나 현실은 고되고 슬펐다.

매일같이 바지만 입는 내게 어느 날 미스정 이 물었다.

"언니는 왜 매일 바지만 입으세요?"

"서점 근무하면서 치마를 어떻게 입나요? 무거운 책 들고 나르다 찢어질까 겁나요."

"하긴 그렇긴 하지만요."

난 참새처럼 가느다란 내 다리를 보이기 싫었다. 보기만 해도 부러질 것 같다는 소릴 자주 들었기 때문이다. 다른 사람들의 시선을 의식하지 않을 수 없었다. 다리가 가늘고 하체가 유난히 약하다 보니 몸에 균형을 잡지 못해 자주 기우뚱거리고 넘어졌다.

그런데 희한한 건 서점에서 근무하면서 하체가 점점 좋아지기 시작했다. 몸도 자주 단련하다 보면 한계 상황을 뛰어 넘기도 하는 모양이었다. 서점은 전문서적이나 문학물도 취급했지만 유명 만화가가 그린 만화책도 판매했다. 주로 삼국지나 수호지 등 역사물이었는데 한번 읽으면 손에서 떼지 못할 만큼 재미있었다.

만화책을 빌려오면 가족들이 먼저 손을 대고 읽었다. 집안에 때 아닌 독서 열풍이 분 것이다. 만화에는 철학이 없다고 하지만 가독성만큼은 만화를 따라갈 수 없다. 그림과 대사가 그만큼 압권이라는 뜻이다. 한여름이면 가족들은 내가 서점에서 빌려온 만화책을 들고 누워 끝까지 정독했다.

그때처럼 집안이 평화롭고 조용할 때가 없었다.

서점 근무를 시작하면서 나는 많은 정보를 접했다. 출판계의 동향과 책이 주는 무한한 지식과 정보는 긍정적인 마인드를 만드는데 일조를 했다. 인터넷이나 뉴스 채널에서는 온갖 부정적 기사가 넘쳐나 세상 말세라는 단어가 생각나게 했지만 책은 미처 생각하지 못한 아이디어와 적절한 위로와 희망을 마음속에 전달해 주었다.

그런데도 독자의 수는 세계 최하위를 기록하고 책 판매 부수는 나날이 떨어져 도산하는 출판사가 속출했다. 안 팔리는 책을 반품하려고 보면 어느새 폐업한 곳이 많았는데 특히 시나 소설을 취급하는 문학물이 더 심했다. 따라서 서점도 폐업하는 곳이 늘어갔다.

서점에 근무한 지 일 년이 조금 넘었을까. 어느 날 사장이 내게 심각한 표정으로 말했다. 곧 폐업할 예정이니 새로운 직장을 구하라는 것이었다. 이미 예상하고 있던 터였지만 가슴에 깊은 통증이 일었다. 당시 나는 출판사를 운영하는 남자와 사랑에 빠져 있었다.

그는 사장과 절친으로 주로 문학서적과 외국서적을 번역 출판하고 있었다. 직원은 두 명 두고 있었는데 영업은 본인이 직접 뛰었다. 외모가 수려하고 매너와 말 주변이 좋았다. 무엇보다 친절하고 배려가 깊어 저절로 신뢰가 갔다.

간신히 건강을 회복하고 나서 안정되는가 싶을 때 찾아온 사랑이 었다. 그는 문학적 감성이 풍부했고 정보통에 밝아 내 지식적 욕구 를 늘 충족시켜 주곤 했었다. 내 불안한 정서를 안정시키면서 나에 게 설렘과 기쁨을 주었다. 세상에 태어나 처음으로 느껴보는 부요한 감정이었다.

나는 그것을 소설에서 나오는 사랑이라고 생각했다.

그가 건네주는 감정을 맹신하고 아무것도 묻지 않았다. 그의 신상 명세서에 대해 알려고 하지 않았다. 환상이 깨질까봐 두려웠다. 그 와의 만남이 이어질 때마다 내 가슴은 행복감에 출렁였다. 그러나 그와 비례해서 불안감도 커져갔다. 살얼음판을 딛듯 아슬아슬 곡예 를 하는 기분이었다.

불안이 점점 커져 가던 어느 날 출판사의 연쇄도산 소식이 들려왔 다. 당시 뉴스 란을 떠들썩하게 채웠던 서적 도매상이 최종 부도됨 에 따라 도미노 현상으로 출판사의 도산이 연이어진 것이었다. 출판 사에 반품해야 할 책이 막히자 문을 닫는 서점가도 늘어났다.

그가 운영하는 출판사에도 위기가 닥친 건 불문가지다. 도산하기 보름 전쯤이었던가. 그가 급전을 요구한 적이 있었다,

그런데 느낌이 예전과 달랐다. 마음속에서 쿵 소리가 나면서 두려 움이 몰려왔다.

이건 아니지.

내 안에서 다른 음성이 들려왔다. 그가 요구한 액수가 너무 컸고 순간적으로 의심이 들었다. 그는 마치 따지듯이 말했다.

"날 못 미더워서 그러는 거야? 지금 그 나이쯤이면 그만한 돈은 마련해 볼 수 있는 것 아닌가?"

그 나이라니? 나는 그제야 내 나이와 내 처지에 대한 실체를 점검하면서 자괴감에 빠졌다. 순식간에 수치심이 내 온몸을 덮어버리더니 얼굴이 화덕처럼 확 달아올랐다. 그는 있는 대로 화를 쏟더니 제 갈 길로 가버렸다. 이튿날 나는 그에게 내 통장에 남아 있는 전액을 찾아 송금했다.

그동안 서점에서 몸이 부서져라 일하면서 번 피 같은 돈이었다. 되돌려 받을 생각은 추호도 없었다. 떼일 염려 같은 게 있었다면 아예 송금하지 않았을 것이다. 나를 향한 그의 마음을 사랑이라고 굳게 믿었고 어려울 때 돕는 건 인지상정이라 생각했다. 나는 또 그의 반응이 몹시 궁금했다.

비록 부도를 메꾸기엔 턱없이 부족한 액수였지만 나머지는 다른 곳에 융통해서라고 해결할 것이라 믿었다. 나는 혼자 생각하고 판단하고 나서 그에게 어떤 기대를 걸고 있었다. 화를 내고 돌아서긴 했지만 분명 그는 나를 다시 찾을 것이다. 그러나 그는 종무소식이었다.

돈이 입금된 사실을 모르는 걸까? 그렇진 않을 것이다. 부도를 막기 위해 백방으로 뛰고 있을 그가 통장을 확인 안 할 이유가 없다. 그렇다면? 불길한 예감이 떠올랐다. 혹시 극단적인 마음을 품은 건 아닐까? 그럴 리가 없다. 그는 누구보다 의지가 강하고 멘탈이 강한 사람이다.

설사 부도가 된다 치더라도 시일이 지나면 어떤 모양새라도 다시 일어설 것이다. 일주일이 지났다. 역시나 그에게서는 아무 연락이 오지 않았다. 그동안 난 심각한 강박증과 불안증에 빠졌다. 머릿속에서 갖가지 상상 드라마가 써지면서 혼란이 일었다. 그러나 그의 인격에 대해 의심하는 생각 따윈 한번도 하지 않았다.

그와 헤어진 지 열흘쯤 된 날이었다. 그의 출판사가 최종 부도 처리되었다는 소식이 들려왔다. 그 소식을 들려준 사람은 그의 절친이자 서점 주인인 사장이었다.

"어참! 설마설마 했는데 그 친구 부도났다는구만."

"이번에는 어느 출판사인가요?"

그 무렵 출판사의 도산은 예사였기에 나는 무심코 물었다.

"아! 그 홍은동에서 외국서적 판매하는 내 친구 있잖아 홍영길, 부도 막겠다고 여기 저기 뛰어 다니더니 끝내 부도처리 됐다는구면. 참 큰일이야 큰일 이런 식으로 나가다간 남아나는 출판사 있겠어?"

이미 예상하고 있던 터였지만 내가 받는 충격은 상당했다. 그래서 연락이 없었던 거구나. 그렇다면 내 돈은? 내가 오랜 세월 병석을 딛고 일어나 서점에서 일해서 번 그 피 같은 돈은 날아간 셈이구나.

이미 마음속에서 포기한 돈이지만 너무 허무했다. 그렇다 처도 나한테 연락 한번 없다니 이건 너무한 걸. 섭섭함이 물밀듯이 몰려왔다. 아무리 힘든 상황이지만 이렇게까지 연락 한번 없다니, 나중에는 의심하는 마음마저 생겨났다.

그때였다. 사장 입에서 청천벽력 같은 소리가 나는데 난 그만 심장이 얼어붙었다.

"그 친구 말야. 부도 면해 보겠다고 처갓집 돈까지 끌어다 썼던 모양이야. 처가 식구들이 그를 찾느라 혈안이 돼서 도망 다니는 모양이야. 아! 어쩌자고 처가 식구들 돈까지 끌어다 써?"

처가라니? 그렇다면 그가 유부남이었단 말인가? 뒤통수를 센 물리력에 의해 가격 당하는 느낌이었다. 이게 도대체 무슨 소리란 말인가?

"아니 왜 놀라는 거야? 출판사 부도 당하는 게 어제 오늘 소식인가?"

"그 분 결혼한 사람이었네요? 저한테는 미혼이라구 하던데요."

"아! 그거야 농담으로 하는 말이지, 그걸 사실로 믿었단 말야? 하긴 그 사람이 인물이 좋다 보니까 여기저기 뿌려놓은 애인이 많다는 소릴 들은 것 같애, 혹시 그 여자들한테도 돈 끌어다 쓴 거 아닌가 모르겠네, 워낙 수완이 좋은 사람이니까."

그는 이제 친구에 대한 흉허물을 아낌없이 내쏟고 있었다. 처음에는 친구의 부도 소식을 안타까워하더니 나중에는 신문기사에 나는 가십거리로 말했다. 그는 돌아서면서 말했다.

"사람이 말야, 진실해야지 말야, 여기 저기 다니면서 염문이나 뿌리고 말야. 사실 부도처리 된 게 뭐 그 이유뿐이겠어? 모르긴 몰라도 여자 문제도 있을 거라고. 아무리 그래도 그렇지 망하려면 저 혼자나 망하지 처가 식구들 돈까지 왜 끌어다 써?"

그는 이제 비방까지 하고 있었다. 그 말이 내 가슴을 아리게 후볐다. 처음에는 종잡을 수 없는 마음에 긴가민가했다. 조금 시간이 지나고 찬찬히 생각해 보니 마음속에 엄청난 회오리바람이 불기 시작했다. 후회와 가책보다 자책감이 나 자신에 대한 원망으로 미쳐버릴 것 같았다.

그러니까 난 나도 모르는 사이에 막장 드라마를 쓰고 있었던 모양이다. 자기의 결혼 사실을 숨기고 미혼 여성과 연애행각을 벌이던

희대의 연애 사기꾼과 함께. 그 사기꾼은 여자의 마음을 농락하고 돈까지 후려내 이중으로 이익을 챙겼다. 뿐만 아니라 사업체를 빌미로 여기저기 돈을 끌어다 쓰면서 피해를 가중시켰다.

그에게 농락당한 여자들은 돈까지 떼이고 그 누구한테도 하소연도 못하고 속을 끙끙 앓고 있을 것이다. 바로 나처럼.

여자들에게 스스로 연애감정에 빠지게 해놓고 마음과 돈을 챙긴 그는 배신과 버림을 거리낌 없이 자행하고 다닌 것이다. 피해자의 입장에 선 나는 감정의 몰락과 함께 멘붕에 빠졌다. 허술한 정신구조로 배신과 버림이라는 단어를 감당하기엔 나는 너무 나약했다. 어둠은 나를 마지막 골목으로 몰고 갔다.

난 또다시 방구석에 처박혔다. 간신히 집안일 끝내고 나면 정신없이 잠속으로 추락했다. 등짝이 방바닥에 붙어 일어날 줄 몰랐다. 나중에는 무기력증이 몰려와 손가락 하나 까딱하기 싫었다. 하루 종일 멍때린 상태에서 나 자신을 방기했다.

누군가 그런 나를 보더니 말했다.

"왜 사니?"

세월과 담 쌓고 살던 어느 날 문득 자리에서 일어나 밖으로 나갔다. 북풍이 거리를 휩쓸고 한강이 바람결에 따라 넘실대고 있었다. 찬바람이 목덜미와 발끝으로 마구 들어왔다. 도로 한가운데 골판지를 가득 실은 리어카가 힘겹게 굴러가고 있었다. 노인은 추위도 잊은 채 온몸으로 리어카를 끌면서 낑낑대고 있었다.

삶의 무게가 느껴졌다. 삶에는 책임이 요구되고 나이도 마찬가지다. 책임에는 성과라는 단어가 따른다. 언젠가 그가 한 말이 생각났다.

"날 못 미더워서 그러는 거야? 지금 그 나이쯤이면 그만한 돈은 마련해 둘 수 있는 것 아닌가?"

그때 나이와 그만한 돈이라는 단단히 충격을 받았던 것 같다. 나이와 돈이라는 상관관계에 대해 처음으로 골똘한 생각에 잠겼었다. 그리고 사람들이 얼마나 돈을 사랑하고 의지하는지 알았다. 어릴 때 그렇게 가난과 질병에 시달렸으면서 그 간단한 진리를 처음 깨닫다니.

생각해 보니까 30세라는 마지노선도 지나 있었고 이제부턴 미래에 대해 생각해야 할 시기가 온 것 같다. 미래는 돈이라는 단어와 직결된다. 부인할 수 없는 현실이다. 결국 사람들이 돈에 목숨 거는 이유는 자녀 양육도 있겠지만 노후대책도 큰 몫을 차지하고 있다.

우선 강해지고 싶었다. 의지도 지혜도 강하고 누구보다 독창적인 인생을 살고 싶었다. 한낱 감정에 빠져 더 이상 시간 낭비할 수 없었다. 그러기 위해선 몸과 마음을 추스려야 한다. 정신을 다잡고 올바른 판단을 내려야 한다. 언젠가 들었던 멘탈갑이 되고 싶었다.

심정과 달리 다시 일어서기란 죽기보다 힘들었다. 나약해 빠진 건 몸 뿐만이 아니었다. 마음으로는 멘탈갑이 되어야 한다고 외쳤지만 일어서려는 순간 의지는 산산조각이 되어 흩어졌다. 정신력을 떠받쳐 주는 건 의지다. 의지가 없이는 아무 것도 할 수 없다.

그때 내 안에서 들려오는 음성이 있었다.

낮아져라. 더 낮아져라.

낮아지라니? 여기서 더 이상 낮아질 곳이 또 있던가?

잠시 대학시절을 회고했다. 간신히 학점 따고 졸업하느라 전공 따위는 생각도 못하고 살아왔다. 세월이 흘러 내가 전공한 과목은 이미 사라지고 다른 형태로 바뀌어 있었다. 하긴 요즘 같은 세상에 취업과 상관없는 전공을 누가 택하겠는가? 나는 낮아지기로 결심했다.

'무슨 일이든 하리라.'

10년의 세월이 흘렀다. 나는 낮아지는 과정에서 수많은 직장을 전전했다. 한때는 직업상담사를 하기도 했는데 얼마 안 가 그만두고 말았다. 너무 지루하고 사람들을 대하는데 짜증이 났다. 자기의 처지와 상관없이 고액만 바라는 백수들이 너무 많았다. 자기의 전력을 내세우며 상담하는 내 태도가 마음에 안 든다며 협박하는 사람들도 있었다.

무슨 일이든 익숙해질라 치면 독창성을 잃어버리고 싫증이 났다. 나중에는 사람들 만나는 게 고역으로 느껴졌다. 직장을 전전하면서 나는 내 정체성에 대해 심각한 위기를 겪었다. 그러면서 또 한편으로는 피해의식에 휩싸였다. 피해의식은 외모나 능력 성격과 상관없이 모든 사람들의 마음속에 편재해 있었다.

피해의식이 강해질수록 이기심 또한 증대했다. 손해 보지 않기 위해 모든 노하우를 총동원 했고 온통 불신감에 휩싸였다. 그러면서 내 안에 자각증상이 일었다. 항상 변화무쌍한 마음을 믿지 말자. 감정은 순간적이고 가변적이다. 믿을 대상은 그 누구도 없다. 나 자신 외에는.

그런데 생각해 보니 나 자신도 절대 믿을 수 없다는 결론에 달했다. 아니 어쩌면 나야말로 변덕이 죽 끓듯 하지 않는가.

그렇다면 세상에 누굴 믿고 살아가야 한단 말인가?

사람을 부정하고 불신하다 보니 또다시 의지가 약해지기 시작했다. 매사에 손해 보지 않으려 하다 보니 안 되면 그만이지 식이었

다. 무슨 일을 해도 금세 싫증이 났고 일이 잘 안 될라 싶으면 포기
하기 일쑤였다. 심드렁하고 어떤 새로운 일에도 도전의식을 못 느꼈
다.

한마디로 타성에 젖어 삶에 대한 야생성을 잃어버린 것이다. 동물
원에 갇혀 주어지는 먹이에 길들여져 본성을 잃은 시라소니처럼.

어린 시절 병마와 가난과 무력감 속에서 허우적대며 살던 그때로
돌아간 것인가?

어느 날 다리가 또 쇠꼬챙이처럼 마르기 시작했다. 신체의 불균형
이 느껴지면서. 몸과 마음이 약해질수록 강한 존재에 대한 그리움이
생겨나기 시작했다. 인간의 노력과 상관없이 생사화복을 주관한다는
절대자 그의 주권에 대해 궁금해졌다.

사람들이 흔히 말하는 팔자나 운명과 상관없이 그의 결정권은 아
무도 거스를 수 없다. 사람이 노력만 한다고 다 잘 되는 것은 아니
다. 신의 간섭과 은총이 가미 되어야 한다. 더구나 인간이 짓는 죄
의 문제는 신의 은총으로만 해결이 가능하다. 나도 모르게 막장 드
라마를 썼던 기억이 났다. 그의 신상명세서를 묻지 않았던 게 화근
이었을까. 아니면 환상을 깨기 싫어 저질러진 자충수였던가.

하마터면 불륜의 죄를 뒤집어쓸 뻔하지 않았던가. 홍영길 그 자의
정체는 무엇이었을까? 나에게 접근한 그의 의도와 수법은? 그는 내
가 받을 상처와 충격은 전혀 염두에 두지 않았던 걸까? 갑자기 머리
가 명료해지면서 한 단어가 떠올랐다.

용서였다.

그 말도 안 되는 단어 앞에 나는 스스로 아연실색했다. 누가 누구
를 용서한단 말인가. 그때 누군가 내 옆에서 나지막한 목소리로 말

했다.

"그리스도께서 우리가 아직 죄인 되었을 때에 우리를 위해 죽으심으로 하나님께서 우리에 대한 자기의 사랑을 확증하셨느니라."

인간은 누구나 다 죄인이다.

오랜 세월 나를 멘붕에 빠뜨렸던 그에게서 연락이 왔다. 당장 분노와 욕설이 치밀 줄 알았는데 의외로 침착했다. 그와의 만남을 순순히 응낙한 건 그에게 확인하고 싶은 것이 있었기 때문이다. 흔해빠진 막장 드라마의 대사를 떠올린 것도 아니다. 더구나 그에 대한 미련이 남아서는 더더욱 아니었다.

해묵은 감정을 말갛게 씻어내고 자유롭고 싶어서였다.

장소를 서울이 아닌 외곽으로 정한 건 다른 사람들의 시선이 두려워서 아마도 수치심 때문이었는지 모른다.

삭풍이 북한강 줄기를 따라 매섭게 몰아치고 있었다. 낙엽이 바람결에 따라 우왕좌왕 날아다녔다. 바람이 목덜미를 훑더니 마음마저 얼어붙게 했다.

"지금까지 살아 있었다니 정말 의외라고 생각했어요. 그동안 마음 평안하셨나요?"

"평안이라니?"

"하긴 당신 같은 사람한테 평안이 가당키나 하나요? 정말 신이 살아 있다면 당신 꼭 심판하실 거라 믿어요."

그는 잠시 묵묵부답이더니 겨우 한마디 했다.

"내가 뭐 이제 와서 용서나 이해를 구하자고 만나자고 한 건 아니야. 그럴 자격도 없고, 그렇다고 내가 당신한테 몹쓸 짓을 한 건 아니잖아."

이런 처 죽일!

"마음을 농락한 건 죄가 아닌가요?"

"나 당신 농락한 적 없는데. 난 당신이 내 처지를 잘 알고 있는 줄 알고. 돈을 못 갚은 건 그동안 사정이 있었어."

"지금 내가 돈 이야기하는 거 아니잖아요."

"변명 같지만 나도 그동안 너무 힘든 세월을 살았어, 와이프한테 이혼 당하고."

의외였다. 아니 어쩌면 당연한 결과였다. 누가 너 같은 걸. 말하려는데 그가 주머니에서 흰 봉투를 꺼내 건넸다.

"그때 빌린 돈 이자 쳐서 다 넣었어. 진심으로 미안하게 생각하고 사죄하는 심정이야. 다 잊고 좋은 선택하며 잘 살길 바라겠어."

"그렇다고 니가 지은 죄가 없어지냐?"

"사람 사는 게 다 마음대로 되는 건 아니지만 그래도 죄는 짓지 말고 살아야지."

"웃기고 있네, 지나가는 개가 다 웃겠다. 너 죽을 때가 다 된 모양이구나."

드디어 내 입에서 막말이 나왔다. 나도 미처 생각하지 못한 말이었다. 그는 전혀 당황하지 않고 담담한 목소리로 말했다.

"누가 그러더군. 고난이 유익이라고."

"뭐 고난이 유익? 말 같은 소릴 해라, 너 혼자 실컷 고난당하고 살아라."

돌아서는 그의 등 뒤에다 봉투를 던지며 말했다.

"지난 기억은 잊고 좋은 일만 생기고 신의 은총 가운데 살아가길 빌어."

"아예 시나리오 대사를 써라."

아마도 나는 제 정신이 아닌 모양이었다. 그와 헤어져 읍내로 가는 마을버스를 탔다. 전철역에 내리니 사나운 바람이 잦고 순풍이 불고 있었다. 내 두 손에는 봉투가 단단히 쥐어져 있고 전동차는 이미 역 구내로 진입하고 있었다. 어디서 그런 힘이 났을까? 힘찬 발걸음으로 전동차에 들어서는 순간 나는 깨달았다.

내가 그에게 품었던 감정은 사랑이 아닌 일종의 쾌락이었다. 나를 위한 이기심과 감정의 속임수였다. 죄의 본성이 나를 속이고 있었던 것이다. 전동차는 출발하자마자 빠른 속도로 객지를 벗어나 서울로 향했다. 마음속에서 한 다짐이 생겼다.

이제부턴 그 누구에게도 내 마음을 맡기지 말고 독창적인 나만의 인생을 살자. 그러기 위해선 매너리즘에서 벗어나야 한다.

그러기 위해선 어떤 고난도 두려워하지 말아야 한다.

스마트폰을 켰는데 누군가 쓴 글이 보였다.

인생은 안주가 아니다. 도전과 실패를 통한 성취와 목적을 향한 지대이다. 그러기 위해선 고정적인 틀에서 벗어나야 한다. 사고의 획일화 정형화. 과거의 피해의식에서 벗어나 독창적인 자신만의 삶을 구현해야 한다. 쓸데없는 감정의 소모에 휘말리지 말고 절대 긍정과 꿈을 향한 도전의식으로 마음을 연단해야 한다.

한 달 후, 그가 천국행 열차를 탔다는 소식을 들었다.

죽기 전, 그는 살면서 지었던 모든 죄를 회개하고 안심하고 천국행 열차에 올라탔다고 한다. 그가 가는 천국이라면 나라고 못 갈 이유가 없지. 나는 교만한 웃음을 웃었다. 그가 천국을 가든 지옥을 가든 내 알 바 아니었다. 하지만 천국의 존재에 대해 궁금해지는 건

사실이었다.

갑자기 그가 한 말이 떠올랐다. 고난이 유익이라고. 말 같지 않은 소리라고 무시했는데 생각해 보니 그 말이야말로 인간을 가장 겸손하게 만드는 일리(一理)라 여겨졌다. 고난이 아니라면 사람이 신을 찾을 이유는 없을 것이다. 또 고난이야말로 매너리즘을 이기고 일어서는 기회가 될 것이다.

전동차가 서울로 진입하고 있었다. 내 마음이 새롭게 열리고 있었다. (2021년 순수문학)

냥이 엄마

어떻게 알았을까? 캐리어 소리가 나자 자동차 밑에 숨어 있던 길냥이들이 우르르 몰려나왔다.

어찌나 냐옹대는지 지나던 사람들이 다 쳐다봤다. 재빨리 가방 속을 뒤져 캔 사료를 꺼냈다. 동시에 사방을 휘둘러보았다. 지난번처럼 고양이에게 사료 주지 말라고 협박하던 남자를 만날까 두려웠다.

등에 까만 점 있는 고양이와 노랑이와 삼색이가 내가 나타나기만을 고대하고 있었던 모양이다. 비닐 위에 참치 사료를 놓아주자 폭풍 흡입하기 시작했다.

얼마나 배가 고팠을까? 종이컵에 물을 따라 주었는데 참치에만 온통 정신이 팔려 먹으면서도 계속 냥냥댔다. 지난번에 사료 주다가 험악한 인근 주민을 만난 적이 있었다.

"아줌마 그렇게 고양이가 좋으면 차라리 데려가서 키우세요, 왜 남의 집 앞에다 사료 주는 거예요? 지저분해서 살 수가 없다고요."

또 다른 여자는 말했다. 그녀는 독이 올라 제정신이 아니었다.

"이봐요? 당신 또한번 고양이한테 사료 주었다간 애들 가만 안 둘 거예요, 애들이 우리 집에 와서 똥을 얼마나 싸는지 알아요? 한번만 또 그랬다간 봐라. 내 물고를 내고 말지."

얼마나 독이 올랐는지 어둠 속에서도 눈빛이 새파랬다. 욕이 나오려는 걸 간신히 참고 돌아섰다. 혹시나 고양이한테 해코지할까 봐 가슴이 떨렸다. 고양이들은 집에서 키우다 쫓겨난 유기묘였는지 사람을 따르고 좋아했다.

편의점 앞에 숨어 있다가 젊은 남녀만 보이면 얼른 다가가 냐옹대며 부비부비를 했다. 마음 약한 사람들이 편의점에서 캔사료를 사서 먹여주니까 재미가 들린 모양이었다. 하지만 그게 항상 통하는 건 아니었다. 귀엽다고 머리만 쓰다듬고 그냥 지나치는 경우가 더 많았다. 한번은 내가 고양이들한테 먹이를 주는 모습을 보고 지나던 여자가 다가와 말했다.

"저 고양이들 우리 집 지하 보일러실에 살아요, 거기가 따뜻하니까, 예전에 보니까 너무 배가 고팠는지 풀을 막 뜯어 먹더라고요, 그래서 불쌍해서 딱 한번 사료를 사주었는데 허겁지겁 먹더라고요, 이렇게 불쌍한 아이들 먹을 것 챙겨주시는 거 보니까 제가 다 감사하네요."

불쌍하다면서 어쩌면 딱 한번만 사주었을까. 계속 먹을 것 좀 주지. 난 도리어 여자가 원망스러웠다.

"저 아래쪽에도 길냥이들이 보이던데요."

"아래쪽에 사는 고양이들 챙겨주는 캣맘들이 따로 있어요, 사람들이 고양이 사료 못 주게 자꾸 시비 걸고 해코지하니까 밤 1시만 되면 킥보드 타고 나타나 고양이들한테 재빨리 사료 주고 사라지는 젊은 남자가 있어요. 가끔씩 캣맘들도 몰래 몰래 사료주고 가곤 해요."

아! 그때 느낀 감격이라니. 갑자기 시야가 확 넓어지는 것 같았다.

"쟤들도 새 주인이 나타나 키워주면 좋을 텐데요."

당신이 키워주면 어떠냐는 식으로 은근슬쩍 물어 보았다.

"전에 고양이들 여러 마리 키웠었어요, 얼마 있으면 이사 갈 계획이라."

여자는 말을 하다 말고 말꼬리를 내렸다. 언젠가 TV 화면에서 본 기억이 난다. 일부러 고양이를 분양받아 잔인하게 죽인 여자가 있었다. 그녀는 고양이를 돌보는 천사 행세를 했지만 사실은 고양이 킬러였다. 그 집에는 수십 마리의 고양이가 밤마다 안타깝게 비명을 지르며 죽어갔다.

그녀는 일부러 유기묘 센터를 찾아가 입양 받는 조건으로 수십 마리를 데려다 키우며 천사 행세를 했지만 실상은 악마 그 자체였다. 고양이를 잔인한 수법으로 죽이며 계속 유기묘를 분양 받았던 것이다.

편의점에서 알바하는 어떤 남자는 여자 친구와 헤어진 화풀이로 어린 새끼 고양이를 잔인하게 칼로 찔어 죽였다. 그것도 수십번에 걸쳐. 어미 고양이는 새끼가 죽어가는 모습을 보면서 발만 동동 굴렀다고 한다. 그 악마는 고양이를 죽이지 않았다고 끝까지 발뺌했지만 녹화된 CCTV에 의해 그 만행이 온 천하게 드러났다.

대학 다닐 때 들은 이야기다. 친구가 지인 집에 놀러 갔는데 온 집안 식구가 고깃국을 맛있게 먹고 있더란다. 그런데 평소에 보이던 귀여운 강아지가 보이지 않아 물었더니 국그릇을 가리키며 말했다. 키운 지 6개월이 넘어 온 식구가 합의해 잡아먹었는데 너무 맛이 좋더라고. 뿐이랴.

어느 제보자에 의하면 시골길을 가는데 커다란 개가 비명을 지르기에 다가가 보았더니 주인이라는 남자가 키우던 개를 잡는데 가스 불로 지지고 있었다. 이유를 물었더니 그렇게 고통스럽게 죽여야 맛이 좋다고 했다. 너무 기가 막힌 제보자가 돈을 줄 테니 팔라고 해서 겨우 구출해 왔다고 한다.

그런데 더 웃긴 건 주인 남자의 말이었다.

"세상에 이상한 사람도 다 있지. 뭐하러 남의 개를 돈까지 줘 사며 사갈까."

이해 안 되는 표정을 지으며 고개를 저었다고 한다.

그런데 더 기막힌 건 얼마 전에 일어났다. 50만 명의 구독자를 가진 유튜브가 그는 수의과 대학생이었다고 한다. 예쁜 고양이들은 촬영해 애묘인들의 인기와 사랑을 받았는데 그게 다 돈벌이 수단이었다고 한다. 그것까진 괜찮다. 그는 유기묘를 입양해 키운다며 측은지심을 이용해 많은 후원금까지 긁어모아 엄청난 수익을 올렸다고 한다.

하지만 실상은 고양이들을 굶기고 학대한 정황이 드러나 동물보호 단체에 의해 고발된 상태였다. 그는 햄스터를 사와 잔인하게 죽이기도 했는데 일부 사라진 고양이들의 행방에 대해 시청자들은 의심과 울분을 토했다. 이후 화가 난 독자들은 후원금을 되돌려 받기 위해 소송 중이라는 기사도 떴다.

약한 짐승을 잔인하게 괴롭히다 살해하는 인간은 끝내 살인까지 저지른다. 인간 백정 살인마들이 하는 대부분의 고백이 있다. 길고양이를 데려다가 잔인하게 학대하게 죽이다 보니 사람 죽이는 건 문제도 아니었다. 짐승을 물건 취급하기 때문에 발생되는 슬픈 이야기는 끝도 없을 것 같다.

도살장으로 끌려가던 소가 행로를 이탈해 산길로 도망치다 끝내 붙잡혀서 도축을 당했다는 이야기도 종종 듣는다. 너무나 슬픈 이야기다. 잡아먹기 위해 키우는 짐승 놓고 너무 감상주의에 빠진 것 아니냐며 힐난하면 할 말이 없다.

또 다른 사람은 말할 것이다.

그러는 너는 고기도 안 먹냐?

그렇다면 나는 또 말할 것이다. 난 채식주의자로 고기는 입에도 안 댄다.

그러면 또 묻는다. 당신은 불교신자인가? 천만에 만만에다. 요즘 세상에 불교신자라 해서 육식 안 하는 사람이 있던가?

세상은 악을 향해 치닫다가 이제 종말 증세마저 나타내는데 그 대표적인 예가 인터넷이라 말한다. 물론 그 해악 증상을 거론하자면 끝도 없을 것이다. 음란사이트를 비롯 동성애 자살사이트 아동 성애, 성착취 등. 바로 n번방 성 착취 사이트가 그러하다.

청소년들의 죄악상도 날로 진화하고 있다. 동급생 친구를 집단 폭행해 죽여 놓고도 전혀 미안한 기색도 없다. 잔혹한 게임 동영상과 유해한 사이트의 악영향 때문이다. 끔찍할 정도를 들자면 오금이 저릴 정도다. 하지만 긍정적인 사이트도 없지 않다.

동물보호 연대나 동물 사랑방 등 인간애를 이슈화하는 모임 단체 등이다. 몇 년 전엔가 압구정동에 사는 길고양이들이 지역 주민들에 의해 잔혹하게 살해당한 사건이 있었다. 새끼를 출산하는 어미 고양이를 몽둥이로 때려 내쫓거나 밖으로 못 나오게 고양이를 코너로 몰아 죽인 사건이다.

그때 캣맘들은 가여운 짐승을 죽이지 말고 함께 살아가자고 쓴 현수막을 들고 발을 동동 굴렀었다. 이후 길고양이를 보호하자는 여러 모임 등이 결성되었었다.

요즘 유튜브를 열면 귀여운 고양이 동영상이 많이 뜬다. 대부분 유기묘를 입양해 키우는 애묘인들인데 3~5마리 키우는 건 보통이다. 어떤 캣 대디 남자는 시골이나 외진 곳에 사는 길냥이들을 찾아 사료를 주는데 아예 큰 부대자루를 들고 가 사료와 물을 공급해 준다.

어떤 남자는 사지에 빠져 있는 길냥이를 구조해 동물병원에 데리고 가 치료해 주면서 키우는 동영상도 있다. 다 죽어가는 생명을 포기하지 않고 거금을 들여가며 살려내는 생명 사랑은 눈시울을 시큰하게 한다. 그러한 광경은 부정적 시야를 긍정적으로 바꾸어 살만한 세상임을 실감케 한다.

그들의 아름다운 노력으로 동물복지법이 통과된 지 3년이 됐다. 가끔씩 공원이나 버스 광고문에 길고양이를 죽이면 처벌받는다는 경고문을 볼 때가 있다. 또 하나의 생명 사랑에 가슴이 뭉클하다. 이젠 길고양이들도 함부로 죽이면 처벌받는 세상이 되었다. 물론 솜방망이 수준이지만 이를 홍보하는 단체에 의해 만행은 조금 수그러들지 않을까 기대해 본다.

이에 대해 인터넷도 한몫 하고 있으니 유용하다 할 수 있겠다.

"냥이 엄마, 발은 왜 그래, 다쳤어?"

"발바닥에 티눈이 박혀서 제거 수술을 했는데 생각보다 엄청 아프고 오래 가네요."

"냥이 엄마 고생 하겠네요."

냥이 엄마? 이게 갑자기 무슨 소리지. 의문이 들었지만 곧 알아차렸다. 내가 캐리어를 끌고 다니면서 길냥이들에게 밥 준다는 소문이 난 것이다. 캣맘은 나 말고도 여럿이 있었다. 그들은 모두 한 마음으로 동물 보호 아니 생명존중을 실천하고 있었다.

오늘 따라 처리해야 할 일이 산더미처럼 쌓여 있었다. 거래처에 전화해 주문량을 확인하는 데만도 오전 시간을 보냈다. 점심 식사를 위해 엘리베이터로 걸어가는데 발바닥에서 심한 통증이 느껴졌다. 왼쪽 발바닥 한가운데 박힌 티눈은 꽤 깊숙이 자리 잡고 있었던 모양이다.

마취 주사를 찌르고 칼로 째고 티눈을 도려내는데 10분가량 소요되었다. 뿐만 아니라 실로 꿰매고 봉합하는데도 통증이 심했다. 상처 부위에 소독약을 바르고 붕대를 처매고 자리에서 일어났다.

처음에는 잘 몰랐었다. 문제는 2시간쯤 지난 후 마취가 풀리면서 발생했다. 발바닥에서 통증이 나는데 한 발짝도 못 움직일 정도였다. 발바닥을 땅에 디딜 수가 없었다. 할 수 없이 뒤꿈치에 의지해 걷는데 허리를 바로 펼 수도 없고 다리에 쥐가 나는 것 같았다.

냐옹이들이 먹을 것을 달라고 계속 냐옹댔다. 냉장고에서 사료를 꺼내 용기에 옮겨 담는데 막내 하양이가 내 손등을 물었다.

아얏! 살짝 물은 탓에 피는 나지 않았지만 통증이 느껴졌다. 건사료에 참치를 섞어 놓아주니 5마리가 우르르 몰려들어 폭풍 흡입을 한다.

냥냥대며.

어미 야옹이 예쁜이가 집에 들어온 지 벌써 5년째다. 어느 겨울날, 길냥이 가족 7마리가 집 마당 계단 밑에 나타나기 시작했다. 불쌍한 생각에 먹을 것을 주었더니 나중에는 아예 터를 잡고 눌러앉으려 했다. 하지만 시간이 지남에 따라 자동적으로 서열 정리가 이루어져 그중 삼색이 두 마리만 집냥이가 되었다.

백색 노랑 검정털로 이루어진 삼색이는 보통 암냥이라고 한다. 처음에는 잘 몰랐는데 두 마리 다 새끼를 낳고 나서야 알았다. 삼색이 두 마리 중 미모가 뿜뿜인 예쁜이는 갈수록 귀엽고 영리해 온 가족의 사랑을 받았다. 그런데 나머지 한 마리는 얼굴도 못생기고 사람을 따르지 않아 곧 관심 밖으로 밀려났다. 예쁜이는 큰 눈에 쫑긋선 귀와 턱 밑에서부터 배까지 완전 백색이었다.

제 주인을 알아보고 다가와 부비부비 하는데 얼마나 귀여운지 완전 애교냥이었다. 거기에다 기분이 좋으면 배를 내놓고 발라당 누워 딩굴었다. 마치 나보란 듯이. 그러나 항상 그런 건 아니었다. 동네 고양이랑 쌈박질을 하고 들어온 날은 발톱을 내밀며 캬옥! 대는데 맹수가 따로 없었다.

앞발을 내밀어 계속 펀치를 날리는데 맞았다간 당장 핏물이 솟았다.

"어디 주인한테 발길질이야? 왜 그렇게 못됐어? 쫓겨나고 싶어?"

야단치면 으르렁거리며 캬옥대다 현관문으로 달려가 발톱으로 박박 긁었다. 문을 열어주면 다음날 아침이 되어도 나타나지 않아 온 동네를 다니며 찾아 나서야 했다. 그러다 배가 고프면 현관문 근처에 숨어 있다가 문이 열리자마자 들어섰다.

그러고 나서 냉장고를 가리키며 계속 캬옥댔다. 당장 참치 캔을 내놓으란 뜻이었다. 건사료 위주로 먹다가 한번 캔사료 맛을 보고 나더니 나중에는 건사료는 아예 쳐다도 보지 않았다. 온 가족이 저 하나만 위해 주니까 예쁜이는 점점 버릇없는 고양이가 되어 갔다.

밖에 나갔다가 한밤중에 나타나 문 열어달라고 냐옹대는 건 보통이었다. 멀쩡히 잘 놀고 잠자다가도 새벽이면 일어나 온 집안이 떠나려가라 소릴 질렀다. 밖에 숫냥이가 부르러 온 것이다. 현관문을 열어주면 쏜살같이 날아서 사라지는데 그야말로 빛의 속도였다. 한참을 동네를 쏘다니며 데이트를 즐기다 배가 고프면 어김없이 또 나타났다.

남친 숫냥이와 함께. 문을 열면 숫냥이까지 당당하게 들어와 준비된 사료를 먹고는 또다시 데이트를 나갔다. 나가기 전 갑자기 식탁에 뛰어올라 한참을 난리 블루스를 추다가 컵을 깨기도 하고 냉장고 위나 에어컨 위로 날아올라 깜짝 놀란 적이 한두 번이 아니다.

거실 바닥을 뛰어다니다 정수기 앞에서 냐옹대면 얼른 물을 대령해야 한다. 혓바닥으로 물을 마시다 일부러 물을 엎기도 한다. 야단치면 또 가출할까봐 얼른 치우기 바쁘다. 사람이고 짐승이고 인물값을 하기는 마찬가지인 모양이다.

예쁜이는 집냥이가 된 이듬해 새끼를 두 마리 낳았다. 아기 고양이 하양이와 노랑이는 귀염둥이 사랑둥이였다. 배를 내놓고 뒤집기를 하고 어미 꼬리를 잡기 위해 온종일 씨름을 했다. 작은 공을 던져주면 온종일 거실 바닥을 헤집고 다니며 놀았다.

아기냥은 어미젖을 먹고 장난치고 놀다 잠들었다. 그러더니 어느 날인가부터 바깥출입을 하더니 옥상으로 올라간 뒤부터 아예 사라져버렸다. 예쁜이가 아기냥을 독립시켰는지 그건 잘 모르겠다. 그러나 이제 겨우 젖을 뗄까 말까한 시기인데 독립은 말이 안 되고 실종된 게 맞는 것 같다.

아기냥들이 안 보이는데도 예쁜이는 새끼 찾을 생각도 안했다.

"예쁜아 아기냥들 어디다 갖다 버린 거야? 빨리 찾아와. 아기냥들 죽으면 어떡해? 빨리 찾아오라니까."

알아듣는지 못 알아듣는지 예쁜이는 온종일 동네를 쏘다니며 놀

았다. 아기냥이 태어나자 삼색이는 저절로 퇴출되었는데 아예 동네
에서 사라졌다. 이상한 일이었다. 제 조카가 태어난 것과 자기랑 무
슨 상관이 있다고?

예쁜이는 새끼를 잃은 지 두 달 만에 또 임신을 했다.

배가 남산만큼 불러도 점프는 어찌나 잘하는지 새가 날아다니는
듯했다. 인물값을 하느라고 배가 만삭인 상태에서도 수시로 남친 고
양이가 바뀌었다. 검정고양이에서 노랑이로 바뀌는가싶더니 어느새
러시안 블루 고양이로 바뀌었다. 그 애는 집에서 가출했거나 파양되
어 쫓겨난 게 분명했다.

동네에는 항상 길고양이들이 출몰했다. 새끼를 거느린 어미냥과
발정 난 암냥이를 따라다니는 숫냥이들이 무리지어 다니는가 하면
어미 잃은 불쌍한 아기 고양이가 처량하게 우는 모습도 자주 목격됐
다. 짝짓기 하느라 한밤중에도 울어대는 고양이 때문에 밤잠 못 이
룬다며 불평하는 사람들도 많았다.

그들은 고양이를 죽이겠다고 으름짱을 놓았지만 새로 제정된 동
물 복지법을 거론하며 난리치는 캣맘들을 이길 수는 없었다. 동네
사람들은 더 이상 고양이 개체 수가 늘어나는 것에 대해 두고 볼 수
만은 없다며 중성화 수술을 요구하기에 이르렀다. 그 불똥이 우리집
에까지 떨어진 것은 당연지사였다.

그러나 나는 선뜻 응할 수가 없었다. 예쁜이가 배가 만삭이었고
곧 출산을 앞두고 있어서였다. 그리고 아무리 말 못하는 짐승이어도
그렇지 어떻게 당사자에게 말 한마디 없이 중성화 수술을 시킬 수
있단 말인가. 불쌍해서 눈물이 날 지경이었다.

날씨가 점점 추워지고 있었다. 동네 고양이들도 겨울을 나기 위해

나름 준비하는지 점점 모습이 뜸해졌다. 나는 예쁜이의 출산을 위해 베란다에 박스와 뽁뽁이, 그리고 핫팩까지 준비했다. 그리고 예쁜이에게 보여주기까지 했다. 그런데 출산이 임박할 무렵 갑자기 예쁜이가 사라졌다.

아무리 동네를 뒤집고 다니며 예쁜이를 불러도 나타나지 않았다. 이 추운 겨울에 새끼와 잘못되기라도 하면 어쩌나 날마다 좌불안석이었다. 베란다에 출산준비까지 마쳐 놓았는데 도대체 어디에 가서 숨어버린 걸까. 이틀 삼일 일주일이 지나도 예쁜이는 나타나지 않았다.

아마도 새끼를 낳다 죽었는지 모른다. 아니면 로드킬을 당했거나 못된 인간 악종을 만나 죽임을 당했는지 모른다. 하얀 배를 내놓고 딩굴거리며 애교부리는 모습이 눈에 선했다. 온 동네 숫냥이를 집안에 끌어들이며 사료를 축내고 점프하던 모습도 떠올랐다.

나는 매일같이 예쁜이를 부르며 동네를 돌아다녔다. 제발 살아만 있어다오. 만일 병이 들었다면 돈이 얼마가 들든지 동물병원에 데려가 살려줄 테니. 제발 예쁜아 내 앞에 나타만 다오. 눈물이 걷잡을 수없이 흘러내렸다. 목이 쉬도록 예쁜이를 찾아다니던 어느 날이었다.

예쁜이가 사라진 지 열흘쯤 되던 날이었다. 현관문에 들어서려는데 어디선가 냐옹! 하는 소리가 들렸다. 예쁜이었다.

"예쁜아?"

놀랍게도 뼈만 남은 앙상한 예쁜이가 새끼 고양이 네 마리와 함께 나를 보고 서 있었다. 세상에……

어찌나 반가운지 눈물이 났다.

"예쁜아 어서 들어와, 춥지? 이 추운 날씨에 얼마나 고생했어, 내가 그동안 얼마나 너를 찾아 다녔는데, 아기를 네 마리나 낳았구나, 귀엽기도 하지."

아기냥 2마리는 털 전체가 백색이었고 1마리는 노란색이고 나머지 1마리는 검정색이었다. 아기냥은 눈도 못 뜬 채 예쁜이 앞에 엎어져 있었다. 어딘가 숨겨 두었다가 입으로 물고 나타난 거 같았다. 베란다 안에 두었던 박스와 방석과 핫팩을 도로 거실 안으로 들여놓았다.

베란다 안에서 지내기에 날씨가 너무 추웠다. 갑자기 거실 안이 시끄러워졌다. 아기냥들이 계속해서 냐옹댔기 때문이다. 밤새 냐옹대는 탓에 잠을 설치기 일쑤였다. 할 수 없이 예쁜이 가족을 베란다로 옮기기로 했다. 펫샵에서 사 온 고양이 집에 뽁뽁이를 사방으로 붙이고 바닥에는 전기장판을 깔았다.

아기냥들이 언제든지 나와 놀 수 있도록 쥐돌이와 각종 장난감 도구도 놓아 주었다. 예쁜이는 새끼들 젖을 먹이다가도 수시로 베란다 문을 두드렸다. 나중에는 제 스스로 문을 열고 들어와 거실 안을 온통 뛰어다니며 놀았다. 그때마다 고양이 털뭉치가 소파 위로 떨어지는데 아무리 치워도 소용이 없었다.

아기냥들도 어미냥을 따라 들어와 거실 안은 온통 고양이 차지가 되었다. 아기냥들은 서로 물고 뜯고 싸우다가도 어느 사이엔가 서로 껴안고 잠들곤 했는데 그 모습이 얼마나 사랑스러운지 몰랐다. 아기냥끼리 서로 핥아주고 꾹꾹이도 하는데 그때마다 가르릉거리며 골골송도 불러댔다.

아기냥들이 자라자 가족들은 이름을 지어주기로 했다. 덩치가 제

법 크고 눈치가 빠른 아기냥의 이름은 점박이로 지었다. 코 밑에 검은 점이 입가에까지 연결돼 있어 귀엽기도 하거니와 모습이 특이했다. 털 색깔이 노란 아기냥은 노란둥이로 했다. 온통 검정색을 한 아기냥은 까망이로 지었다. 또 주인을 전혀 따르지 않고 혼자 노는 하양이는 머리 부분을 제외하고는 온통 새하얀 편이라 그대로 하양이로 지었다.

아기냥들은 눈병이 나 한동안 고생하기도 했다. 나는 열심히 인터넷 검색을 통해 아기냥들 상태를 살피고 동물병원에 데리고 가 약도 먹이고 주사도 맞혔는데 생각보다 지출이 엄청났다. 감기약을 지어 와 먹인 적이 있었는데 어찌 알았는지 그렇게 좋아하던 캔 사료에 냄새를 맡더니 이내 외면하고 말았다.

전에 안 보이던 약 냄새를 의심을 품고 외면한 것이다. 수의사 말이 맞았다.

"쟤들이 얼마나 영리한데요. 사료에 들어간 약 냄새를 귀신같이 맡아요. 아마 안 먹을 거예요."

아기냥들은 뛰어놀다 기운이 달리면 그대로 엎드려 잤다. 서로 멀찌감치 떨어져 자다가도 어미냥만 보이면 다가가 뽀뽀를 하고 부비부비를 했다. 어미는 열심히 아기냥들을 그루밍해 주었다. 먹을 것을 주면 새끼 먼저 먹이고 주인에게 다가와 더 달라고 냐옹댔다.

점박이는 먹을 욕심이 많았다. 누워 자다가도 수시로 사료통으로 달려가 먹었다. 제 것을 다 먹고도 남의 것까지 넘보며 식탐을 부렸다. 한번은 까망이의 밥그릇을 통째로 빼앗아 먹다가 대판 싸움이 벌어졌는데 그야말로 맹수의 혈전이었다. 서로 물어뜯고 싸우는데 털이 통째로 뽑혀 날아다녔다.

노란둥이는 점박이가 제 밥그릇을 넘봐도 그대로 빼앗겼다. 노란둥이는 박스 냥이었다. 박스만 보면 달려가 제 몸을 집어넣었다. 그 조그만 박스에 어떻게 큰 몸집이 들어가는지 신기할 정도였다. 또 아기냥 때부터 얼마나 큰소리로 냐옹대는지 멀리서도 들릴 정도였다.

입을 벌리고 냐옹댈 때마다 혓바닥이 송곳니 위로 가 닿는데 그 모습이 너무 귀여워 웃음이 저절로 나왔다. 점박이는 동네 냐옹이랑 어울리는 것보다 집에 있는 걸 더 좋아했다. 하루 종일 제 침대에 누워 빈둥거렸다. 잠을 자지 않을 때도 눈을 감고 기척도 안했다.

아무리 흔들어 깨워도 요지부동이었다. 반면 까망이는 잠시도 집에 붙어 있지 않고 나가 다녔다. 특히 발정 난 어린 동네 고양이를 따라 다니며 괴롭히다 라이벌 숫냥이한테 물려 피투성이가 된 적도 있었다. 집에 찾아오는 길냥이와 기 싸움을 하느라 밤새 울어대는 통에 동네 사람들의 원성이 자자했다.

까망이는 어미 예쁜이나 노란둥이 점박이와 달리 주인을 따르지 않았다. 하양이도 마찬가지였다. 그래서 잠을 재울 때도 까망이와 하양이는 베란다에 재우고 예쁜이와 점박이 노란둥이는 거실에 재웠다. 한번은 하양이가 가출해 거의 보름 이상 행방불명 된 적이 있었다.

나갈 때 눈병이 심하게 나서 죽었으려니 생각했는데 어느 날 짠하고 나타났다. 얼굴이 눈병으로 덮여 완전 이지러져 있었다. 그동안 도통 먹지를 못했는지 뼈만 남은 앙상한 몰골에 곧 죽을 것 같았다. 가까이 다가가 안고 안약을 넣는데도 힘이 없어 저항하지 못했다.

하양이는 주인한테 전혀 틈을 주지 않고 혼자 행동하는 고양이다.

주인이 만지려고 손만 내밀어도 캬옥대고 할퀴고 도망간다. 그런데 그 하양이가 죽을 지경이 되니까 집으로 돌아온 것이다. 안약을 넣고 캔 사료를 주고 박스 안에 부드러운 침낭을 깔아 주었더니 잠도 잘 자고 곧 기력을 회복했다.

그동안 얼마나 굶었던지 참치 사료를 주면 폭풍 흡입을 했다. 뼈만 남은 앙상한 몰골에 살이 오르고 눈도 거의 다 나았다. 그러자 또다시 본 성질이 발동했는지 주인이 가까이 다가가 만지려고 하자 캬옥대며 발톱을 휘둘렀다. 기운을 차릴수록 주인을 경계하고 발톱을 내세워 도로 베란다로 쫓겨났다.

그러더니 다시 까망이와 함께 온 동네를 쏘다니며 노는데 주로 새 사냥을 했다. 나뭇가지 위에 앉아 있는 지빠귀에게 몰래 다가가 통째로 물고 내려오는 게 아닌가. 새는 살겠다고 발버둥을 치고 가여운 울음소리를 냈지만 소용없었다. 하양이에 이어 노란둥이도 점박이도 사냥에 합세해 비둘기까지 잡았는데 먹지는 않고 서로 돌려가며 장난치고 놀았다.

뽑힌 깃털이 집안에 날아다녀 내쫓았더니 마당 한가운데 놓고 장난치고 놀았다. 가끔 참새도 잡았고 한여름이면 울던 매미가 일시에 사라지기도 했다. 그러던 어느 날이었다. 이웃집 지붕 위로 예쁜이의 자매 고양이가 나타났다.

삼색이는 배가 남산만큼 불러 만삭이 다 돼 있었다. 숫냥인 줄 알았는데 쫓겨난 지 거의 일 년 만에 나타난 것이다. 참치 캔 사료를 주자 재빨리 먹고는 사라졌다. 이후에도 삼색이는 가끔씩 나타나 사료를 먹고는 사라졌다. 그리고 한동안 사라지는가 싶었는데 두 달 만에 또다시 나타났다.

새끼 두 마리를 데리고서.

아기냥들은 천사처럼 예쁘고 귀여웠다. 온종일 어미 뒤를 따라다
니며 계단을 놀이터 삼아 놀았다. 그 모습을 보는데 마음이 아려왔
다. 예쁜이가 아기를 낳자마자 쫓겨났다가 그래도 옛 주인이 생각나
찾아오다니. 덕분에 우리집은 고양이들 천지가 되었다.

어린 아기냥들은 눈치가 없어 어미만 안 보이면 밤새 울어대고 똥
을 이웃집 마당에다 마구 퍼질렀다. 그렇다고 먹을 것을 안 주자니
너무 불쌍해 눈물이 절로 났다. 예쁜이는 새끼를 키우는 동안에도
바깥출입이 얼마나 잦은지 우리 집 현관 앞은 길냥이들 집합소 같았
다.

수시로 길냥이들이 찾아와 냥냥대는 통에 사료를 주었더니 나중
에는 새끼까지 데리고 나타났다. 계단마다 담장 위로 아기냥들이 차
지하고 앉아 지나가는 사람마다 고양이 동물원이라 불렀다. 거기까
진 참을 만했다. 아기냥들이 계단마다 심지어 이웃집 마당에서 똥을
싸 냄새가 진동을 하는 것이었다.

이웃집에선 창문도 못 열겠다며 얼마나 성화를 해대는지 스트레
스가 장난이 아니었다. 나중에는 고발하겠다고 하고 수시로 협박이
날아들었다. 그러는 사이 예쁜이는 또 임신을 했다. 배가 남산만해
가지고 나타나서는 제 새끼냥들을 때리고 할키고 물었다. 아기냥들
은 아파 죽는다고 냥냥대고 길냥이들은 하루도 거르지 않고 찾아와
사료를 먹고 똥을 쌌다.

드디어 이웃집 남자가 한밤중에 대문을 두들기더니 협박과 쌍욕
을 하기에 이르렀다. 아무도 모르게 고양이들을 죽이겠다고 하고.
집안에 가둬 키우라고 하고 그도 저도 안 되면 아예 먹이를 주지 말

라고 했다. 그러나 배가 고파 찾아오는 길냥이들을 도저히 외면할 수 없었다.

그보다 더 큰 문제는 고양이 개체 수가 기하급수적으로 늘어나는 것이었다. 길냥이들이 새끼를 낳아 어느 정도 크면 꼭 우리집으로 데리고 나타나는 것이다. 생각 끝에 길냥이 급식소를 동네 골목 외진 곳으로 옮기기로 했다. 주차장 뒤로 공원이 있는데 고양이들이 자주 모이는 곳이기도 했다. 화단 뒤로 담장이 있는데 그 밑이 안성맞춤이었다.

매일 건사료와 참치를 섞어 놓아두었더니 차츰 고양이들이 나타나는 횟수가 줄었다. 예쁜이와 노란둥이는 점차 일상으로 돌아갔다. 그리고 우리 집 마당에는 고양이 화장실을 6개나 설치에 다시는 고양이들이 이웃집으로 넘어가지 않게 했다. 어느 날인가부터 우리집 담장 위에 고양이용 캔 사료가 보이기 시작했다. 가끔씩 지나가는 애묘인이 일부러 참치 사료를 사서 놓아 주는 것 같다.

예쁜이가 또 출산을 앞두고 있었다.

배가 남산만해 가지고 내가 부르면 담장을 뛰어넘고 지붕을 건너 비호처럼 날아왔다. 나타나서는 내게 부비부비를 하고 친근감을 표시했다. 아기냥들도 어느새 자라 동네 마실을 다니더니 노란둥이 배가 점점 불러오는 것이었다. 아직 4개월밖에 안됐는데 어떻게 아기가 아기를 낳는단 말인가?

너무나 기가 막혔지만 닥친 현실이었다. 예쁜이와 노란둥이가 한꺼번에 새끼를 낳게 된 것이다. 노란둥이가 담장 위에 앉아 있는데 지나가던 사람이 물었다.

"어머 노랑이 야옹이가 엄청 예쁘게 생겼네요, 나비야 너 참 예쁘구나."

"얘 새끼 배서 곧 낳게 생겼어요."

"얘가요? 아직 어린 새끼 고양이 같은데."

여자는 믿기지 않은지 고개를 연신 흔들었다. 덩치도 작은 어린 고양이가 새끼를 갖다니 도저히 믿기지 않는 눈치였다. 가을이 막 시작될 무렵 예쁜이와 노란둥이는 동시에 새끼를 낳았다. 예쁜이는 4마리 노란둥이는 2마리였다. 각자 베란다에 앉아 새끼 젖을 먹이는데 키울 생각을 하니 억장이 무너졌다.

총 11마리 고양이가 우리집 객식구가 된 것이다. 그래도 새끼를 낳았으니 어미 보양식을 해주어야 할 것 같아 인터넷으로 주문해 각종 특제 간식에다 고급 사료를 먹였다. 노란둥이는 초보 엄마인데도 어미 노릇을 잘했다. 아기냥에게 젖을 물리다가도 내가 부르면 우렁찬 목소리로 나옹댔다.

예쁜이는 노란둥이 까망이를 각 두 마리씩 낳았는데 젖을 먹이다 말고 수시로 바깥출입을 했다. 또 바람이 난 것이다. 새끼냥들을 밖으로 옮기기도 여러 번 하더니 나중에는 두 마리만 데리고 나타났다.

노란둥이도 새끼냥을 돌보다가 실패했는지 모두 죽은 사체로 발견됐다. 그런데도 전혀 슬픈 기색도 없이 온 동네를 쏘다니면서 놀았다.

제 어미랑 똑같았다. 이대로 계속 가다간 우리 집은 고양이 천지가 될 것 같았다. 앞으로 예쁜이와 노란둥이가 새끼를 낳다 보면 일 년이 못 가 수십 마리가 될 것이다. 아무리 생각해도 중성화 수술방법밖에 답이 없는 것 같았다. 인터넷 검색을 해보니 암코양이 수술비는 수십 만 원을 호가했다.

다행히 예쁜이와 노란둥이 말고는 모두 숫 고양이였다. 인터넷 검색을 통해 많은 정보를 얻었고 실행에 옮기기로 결정했다. 그런데 가장 큰 문제가 있었다. 예쁜이와 노란둥이는 가까이 와서 부비부비하고 애교를 부려도 결코 손에 잡히는 법이 없었다. 태생이 길냥이라 의심이 많고 경계심이 강했다.

아무리 먹을 것으로 유인하고 가까이 가 만지려고 하면 캬옹대고 발톱을 휘둘렀다. 전문가에게 의뢰했더니 포획틀을 사용하는 방법밖에 없다고 했다. 이튿날 수의사가 포획틀 2개를 갖다 주었다. 그가 사용법을 가르쳐 주는데 하나도 귀에 들어오지 않았다.

예쁜이와 노란둥이가 수술대 위에서 자궁을 들어내는 장면을 생각하니 가슴이 찢어지는 것 같았다. 숫냥은 하루면 수술 부위가 회복되지만 암냥은 꼬박 3일이 걸린다. 중간에 의료사고라도 나서 잘못되기라도 하면 어쩌나 불길한 상상 드라마가 써졌다.

어쩌면 부정적인 면에서는 그리도 상상력이 잘 발동하는지 모르겠다.

"냐옹아, 너희들이 새끼를 너무 많이 낳아서 우리 집에서 도저히 키울 수가 없구나. 그러니 너희들 중성화 수술해야 된단다. 알았지. 힘들겠지만 수술하자."

말귀를 알아들었는지 예쁜이의 표정이 어두워졌다. 노란둥이는 천지를 모르고 뛰어다녔다. 수의사가 포획틀 입구에 걸린 나사 모양을 두고 말했다.

"저 안 깊숙한 곳에 사료를 놓아두세요, 고양이가 냄새를 맡고 들어가는 순간 이게 닫히면서 고양이가 갇히는 거예요. 고양이가 포획틀 안에 갇히는 걸 다른 고양이가 보게 되면 절대 안 들어가요, 쟤들이 보통 영리한 애들이 아니에요. 포획틀 안에 넣기 전 하루 정도 금식 시키세요, 그래야 배가 고프니까 냄새에 이끌려 들어가요, 다른 애들이 안 볼 때 하셔야 해요, 포획틀 안에 한번 갇혔다 빠져 나온 애들은 다신 안 들어가니까 한번에 성공해야지 두 번은 안돼요, 그리고 아기냥 안 볼 때 해야지 아기냥이 포획틀 안에 먹으러 들어 갔다가 갇히는 거 보면 어미냥은 절대 안 들어가요."

포획틀을 가져오긴 했는데 도저히 안에 넣을 자신이 없었다. 저 안에 갇히는 순간 빠져나오기 위해 얼마나 몸부림칠 것인가. 그래도 수술밖에 방법이 없다니 독한 마음먹고 실행해야 했다. 고양이 5마리가 동네 마실을 나갔다가 한밤중에 들어왔다. 당연히 사료를 줄줄 알고 들어왔는데 주지 않자 도로 우르르 밖으로 나갔다.

배가 고파 들어온 고양이를 굶겨서 내보자니 가슴이 무너져 내리는 것 같았다. 현관문을 나선 고양이들은 어느 캣맘이 놓아 둔 사료를 찾기 위해 헤맬 것이다. 예쁜이와 노란둥이의 중성화수술 때문에 아기냥들도 동시에 금식에 들어간 것이다. 이튿날 아침이었다.

예쁜이와 노란둥이가 아기냥들과 함께 나타났다. 이번에는 포획틀 안에 참치 사료를 놓고 반응을 기다렸다, 눈치 빠르고 영리한 예쁜이는 아무리 배가 고파도 쉽게 포획틀 안으로 들어가지 않을 것이다. 원래 의심이 많고 영리해서 사람도 잘 가리고 눈치가 백단이기 때문이다. 생각 끝에 꾀가 났다.

포획틀 입구에 난 나사를 끈으로 단단히 묶었다. 그런 다음 틀 안 깊숙한 곳에 사료를 넣은 다음 아기냥들을 유인했다. 아기냥들은 배가 고프자 포획틀 안에 놓인 사료를 먹기 위해 스스로 들어섰다. 그리고 양껏 먹고는 나왔다. 다른 아기냥들도 먹고 나왔다.

그 모양을 보고 있던 예쁜이도 안심한 듯 포획틀 안으로 들어갔다. 사료에 입을 대는 순간 덜컹 하고 문이 닫혔다. 그러자 놀란 예쁜이가 발악하기 시작했다. 발톱으로 철창을 마구 긁고 난리가 났다. 그러자 밖에서 이를 지켜보고 아기냥들도 덩달아 난리가 났다.

어미가 갇히는 모습을 보자 온 동네가 떠나가라 냐옹대고 울었다. 어미가 발악을 하고 캬옥대자 아기냥들도 어미 곁에서 발톱을 포획틀 사이로 난 구멍으로 드밀며 어미냥을 불러댔다. 그 광경이 얼마나 참혹한지 눈물이 폭포수처럼 흘러내렸다.

예쁜이는 얼마나 발악을 하는지 포획틀 밖으로 털뭉치가 뭉텅 뭉텅 빠져 나왔다. 다른 방향에서는 노란둥이의 포획 작전이 펼쳐졌다. 이틀을 굶은 노란둥이는 얼마나 배가 고팠는지 냄새를 따라 포획틀 안으로 들어갔다가 덜컹 갇히고 말았다. 그러자 노란둥이도 곧 발악을 하고 난리가 났다.

온 동네가 떠나가라 냐옹대고 아기냥들도 덩달아 냐옹대고 온 집 안이 고양이 울음소리로 천지가 진동하는 것 같았다. 노란둥이도 얼마나 스트레스를 받았는지 털이 뭉텅이로 빠져 나왔다.

"이게 다 너희들 위해서 하는 거니까, 조금만 참아, 수술 잘 받고 나오면 맛있는 거 많이 줄 테니, 조금만 참자 나비야 미안하다. 이 방법밖에 없어서."

신문지로 포획틀 전체를 덮었다. 아기냥들이 계속 울어대니까 예쁜이가 더 요동을 하고 캬옥댔다. 자신을 사지(死地)로 밀어 넣은 주인에 대한 배신감 때문에 더 발악을 하는지 몰랐다. 수의사에게 전화를 했더니 포획틀 옆에서 말하면 더 발악을 하니까 그냥 조용히 있으라고 했다.

숨 막히는 시간이 4시간쯤 흘렀을까. 수의사가 푸른색의 가운을 입고 나타났다. 포획틀 안의 예쁜이와 노란둥이를 보더니 말했다.

"둘 다 암놈이네."

"애네들 털 뜯긴 거 보세요. 이렇게 스트레스 많이 받아서 죽는 거 아닌지 모르겠어요."

"이 정도 가지고 안 죽어요."

수의사가 포획틀을 들고 나가는데 가슴속에 극렬한 통증이 일었다. 불쌍한 것들.

예쁜이와 노란둥이가 수술 받고 퇴원하는 3일 동안 나는 계속 가슴 찢기는 통증을 앓았다. 얼마나 가슴을 치고 회개 기도를 했는지 모른다. 왜 갑자기 회개 기도가 터져 나왔는지 잘 모르겠다. 하지만 가슴 뭉클한 그 어떤 감동과 가엾은 생명에 대한 긍휼함으로 마음이 만신창이가 되는 것 같았다.

드디어 3일 만에 예쁜이와 노란둥이가 집에 오는 날이었다. 퇴근 후, 캐리어를 끌고 동네 골목길을 들어서는데 약속이나 한 듯이 예쁜이와 노란둥이 일당이 돌진하듯이 내게 달려왔다. 냥냥대며.

주차장 뒤 화단에서 놀다가 내가 온 기척이 들리자 반가움에 한꺼번에 몰려온 것이다. 순간 가슴이 먹먹했다.

"예쁜아 노란둥이야."

모두 데리고 거실로 들어서자 아기냥들이 예쁜이에게 달려들어 치근대기 시작했다. 어미젖을 빨기 위해 달려들다 예쁜이가 그만 아기냥을 밀쳐내면서 발톱을 휘두른 것이다. 아기냥은 서러워 냥냥대면서도 뒤로 물러서지 않았다. 이제 겨우 젖을 먹을까 했는데 그냥 물러설 수 없다는 듯 아기냥은 계속 냥냥댔다.

캔 사료와 특제 간식을 주자 예쁜이와 노란둥이는 조금 먹더니 밖으로 나갔다. 그래도 아무 탈 없이 무사히 돌아왔으니 한 시름 놓았다 싶었다. 그런데 다음날 아침이 되어도 예쁜이가 나타나지 않았다. 새끼 젖도 주어야 하는데 저녁때가 되어도 보이지 않는 것이다.

온 동네를 다니며 예쁜이를 불렀지만 소용없었다. 이튿날 아침에도 나타나지 않았다. 그 다음날도 마찬가지였다. 그렇게 일주일 열흘이 지나갔다. 매일 예쁜이를 부르며 온 동네를 찾아 나섰지만 예쁜이는 보이지 않았다. 아무리 생각해도 수술이 잘못된 게 틀림없었다.

그렇지 않고서야 어떻게 멀쩡히 잘 지내던 고양이가 수술받고 나오자마자 열흘 동안이나 안 보인단 말인가. 수술 후유증으로 이상 증세가 발생했거나 죽은 게 틀림없다. 의심과 걱정이 커 갈수록 모든 원망이 수의사에게 쏠리기 시작했다. 인터넷상에서 떠도는 괴담도 연이어 떠올랐다.

가슴이 타들어가던 어느 날. 그러니까 예쁜이가 사라진 지 보름쯤 되던 날이었다. 밤 10시가 넘어 현관문을 여는데 이상한 물체가 거실 안으로 쓱 들어가는 게 아닌가. 예쁜이였다. 작고 여윈 몸체가 흡사 아기 고양이 같았다. 얼마나 말랐는지 뼈만 앙상한 몸에 털이 뻣뻣하고 지저분했다. 얼굴도 반쪽이 되어 자세히 보기 전에는 예쁜이 같지 않았다.

예쁜이는 그동안 보름 넘게 숨어 지내는 동안 자기 몸 상태를 알아차린 것 같다. 이젠 암컷도 수컷도 아닌 중성화 된 자신의 몸 상태를. 자세히 보니 예쁜이와 노란둥이의 한쪽 귀가 잘려져 있었다.

중성화 된 표식이었다. 예쁜이는 반가워 어쩔 줄 모르는 주인과 달리 사료를 조금 먹고는 다시 사라졌다.

아침이 되어도 나타나지 않아 가슴을 졸였는데 저녁때 다시 나타났다. 이번에는 밖으로 못 나가게 문을 걸어 잠그고 베란다 안으로 유인했다.

아예 집콕 고양이로 만들 요량으로 베란다 창문도 단단히 걸어 잠갔다. 그리고 고양이 침대로 유인한 뒤 참치 사료와 특제 간식을 주었다. 이번에도 조금 먹으려나 싶었는데 잘 먹었다. 옆자리에 노란둥이도 함께 두어 폭풍 흡입하게 했다.

노란둥이는 수술 후에도 사료를 잘 먹어서인지 하루가 다르게 건강을 회복했다. 뻣뻣하던 털도 제법 윤기가 흐르고 살도 올랐다. 일주일쯤 지나자 기력이 회복되고 기분이 좋아졌는지 주인을 볼 때마다 냐옹대고 인사도 했다. 예쁜이는 다시 외출냥이 되었다.

집 밖으로 나가 동네 마실을 다니는데 예전 같지 않았다. 예전에는 길냥이와 싸워도 결코 맞는 법이 없었는데 어쩐 일인지 중성화 수술 이후에는 자주 쫓기고 얻어맞는 일이 생겼다. 귀를 물어 뜯겨 살점이 나가고 뒷다리에서도 살점이 뜯겨 피가 흘렀다.

나가지 말라고 아무리 신신당부를 해도 소용없었다. 어디 숨겨논 아지트가 있는지 아예 대놓고 외박을 했다. 또다시 집안에 있다가 이전처럼 수술대에 오를까 겁나는 모양이었다. 한동안 안 보이다가 배가 고프면 나타나 사료를 먹고는 금세 사라졌다.

예쁜이가 낳은 아기냥 2마리도 어디론가 사라져 보이지 않았다. 이제 고양이로 인한 근심이 영 사라지는가 싶었다. 다시는 고양이 개체 수가 늘어나 골머리 앓을 일은 없을 테니까. 그런데도 이상하게 가슴이 싸하니 아팠다. 후회와 연민이 계속 가슴 속을 치받고 일어났다.

　동네에 재개발 붐이 시작되고 있었다. 재개발에 대한 현수막이 걸리고 가끔씩 이삿짐 실은 트럭이 골목을 빠져나가곤 했다. 이제 동네 사람들이 다 떠나고 빈 공간이 되면 길고양이들은 꼼짝없이 굶어죽을 것이다. 영역 동물인 고양이들은 제 살던 곳을 벗어나지 못하고 그 자리만 고수하기 때문이다. 언젠가 인터넷 기사 글이 떠오른다.

　재개발로 떠나 버린 동네에 고양이들이 다니는데 아사(餓死) 직전이라는 것이다. 가끔씩 캣맘들이 사료를 주긴 하지만 그것도 어디까지나 한시적이다. 철거 공사가 시작되면 고양이들이 구석에 숨어 있다 그대로 건물더미에 깔려 죽는다고 한다.

　그들을 구출할 유일한 인력은 오로지 캣맘 자원봉사자들인데 여의치가 않다고 한다. 또다시 가슴 통증이 일었다. 요즘 따라 길냥이들이 자주 집에 찾아왔다. 꼬리 잘린 노랑이와 갈색 털북숭이 수컷 고양이, 검둥이 아기 고양이, 흰색과 검정이 섞인 털에 눈곱이 잔뜩 낀 못생긴 고양이와 예쁜이의 자매인 삼색이도 찾아왔다.

　올 때마다 참치 사료에 닭 가슴살 사료를 주었더니 나중에는 건사료는 아예 입에 대지도 않았다.

　"그래 어차피 동네 떠나면 그만일 테니 실컷 먹어둬라."

　사료를 먹은 길냥이들은 지붕 위를 뛰어다니며 놀다 기왓장을 깨기도 하고 빈집에 들어가 새끼를 낳았다. 날씨가 점점 추워지고 있었다. 우리 집도 이사 갈 준비를 서둘러야 했다. 남편은 길냥이들 걱정에 눈물을 한 움큼 떨어뜨리고 인터넷에 수시로 게시글을 올렸다.

　재개발 들어간 지역에 사는 고양이들에게 구조를 요청하는 글이었다. 그는 청와대 게시판에 글을 올렸다가 삭제하기도 했다. 유튜브에도 글을 올렸는데 반응은 뜨거웠지만 실제로 동참하겠다는 사람은 적었다. 나는 인터넷 쇼핑몰에 고양이용 케이지 3개를 주문했다.

　한 케이지 당 두 마리 씩 넣고 이사할 작정이었다. 그리고 가능하면 집에 찾아오는 길냥이들도 최대한 포획해 새로 이사 갈 동네로 옮길 작정이었다. 이사 날짜가 점점 가까워 오고 있었다. 내 가슴의 통증은 점점 심해졌고 남편은 인터넷 동물방에 유튜브에 수시로 글을 올렸다 삭제하기를 반복했다.

　이제 집냥이가 된 지 5년이 넘은 예쁜이와 노란둥이 점박이 까망이와 하양이는 제법 주인 말을 잘 따른다. 케이지 안에 캔 사료를 주었더니 들락날락 하며 잘 먹는다. 어제 앞집과 뒷집이 이사를 갔다. 일주일 뒷면 우리 집이 이사 갈 차례다.

　그동안 우리 집에 이웃에 사는 캣맘들과 캣대디들이 몇 명 다녀갔다. 길냥이들을 각자 사는 동네로 옮기기로 약속했다. 그들은 모두 가슴 속에 한 서린 아픔과 상처가 있는 사람들이었다. 어릴 때 부모로부터 버림을 당했거나 학대당한 사람들이었다. 그도 아니면 오직 생명존중 사랑에 인박힌 사람들이었다.

　그리고 신(神)을 두려워하는 마음이 여리고 정직한 사람들이었다. 날씨가 영하로 곤두박질치면서 상황이 점점 나빠지고 있었다. 티눈 제거수술 받은 발바닥에서도 계속 통증이 느껴졌다. 어느 날 문자가 도착했다. 길냥이 구조 작전에 꼭 참석하라는 독려 문자였다. 미심쩍은 부분이 있었지만 믿기로 했다. 그래야 마음이 편할 것 같아서였다.

드디어 우리 집 이사 차가 그동안 살던 동네를 떠나던 날이었다. 이삿짐 차가 막 골목길을 빠져 나가는데 우리집 담 장 위에서 길냥이들이 앉아 있는 모습이 보였다.

"아저씨 잠깐만요."

나는 차에서 내려 도로 우리가 살던 집으로 달려갔다. 주머니에서 캔 사료를 꺼내 고양이에게 주었다. 고양이들은 마지막 만찬인 듯 마구 냥냥대며 먹기 시작했다. 어느 샌가 뒤에 서 있던 남편이 손으로 눈물을 훔치고 있었다. 내 눈에서도 눈물이 소리 없이 흘러내렸다.(2022년 한국소설)

비혼족

바야흐로 인공지능(AI) 시대다.

얼마 전엔가 TV에서 인공지능 알파고와 유명한 바둑왕이 격돌한 결과 알파고가 이겨 크게 화제가 된 적이 있었다. 인공지능 로봇의 등장은 최첨단 과학의 산물이자 신기술로 대변되고 있다. 과거에 로봇의 의미는 단순히 사람의 일을 대신하는 것으로 여겨졌는데 현대는 감정 모드까지 추가돼 더 많은 이기를 양산해 놓고 있다.

미리 입력된 정보에다 고급 기능까지 추가해 앞으로도 계속 새로운 패턴을 선보일 예정이다.

얼마 전 고속버스를 탔을 때의 일이다.

승차권을 단말기에 대니 좌석번호 멘트가 뜨면서 잔여 좌석 숫자까지 화면에 떴다. 출발 시간이 되자 운전석 옆에 있는 영상에 여자 아바타가 뜨더니 안내 방송이 이어졌다. 이전에는 간단하게 방송으로 하던 것을 이젠 입력된 멘트를 영상으로 보여 주면서 세월의 변화를 실감하게 했다.

로봇이 사람을 대신해 하는 일은 청소 같은 노동뿐 아니라 상담도 병행할 예정이다. 로봇이 입력된 정보에 따라 아이 교육도 하고 간단한 상담은 물론 의사가 하는 수술도 대신하고 있다. 가장 먼저 사라질 직업군은 전화나 말로 하는 대인 업무라고 한다.

오늘날은 컴퓨터와 스마트 폰의 보급으로 일상의 편리가 극대화

된 양상을 보이고 있다. 인간의 감정과 지능을 겸비한 로봇은 현대판 바벨탑이자 과학의 최첨단으로 미래의 향방을 결정하는 중요한 변수가 될 것이다.

개그콘서트에 나오는 지로봇 코너는 웃음과 함께 많은 의미를 던져준다.

로봇은 주인의 음성을 따라 움직이는데 그가 던지는 첫마디는

"난 감정을 제거한 완전체 지로봇"

"나는 심장이 없어 심장이 없어"이다.

로봇은 주인의 명령에 따라 철저히 움직이는 것처럼 보이지만 회로를 이탈해 제멋대로 행동하기 일쑤이다. 미리 입력된 모드에 따라 움직이다가도 감정이 뒤틀리면 사람처럼 행동하는데 웃지못할 사태가 매번 발생한다.

주인이 청소하라고 명령하면 "청소 모드" 하며 몸이 저절로 움직이다가 감정이 뒤틀리면 어깃장을 놓는다. 주인이 사귀는 예쁜 여자에게 웃음을 보이며 끌려 다니는가 하면 심지어 주인을 협박하며 배반을 때리기도 한다. 인공지능에다 감정을 이입해 자기 나름대로 감정에 충실한 것이다.

상황에 따라 화도 내고 사람처럼 삐지기도 한다. 신고식을 한다며 춤도 추고 사람을 즐겁게 하는가 하면 로봇끼리 질투하기도 한다. 물론 다 꾸며낸 이야기지만 절대 불가능한 일도 아니다. 인공지능에다 감정체를 입력하면 그것은 곧 현실이 될 것이다.

예전의 로봇의 의미는 입력된 정보에 따라 사람이 하기 힘든 일을 대신하는 움직이는 기계였다. 그러나 앞으로 벌어질 로봇의 발달은 기상천외한 일들이 벌어질 것이다.

각종 업무에 투입되면서 어린이 만화 영화에 나오는 것처럼 엄청난 전투용 로봇이 나타나 전쟁을 수행할 날도 멀지 않을 것이다. 실제로 프랑스에서는 산불이 나자 사람 대신 로봇이 출동해 불을 껐다고 한다. 컴퓨터의 발달은 인공지능과 함께 이미 많은 직업군을 사멸시켰다.

은행은 인터넷으로 업무를 대신함으로 지점이 빠르게 줄어들고 있고 은행원들의 희망퇴직도 늘어나고 있다. 젊은이들의 취업은 하늘에 별 따기만큼 어려워져 미래에 불안을 느낀 나머지 결혼과 출산율은 나날이 줄어들고 있다.

인구의 급속한 하락은 미래의 동력을 감소시키는 주된 원인이 될 것이고 그 속도는 점점 가속화 될 것이다. 아무리 그럴 듯한 정책을 내놓아도 결혼과 출산율은 결코 높아지지 않을 것이다. 왜냐하면 직업군은 저절로 줄어들 것이고 신종 직업군이 발생한다 해도 얼마 안 가 사라질 것이기 때문이다.

그렇다면 인공지능 로봇의 발달은 과학의 이기인가? 재앙인가?

세상은 인간이 할 일을 점점 기계에게 내주어 스스로의 입지를 좁히고 있다. 단언컨대 앞으로 취업전쟁은 더욱 심각해질 것이고 신적 영역인 예술 분야 또한 다르지 않을 것이다. 모든 정보가 컴퓨터에 입력되어 통계 처리되기 때문에 표절 시비를 사전 예방하게 될 것이다.

반면 표절 시비를 교묘하게 벗어난 모방 창조 범죄는 극성을 부릴지도 모른다. 통계에 따라 짜 맞추기 식으로 얼마든지 창작이 가능하기 때문이다. 교회 강단에서 하는 설교나 불교에서 하는 설법도 마찬가지다. 필요한 주제를 검색하여 통계에 의해 설교나 설법을 취합하여 그럴듯하게 새로 각색하면 되기 때문이다.

과학이 넘보지 못할 분야는 없게 될지도 모른다. 미래는 과학만능주의 세상이 되어 인간의 두뇌마저 인공지능 기계에 조종당하는 날이 올지도 모른다. 여기에서 발생하는 게 비혼족들과 일인 가구의 엄청난 증가이다. 혼족이란 사회 활동과 상관없이 혼자서 여가 시간을 즐기는 사람들을 일컫는 신조어다.

혼족의 대표적인 예는 혼밥, 혼술, 혼영, 혼곡이 있다. 혼밥은 혼자 밥 먹기, 혼술은 혼자 술 마시기, 혼영은 혼자 영화보기, 혼곡은 혼자 노래방 가기를 뜻하는 것인데 이 신조어들은 최근 자리 잡은 트렌드로 1인 가구의 라이프 스타일을 말한다.

또 다른 의미의 일인 가구도 있다. 결혼 여부와 상관없이 홀로 살아가는 가구 형태를 말하는데 전체 인구의 27퍼센트를 차지한다. 이와 달리 아예 결혼 자체를 않고 평생을 싱글로 살아가는 비혼족도 늘고 있다.(인터넷에서 발췌)

그러니까 혼족이나 일인 가구나 비혼족은 의미만 약간 다를 뿐 혼자 살아가는 형태는 마찬가지다. 예전에는 주로 나 홀로족이란 단어를 많이 사용했는데 요새는 양상에 따라 새로운 신조어도 생겨나고 있다. 최근에는 아예 결혼 자체를 거부하는 비혼족이 늘고 있는데 그에 따른 상품도 넘쳐나고 있다.

노후를 보장해 준다는 금융테크와 각종 주거 생활용품과 여가 생활까지. 혼자여서 더 편리하다는 주장이 인터넷을 통해 젊은이들 사이에 확산되는 추세이다. 이와 같은 나 홀로 문화의 확산은 이기심에서 출발하고 있음을 보게 된다. 요즘 젊은이들은 편리를 추구하기 때문에 단연코 희생을 거부한다.

참고 고생하여 가정을 지키고 미래를 건설하는 것보다 아예 그런 위험조차도 감수하려 들지 않는다. 고생을 모르고 산 탓인지 위험이나 도전에 있어 기피현상이 더 심하다.

그래서 생각해 낸 것이 비혼(非婚)과 출산기피 현상이다. 남자의 경우는 평생 가족을 부양해야 하는 점에서 자유로울 수 있고 여자는 시댁이나 육아 등 집안 살림에 신경 쓰지 않아도 되니 아예 혼자 편하게 살겠다는 것이다.

그러다 보니 아예 결혼 자체를 기피하고 결혼을 해도 자녀를 낳지 않으려 한다. 언제 삶의 현장에서 밀려날지 모르기 때문이다. 그 잠재적 불안은 가면 갈수록 더 커질 것이다. 인구는 나날이 급격하게 줄어들 것이고 미래의 노동 현장에서 젊은 인력은 품귀 현상을 빚을 것이다.

내 어머니가 결혼할 당시만 해도 이런 현상은 상상도 못했다고 한다. 그때만 해도 둘만 낳아 잘 기르자는 말이 유행이고 정부시책이었다. 아들 선호 사상 때문에 생겨난 표어도 있었다. 잘 키운 딸 열 아들 부럽지 않다. 그래서 두 자녀가 보통 가정의 유형이었다면 언젠가부터 외동아들 외동딸이 유행처럼 번졌다. 그러더니 이제는 아예 자녀를 갖지 않거나 결혼 기피 현상까지 일고 있다.

결혼 조건도 확 달라졌다. 옛날에 남자는 결혼 조건으로 여자의 외모를 우선으로 꼽았다면 지금은 경제적 능력이 우선이다. 외모도 집안도 학력도 나이도 그 다음이다. 배우자를 의지해 인생을 편하게 살겠다는 취지에서다.

여자도 마찬가지다. 미래가 불안한 남자와 결혼해 사느니 차라리 홀가분하게 싱글로 여유롭게 사는 게 더 좋다고 한다. 뭐 하러 미래의 불안까지 떠안으며 가정살림에 자녀 출산과 아이 양육과 돈까지 벌어주며 사느냐는 뜻이다. 그럴 바에야 차라리 혼자 편하게 인생을 즐기는 게 백배 낫다는 것이다. 돌싱도 이젠 더 이상 부끄러운 단어가 아닌 세상이 되었다.

여자라고 해서 무조건 참고 사는 세상이 아닌 것이다. 사랑 방식도 마찬가지다. 옛날에는 지고지순한 사랑이 통했다면 지금은 감정놀음이나 쾌락적 의미가 더 강하다. 젊은 남녀가 만났다. 너 나 마음에 드냐? 응 마음에 들어. 그래 그럼 우리 사귈까? 그러지 뭐. 결정하는데 몇 초도 안 걸린다. 사귀다 어느 날 묻는다. 우리 잘까? 그러지 뭐. 사귀다 싫증난 상대가 말한다. 나 너가 싫어졌어. 그래? 그럼 헤어지지 뭐.

이런 식이다. 헤어지는데 망설임이나 상처 따위도 없다고 한다. 사랑이란 순간의 감정놀음에 지나지 않으니까. 결혼해 살다가도 마음이 안 맞으면 간단하게 이혼을 결정한다. 상대에게 어려움이 닥치면 함께 노력하는 게 아니라 떠나는 방식을 택한다. 젊은이들뿐 아니라 중년 노년 세대도 마찬가지다.

케케묵은 상처까지 끌어올려 이혼 도장을 찍게 하는 황혼이혼이 바로 그 예다. 졸혼이란 말도 유행하고 있다. 졸혼이란 법적으로 관계를 정리하지 않은 채 각자의 삶을 살아가는 노년부부를 말한다. 요즘은 백년가약이라는 말의 의미도 점차 퇴색해 가고 있다. 사랑은 희생이라는 기본적인 의미마저 외면한 채 욕구만 채우려는 것이다.

20년 전엔가 평생을 독신으로 사신 김동길 교수님께 들은 말씀이 생각난다.

독신을 후회하지 않느냐는 질문에 단연코 노우라고 답했다. 더 나아가 자기처럼 독신으로 살아가는 젊은이들이 많아졌으면 좋겠다고 했다. 그렇다면 인류의 종말이 오지 않겠느냐는 질문에 이렇게 말씀하셨다. 세상에는 서로 죽을만큼 사랑하는 젊은이들이 있다. 그들에게 결혼과 출산 양육을 시켜 밝은 세상을 만들어 가야 한다.

사랑하는 부모에게 태어난 아이들은 유전인자가 좋기 때문에 그들로 하여금 올바른 사회를 만들어 가도록 하면 된다는 것이었다. 백 프로 맞는 말씀인데 어째 현실적이지 않은 면이 있는 것 같다.

내 어머니가 젊었던 시절만 해도 결혼 안 한 싱글은 비정상으로 취급되어 집안의 망신쯤으로 알았다고 한다. 그래서 장성한 자녀가 있는 집안에선 항상 결혼이 화제였단다. 또한 아들을 낳아 대를 이어야 하는 것도 의무처럼 여겼었다. 옛날에 집안공동체가 우선이었다면 지금은 개인주의가 먼저이다.

내 주변에도 혼족들이 여럿 있다. 내가 말하는 혼족은 돌싱도 있고 비혼도 있다. 대부분 비혼인데 그들의 특징이 있다면 개인주의 성향에다 자기중심적이며 혼자 있는 것을 좋아한다. 개중에는 모태솔로도 많다.(모태솔로란 태생적으로부터 연애기질이 없는 사람을 일컫는다.) 그들은 경제적 능력이 있고 여가생활을 즐기며 살아가기 때문에 독신의 외로움은 느낄 겨를도 없다.

또 시간적 여유가 많아 자기 계발에 있어서도 성과를 나타내고 여행 등 취미생활도 자유롭게 즐긴다. 문제는 돈이 떨어지거나 건강에 문제가 발생했을 경우다. 누군가의 도움을 받아야 하는데 그게 여의치 않을 경우 심각한 사태가 발생할 수도 있다. 그래서 나타난 것이 혼족을 위한 각종 금융상품이다.

혼족은 돈이 많이 들지 않기 때문에 당장 선택하기는 좋다. 하지

만 미래에 대한 잠재적 불안이 있는 것도 사실이다. 내 생각엔 잘못
된 결혼보다는 혼족이 낫다고 보지만 어느 정도 인격과 능력을 갖춘
배우자를 만나 가정을 이루고 그 안에서 누리는 행복감을 맛보며 사
는 게 훨씬 낫다고 여겨진다. 혼자보다는 둘이 낫고 둘보다는 셋이
낫지 않을까.

언젠가 만난 지인이 말했다. 그녀는 자녀가 셋인데 행복한 표정으
로 말했다.

"자식 셋을 키우다 보면 힘은 더 들지만 기쁨은 세배에요, 그래서
더 행복해요."

윤혜는 글을 끝내고는 컴퓨터의 전원을 껐다.

밖으로 나오니 초여름을 알리는 더운 바람이 골목을 휘몰아치고
있었다. 상당히 기분 나쁜 바람이었다.

이튿날,

윤혜는 편의점에서 3500원짜리 도시락을 사들고 나왔다.

밖에는 파라솔 아래 도시락으로 점심을 해결하는 직장인들이 있
었다. 그들은 급하게 밥을 먹느라 자동차 경적 소리도 못 듣고 있었
다. 그들이 먹는 파라솔 옆은 약간 구릉진 곳으로 소형 자동차가 끝
도 없이 지나가고 있었다. 3500원짜리 도시락 치고 반찬이 좋았다.

제육볶음에다 샐러드에다 오이무침도 있었다. 도시락을 전자 렌지
에 데운 뒤 먹으면 맛도 깔끔하고 좋았다. 주변에 식당도 많이 있었
지만 가격도 비싸고 서서 기다려야 하는 불편 때문에 윤혜는 편의점
도시락을 더 선호했다. 대학 졸업하고 나서 2년 만에 얻은 알바자리
였다.

그동안 정규직만 노리다 세월 다 보내고 나서 할 수 없이 뛰어든 알바였다. 그녀가 일하기 시작한 곳은 전공과 하등 관련 없는 업종이었다. 여론조사와 인터넷 판매를 겸하는 콜센터인데 윤혜는 다문화 정책에 따른 여론조사를 맡고 있었다.

통화 대상자가 귀화한 지 얼마 안 된 외국인들이라 우리말에 서툴렀고 경계심도 많았다. 설문은 대부분 영어로 진행됐는데 중간에 끊기는 사례가 자주 발생했다. 영어를 잘못 알아듣고 딴소리를 하는 바람에 웃지 못 할 사태가 발생한 것이다.

대부분 조사는 짧게는 일주일 길게는 보름 정도 이어졌다. 그 이후는 일이 없어 한동안 놀아야 했다. 다른 일자리를 알아보기 위해 애썼지만 몸으로 직접 뛰어야 하는 서비스 계통밖에 없었다. 커피숍이나 음식점 알바는 대개 외모를 중시했다. 예쁘고 날씬해야 하는 것이 첫 번째 조건이었다.

일은 고된 반면 갑질의 횡포가 얼마나 심한지 이따금 TV뉴스에도 나왔다.

백화점에서 하는 알바도 힘들기는 마찬가지였다. 무거운 짐을 옮기느라 허리가 휠 정도인데 잠시도 앉지 못하게 했다. 다리가 끊어지는 것처럼 아파도 참아야 했다. 게다가 매출이 적은 날에는 알바생들에게 어찌나 닦달을 해대는지 열흘도 못 버티고 나가버렸다. 그나마 다행인 것은 그렇게 알바자리를 돌면서 용돈을 해결한다는 사실이었다.

윤혜는 한동안 동시통역사 자격증을 따기 위해 열공한 적도 있었다. 전공이 영문학이어서 쉬울 줄 알았는데 그렇지도 않았다. 그런 계통도 어찌나 따지는 게 많은지 중간에 포기하고 말았다. 대부분이 관광계통이었는데 윤혜는 몸집이 뚱뚱하고 외모가 따라주지 않아 전망이 밝지 않다는 것이었다.

외모 지상주의가 적용되지 않는 곳은 거의 없었다. 서비스 계통만 그런 줄 알았는데 어딜 가나 마찬가지였다. 딱 한군데 전화로 업무하는 콜센터는 예외였다. 하지만 목소리가 좋아야 하고 순발력이 있어야 했다. 고객이 어떤 질문을 하더라도 잘 대처할 수 있는 기지가 필요했다.

그런데 윤혜는 원래 소심하고 당황을 잘하는 편이라 자주 클레임이 걸렸다. 스스로 퇴사하고 말았는데 그날 윤혜는 엄청난 열등감과 곤욕을 치러야 했다. 세상에 태어나 그런 개망신은 처음이었다. 처음에는 고객이 농담하는 줄 알았는데 진상도 그런 진상이 없었다.

말꼬리를 붙잡고 늘어지더니 나중에는 욕을 다발로 쏟아놓는 것이었다. 아예 작정하고 인격살인을 자행한 것이다. 그런 자들의 횡포를 인터넷이나 뉴스에서 간혹 접한 적이 있었지만 자신이 직접 당할 줄은 몰랐었다. 분노가 치솟아 같이 욕을 하고 싶은 걸 간신히 눌러 참았다.

그런데 그 자가 클라이언트에까지 전화를 해 일이 크게 번진 것이다. 사이코도 그 정도면 중증이었다. 아예 편집증적 환자 수준에 가까웠다. 그런 식으로 자리를 옮긴 게 여섯 번도 넘었다. 날이 갈수록 자신감이 떨어졌고 무기력증 증세마저 나타났다.

아무것도 하기 싫다.

윤혜는 이불을 뒤집어쓰고 두문불출 했다. 돈이 떨어질 쯤이면 급한 대로 알바자리를 찾아 나섰다. 당장 발등에 불이 떨어지니까 업종을 가리지 않았다. 학력이고 전공이고 다 소용 없었다. 마지막에는 출장 뷔페에도 동원됐다. 무거운 짐을 옮겨 담고 목적지에 도착해 세팅하고 손님들을 대상으로 서비스하는 일이었다.

그러다 지인을 만나는 바람에 얼마나 자존심에 상처를 입었는지 모른다. 일을 마치고 났을 때는 허리에 무리가 와서 한동안 한의원 신세를 져야 했다. 그것도 경험이라고 한번 하고 나니까 가끔씩 불러주어 용돈벌이는 되었다. 그런데 모든 알바가 비수기가 있어 일하는 날보다 노는 날이 더 많았다. 하지만 건강만 따라 주고 열심히만 한다면 수입은 좋은 편이었다.

왜냐하면 요즘 사람들은 힘든 일 어려운 일은 하기 싫어해서 자리는 널널한 편이었다. 그렇게 세월을 보내다 보니 윤혜의 나이도 어느덧 서른이 넘어 있었다. 가족들 특히 부모님은 사위 보기를 목 빠지게 기다렸지만 소용없는 일이었다. 요즘은 결혼 적령기를 앞둔 여자들도 안정된 직장이 없으면 맞선 자리 하나 안 나서는 세상이다.

옛날에는 결혼 조건으로 외모를 첫 번째로 꼽았다면 지금은 단연코 경제력이 일순위다. 한술 더 떠 처갓집의 재산 목록까지 노리는 사윗감도 수두룩하다. 윤혜도 한때는 안락한 가정을 일구어 자신을 꼭 빼닮은 아이를 낳는 게 소원인 시절이 있었다. 하지만 세월이 흐름에 따라 자연스럽게 혼자에 익숙한 혼족이 되었다.

그녀뿐만이 아니었다. 친구들 중에도 정규직인 직장을 가진 능력자 말고는 비혼족이 대세였다. 남자들이 결혼조건으로 하나같이 맞벌이를 그것도 평생토록 원했기 때문이다. 처음에는 출판사에서 번역을 하던 친구들도 수입이 줄어들면서 이직을 했고 나중에는 알바로 몰리는 경우마저 생겨났다.

결혼한 친구들은 아이가 태어나면서 육아에 전념했는데 아이가

성장함에 따라 사교육비가 엄청나게 늘어나 다시 돈벌이에 나서야
했다. 그나마 이혼 않고 사는 것만도 현모양처였다. 비혼족은 여자
들만의 문제는 아니었다. 남자들도 그에 못지않았다. 간신히 용돈벌
이에도 못 미치는 수입을 놓고 결혼하자니 어떤 상대도 나서주지 않
는 것이다.

　남자들은 대부분 일이 끝나면 술집으로 직행해 술독에 빠지거나
2차로 노래방에 가거나 도박에 빠졌다. 여자들보다 외로움을 견디는
데 훨씬 더 취약했다. 여자들은 돈을 벌면 미래를 위해 저축에 힘쓰
는데 남자들은 버는 족족 술값으로 나갔다. 그나마 가족들에게 손
벌리지 않고 사는 것만도 다행이었다.

　젊었을 때는 알바자리라도 흔하지만 중년이 넘어서면 중노동만
나서는데 일당은 후한 편이었다. 산에서 나무를 뽑아 트럭에 옮기는
일이 있는데 엄청난 중노동이라 맨 마지막에 몰렸을 때 나가는 순서
라 했다. 파산신청 하고 일자리가 없어진 사람들이 몰리는 곳인데
몸에 너무 무리가 와서 오래 할 일은 못 된다고 했다.

　유유상종이라 했던가? 어느새 윤혜 주변에도 비혼족들로 가득하
게 되었다. 가끔씩 돌싱도 섞였는데 그들에겐 엄청난 상처와 고뇌가
있어 비혼족들과는 따로 구분되었다. 돌싱들은 몸이 부서져라 일하
며 돈을 버는데 통장은 항상 0원이었다. 대출받은 이자 갚기도 벅찬
데 대부분 자식들 앞으로 꼬박꼬박 들어갔다.

　비혼족들은 쉬는 날이면 가까운 곳으로 여행도 가고 영화나 쇼핑
도 자주 하는데 돌싱들은 그나마 부담스러워 소외되기 일쑤였다. 돌
싱들의 팍팍한 삶을 보면서 비혼들이 하는 말이 있었다. 돌싱이 되
느니 차라리 비혼으로 그냥 지내는 게 낫다. 비혼족들 중에는 여가

시간을 이용해 자기 계발에 힘쓰는 사람들도 많았다.

그림이나 피아노 아코디언을 배우거나 취미생활에 골몰하는 것이다. 가족과 따로 독립해 집안일은 전혀 하지 않고 사는데 그야말로 자유가 넘쳤다. 음식은 주로 사먹고 일주일에 한두 번 세탁기를 돌리거나 드라마에 심취했다.

그중의 대표적인 여자가 현명숙이었다. 그녀는 윤혜와 동갑으로 전직이 패션 디자이너였다. 유명 대학을 나와 모 패션업계에서 근무했는데 회사가 도산하는 바람에 졸지에 백수가 된 것이다. 싼 중국산 때문에 패션업계의 도산은 예고된 거나 마찬가지였다. 그렇지 않아도 엄청난 스트레스 때문에 백수가 소원이었는데 차라리 잘 됐다며 그녀는 쓰게 웃었다.

잠시 알바 하다가 동대문 쪽으로 진출할 거라며 포부를 펼쳐 보이는데 표정은 영 자신 없어 보였다. 원래는 서양화를 전공하고 싶었는데 어쩔 수 없이 선택한 의상학과가 마음에 안 드는 눈치였다. 그녀는 날씨가 화창한 날이면 이젤을 들고 야외로 나가 스케치를 했다.

그녀에겐 결혼 안 한 여동생과 언니가 있는데 모두 능력자라 했다. 언니는 모 기업체의 개발부장으로 근무하는데 연봉이 억대가 넘는다고 했다. 여동생 둘은 교사인데 음악과 미술을 가르친다 했다. 요즘 세상에 교사만큼 안전 빵도 없다며 부러워하는 눈치였다. 그런데 자매들 특징이 모두 요리나 청소하는 걸 극도로 싫어한다는 것이었다. 생산성 없는 일이라 싫다는 것이었다.

열심히 일을 해 돈을 착실히 저축하더니 어느 날 느닷없이 말했다. 미술 대학원에 진학해 정식으로 화가가 되어야겠다. 그 말을 들었을 때 윤혜는 너무나 부러웠다. 자신에게는 재능이라곤 눈을 씻고 찾아도 없는데 늦게나마 자신이 좋아하는 일을 시작하겠다니 참으로 풍요로운 삶이라 생각됐다.

오빠가 남겨준 조카 둘을 키우며 살아가는 최효경도 있었다. 그녀는 나이가 40대 중반이었는데 고등학교에 다니는 조카를 키우느라 취미생활을 전혀 못했다. 일 년 내내 알바 시장을 누비며 사는데 기운이 넘쳐흘렀다. 조카가 인생의 전부라며 입만 열면 조카 자랑이 쏟아졌다.

올케는 아이들이 어릴 때 아프리카 선교 여행 갔다가 얻은 풍토병으로 일찌감치 천국으로 떠났다고 한다. 오빠는 몇 년 전엔가 췌장암으로 죽었는데 치료비로 가산을 거의 탕진하다시피 했다며 눈물을 글썽였다.

이제 남은 건 조카뿐이라며 밤낮을 가리지 않고 몸이 부서져라 일만 했다. 가끔씩 조카에 대한 섭섭함도 나타냈다. 고모가 힘들게 일하고 집에 들어가면 그때까지 밥도 먹지 않고 있다가 배고파 죽는다고 난리를 친단다. 집안일을 전혀 도와주지 않느냐고 하니까 컴퓨터 앞에서 게임하느라 바빠서 라며 말을 흐렸다.

윤혜는 알바하다 만난 사람들과 이야기하다 보면 가끔씩 철학자가 된 기분을 느꼈다. 각양 인생의 모습이 다양하면서 나름대로 철칙이 있었다. 삶의 목적과 방향이 있었는데 그건 가치관의 차이였다. 그나마 없는 사람은 우울증에 쉽게 노출됐다. 어느 출장뷔페 현장에서 만난 알바생이 말했다.

그녀는 한식 요리사였는데 돌싱이었다. 남편도 요리사였는데 결혼한 지 이십년 만에 남편이 바람이 났다는 것이다. 그것도 그녀가 잘 아는 동료 요리사였다. 둘은 가정을 가진 유부남 유부녀였는데 그만 주방에서 눈이 맞아 동시에 이혼 도장을 찍고 만 것이다. 그녀는 가슴을 쓸어내리며 말했다.

"어릴 때부터 요리하는 걸 좋아해 주방에서 살다시피 했는데 이렇게 돌싱이 될 줄 누가 알았겠어요. 뼈가 부서지게 일하면서 살아왔는데 인생이 너무 허무하게 느껴져요. 도대체 사람이 어디에서 와서 무엇 때문에 살며 어디로 가는 건지 모르겠어요."

그러자 바로 옆에서 듣고 있던 알바생 정현욱이 말했다. 그는 서양 요리사였는데 그 역시 돌싱이었다.

"지난주에 교회 나갔는데 목사가 신앙고백을 시키면서 그러드만. 우리 인생의 주관자는 창조주 하느님이시라고. 그러니께 사람은 하느님이 보내셔서 이 땅에 태어난 것이고 사는 목적은 하느님의 영광을 위해 살다가 하느님 앞으로 가는 것이라고."

"그래서요?"

"그려서 죽는 것은 누구나 매 한가지가 아닌감. 그러니께 죽으면 천국이냐 지옥이냐로 갈리는데 죄를 용서받고 신앙심을 가져야 천국 간다 하길래 그렇게 하겠다고 혔지 뭐, 별수 있남 죽어서까지 지옥엘 갈 수는 없잖어, 사실 그동안 지은 죄도 워낙 많고 혀서."

"그래서 죄 용서는 받으셨나요?"

윤혜와 한식 요리사가 재미있는 표정으로 물었다.

"죄 용서받았다고 믿어야지. 믿음을 가져야 구원을 받고 죽을 때까지 노력하며 살아야지."

한식 요리사가 윤혜의 귓가에 대고 살며시 말했다.

"진즉 그랬다면 이혼도 안 하고 좀 좋았어?"

눈치로 보아 그녀는 정현욱의 이혼사유를 알고 있는 것 같았다.

"저 사람도 주방 안에서 바람피우다 딱 걸려서 부인한테 이혼 당한 거야."

정현욱은 바람피우다 걸려서 직장에서도 잘렸고 알바하면서 새로운 직장을 구하는 중이라고 했다. 잠깐 웃고 말았지만 그가 한 말이 윤혜의 가슴 속에 오래도록 남게 될 줄은 그녀 자신도 몰랐다. 알바를 하다 잠깐 직장생활을 한 적도 있었다. 계약직으로 들어갔는데 회사가 일년 만에 문을 닫는 바람에 곧바로 백수가 되었다.

또다시 알바시장을 누비는데 눈앞에서 사계절이 수없이 지나갔다. 그동안 몸이 아파 수술대 위에 누운 적도 있었고 모아 놓은 돈을 한꺼번에 날리기도 했다. 그때 병상에 누워 있을 때 병원 전도단에 의해 그녀는 처음으로 신앙을 접했다. 그건 그녀가 세상에 태어나 처음 경험하는 마음의 평화였다.

평화가 마음속에 임하면서 치료도 신속하게 이루어졌다. 병상에 있는 동안 윤혜는 삶과 죽음의 문제에 대해 심각하게 고민했다. 가족들이 드나들며 돌보아 주었지만 시간이 지나자 성가셔 하는 눈치였다. 그때 정현욱이 한 말이 떠올랐다. 인생의 목적과 방향에 대해서.

때마침 전도대가 도착했고 그들이 들려주는 메시지에 마음이 열리면서 평화가 임한 것이었다. 건강만 회복한다면 다른 건 아무래도 상관없을 것 같았다. 병명은 유방암 초기였다. 다행히 초기라 위험한 시기는 넘겼지만 안심할 일도 아니었다. 암은 언제든지 재발할 가능성이 있기 때문이었다.

암이라는 죽음의 문턱을 넘고 나자 생각이 달라지기 시작했다. 인

생에 있어 가장 값진 게 무엇인가에 대해 골똘히 생각하는 순간이
많아졌다.

어느 날 만난 지인이 말했다.

"난 맞벌이하는 여자들을 보면 이해가 안 가. 얼마나 사랑하면 마
음 주고 몸 주고 자식 낳아주고 키워주고 돈까지 벌어주며 살아? 아
니 내 마음도 못 믿는데 어떻게 상대 마음을 믿고 내 인생을 맡겨?
제정신이야."

"어떤 여자는 남편이 살찌지 말라고 해서 아예 굶다시피 한대. 참
여자들 불쌍해 남편 사랑 바라기가 돼서 먹을 것도 맘대로 못 먹고
돈까지 벌어줘 가며 시댁식구 뒤치다꺼리까지 해가며 살다니."

"옛날에는 첩살림하는 남편 위해 힘든 농사일에 시부모 박대까지
참아가며 사는 여자도 있었대요."

"내 친구는 평생 맞벌이했는데 남편은 백수건달에 한량이라. 제
아내가 번 돈으로 술 처먹고 도박하고 바람까지 피우며 살다가 여편
네가 암에 걸리니까 있는 재산 몽땅 정리해서 애인이랑 도망쳤다더
라. 그러게 그런 놈일랑 일찌감치 버려야지 왜 살어 살긴."

"자식 때문에 살았겠지."

"남편 복 없는 게 자식 복이라고 있으려고?"

"어떤 여자는 교수가 되기 위해 유학 소속까지 마쳤는데 갑자기
선본 남자랑 결혼하면서 유학도 포기하고 애 낳고 집안 살림 하느라
평생을 바쳤는데 남편이 어느 날 이혼하자고 해서 해줬대."

"왜?"

"여자가 생겼는데 죽어도 못 헤어지겠대서 뭐 어릴 때 첫사랑이었

다나?"

"우리 집은 엄마 아빠가 매일같이 부부싸움 하느라 하루도 조용할 날이 없었어, 엄마는 입만 열면 말했지. 널랑 결혼하지 말고 혼자 살아라. 세상은 니 애비 같은 놈들 천지다."

그녀는 한숨을 폭 쉬고 나서 말을 이어갔다.

"그 말을 귀에 못이 박히게 듣고 나니 진리처럼 여겨져. 그래도 혹시나 하고 소개팅을 해봤는데 제대로 된 남자는 단 한번도 만나 본 적이 없었어. 그것보다 더 기가 막힌 건 친구라는 년이 그러는 거야. 니 복에 괜찮은 남자가 걸리겠니?"

"제 지인 중에 어릴 때부터 수녀가 되기로 작정한 여자가 있었어요. 학교 공부 마치고 수녀원 생활을 하던 중 예전에 같은 동네에 살던 오빠를 만났대요. 그런데 그 오빠도 신부가 되기 위해 신학교에 재학 중이었대요, 둘은 오래 만나다가 결혼했대요."

"네?"

좌중에 폭소가 터졌다. 한결같이 재미있다는 표정이었다.

"그래서요? 아들 딸 낳고 잘 살았나요?"

"아이를 셋까지 두었는데 막상 살기가 막막한 거예요."

"왜요?"

"그 남편은 평생 신부가 되기 위해 신학공부만 했지 먹고살기 위한 준비는 전혀 안 했던 거죠. 그래서 부인이 나가서 돈을 벌었는데 살기가 너무 힘들었대요. 그래도 자기들이 좋아서 선택한 결혼이니 어떻게 하겠어요?

갑자기 사람들의 표정이 착잡해졌다. 사랑해서 결혼해도 인생 험로는 마찬가지구나. 사람들은 현재의 행복을 중시하지만 미래에 대한 두려움 또한 놓치지 않는다. 현재와 마찬가지로 미래 또한 항상 돈으로 연결해 생각하기 때문이다. 사람들은 말한다. 정권이 바뀌면 나아지려나?

그러나 매번 그런 기대는 물 건너 가버리고 만다. 과학만능주의가 AI 지능이 4차원 혁명이 이미 시작되어서, 혹은 지나치게 편리함을 추구하는 현대인의 이기심 때문에? 이유는 각각이다. 그러나 가장 큰 이유는 가족애가 사라지고 책임지지 않으려는 이기심이 극대화 된 때문이다.

윤혜는 어릴 때부터 가정불화 때문에 한시도 편안할 날이 없었다. 무능한 아빠는 걸핏하면 집안 살림을 때려 부수고 가족들에게 협박과 주먹질을 했다. 어느 직장을 들어가도 두 달을 못 버티고 나왔다. 누군가 귀에 거슬리는 소리만 해도 집에 와 온갖 화풀이를 했다.

당장 직장을 때려치우겠다고 하고 이 모든 게 가족들 때문이라고 원한 맺힌 소리를 했다. 내가 너희들 아니면 이 개고생을 안 해도 될 텐데.

어린 자녀들은 영문도 모른 채 공포에 떨어야 했다. 지금 생각해 보니 그에게는 분노조절장애가 있었던 것 같다. 걸핏하면 분노가 치밀어 숨소리가 거칠어졌다. 어떨 땐 가만히 있어도 분노가 차올라 숨을 쉴 수가 없다고 했다. 내부에서 분노가 들끓어 폭발하기 일보 직전이라는 것이다.

그럴 때 누군가 잔소리를 하거나 싫은 소리를 하면 그땐 거의 광분해서 미쳐 날뛰는 것이다. 더구나 자존심 상하는 소릴 들으면 그땐 살인이라도 낼 듯 광분해서 주변을 온통 아수라장으로 만든다.

그는 상담을 받거나 치료받아야 할 정신병 중증 환자였는지 모른다.

온통 피해의식으로 똘똘 뭉친 그의 사고(思考)는 상황판단에 대한 인식을 현저히 떨어뜨렸고 대인관계에 심각한 악영향을 초래했다. 특히 급박한 상황이 발생하면 당황하여 이성(理性)을 잃은 채 우왕좌왕 하다 끝내 울음을 터뜨렸다.

마치 어린아이처럼.

아빠에겐 위기대처 능력이 전혀 없었다. 그저 성질나는 대로 그때 그때 감정에 따라 행동했다. 남의 시선 따위는 안중에도 없었다. 한 마디로 감정의 노예였다. 가족이나 상대에 대한 배려심 따윈 눈을 씻고 찾아도 없었다.

어떻게 저런 정신상태로 결혼이 가능했을까?

엄마는 말했다.

"첫눈에 반했다고 나 아니면 죽어도 결혼 안 하고 그냥 죽겠다고 해서……."

그러니까 그때도 감정에 충실해서 그런 말을 했던 거구나.

윤혜는 웃었다. 아빠는 감정 변화가 심했다. 웃다가도 벌컥 화를 내는가 하면 자신에게 조금만 불리한 상황이다 싶으면 눈물을 쏟으면 어린아이처럼 울부짖었다. 엄마는 아빠의 그런 행동을 고질병이라 했다. 어린 시절 상처와 원한에 맺힌, 우울감 내지는 절망감과 뿌리박힌 피해의식이었다.

윤혜와 남동생 윤철은 그런 아빠 때문에 불안증세에 시달려야 했다. 언제 돌발 상황이 발생할지 몰라 전전긍긍 하느라 잠시도 집중하지 못하고 불안에 떨어야 했다. 그때마다 윤혜는 엄청난 폭식을 했다. 냉장고를 뒤져 먹을 것이 보이면 무조건 입에 처넣었다.

집안에 음식이 남아나는 게 없었다. 청소년 시절 그녀는 이미 배불뚝이가 되어 있었다. 뒤뚱뒤뚱 걸을 때마다 친구들은 비웃으며 말했다.

"어이 저기 곰신 지나간다."

나이가 더 들어서는 살 빼라는 소릴 수도 없이 들었다. 송곳처럼 가슴에 와 닿는 소리가 듣기 싫어 도서관에 가 책 속에 파묻혔다. 아무래도 자신이 살 길은 공부밖에 없는 것 같았다. 죽을힘을 다해 노력한 결과 서울 인근에 있는 대학에 합격했다. 그러나 입학한 이후 또다시 폭식을 했다.

알바해서 번 돈으로 나가는 지출 내역을 보면 식비가 가장 많았다. 대학 4년 내내 남자친구 한번 사귀어 본 적이 없었다. 하다못해 말 한마디 건네주는 남학생도 없었다. 흔한 쌍쌍파티도 참석해 본 적이 없었다. 가족이나 일가친척은 물론 어쩌다 만나는 지인들조차 한결같이 하는 말이 싱글로 살라고 했다.

"요즘 세상 결혼 안 하고 혼자 사는 사람도 많다더라. 시원찮은 인간 만나 속 썩이고 사느니 혼자 사는 것도 나쁘지 않다."

친척 이모는 한술 더 떠 말했다.

"니가 인물이 있니? 집안이 좋길 하니? 아님 직장이 번듯하길 하니? 학교 선생이라면 모를까. 하다못해 몸매라도 좋아야 중매 시장에라도 내봐 보지."

"요즘은 평생 맞벌이 할 여자 아니면 남자들이 아예 만나주지도 않아."

농담이라도 괜찮은 남자 만나서 알콩달콩 살아보라는 사람은 하나도 없었다. 마치 약속이라도 한 것처럼 그녀에게 독신을 강조했다. 나중에는 그 말이 운명처럼 느껴졌다. 운명이라는 단어가 싫어 몇 번 소개팅에 나간 적이 있었다. 그런데 하나같이 좀비족이거나 언제 잘릴지 모르는 비정규직이었다.

정규직은 물론 비정규직조차 그녀에겐 예외였다. 서류심사에서 합격하면 면접을 보는 족족 떨어졌다. 번역 일거리가 없나 알아보았지만 그것마저 경력자를 원해 되지 않았다.

알바자리마저 쉬운 건 아니었다. 그래도 틈새를 노리고 열심히 도전한 결과 일자리를 얻는데 성공했다. 단기 일자리일망정 감격해서 눈물이 났다. 세월은 간단없이 흘러 나이 삼십이 넘었다. 어려운 고비마다 길이 열려 비슷한 처지의 지인들을 만나 도움을 주고받으며 살아갔다.

인생이란 게 죽으란 법은 없는 모양이었다. 살다보면 살아지는가 보았다. 그게 바로 신의 은총(恩寵)이란 걸 정현욱을 만나면서 깨달아졌다. 윤혜 역시 분노와 우울증을 앓았다. 자신도 모르게 분노가 치솟을 때마다 악담이 튀어나왔다. 대상도 불분명한 악담이 누구에게 향하는지 나중에 알았다.

그 끝이 바로 자신이란 걸. 윤혜에겐 화풀이할 대상도 없었다. 심약한 성격으로 남에게 싫은 소리 한마디 못하는데 누구에게 분노를 쏟아놓을 것인가. 언젠가 자신을 놓고 비관하는 말을 했을 때 들려온 소리는 야멸찬 비웃음과 조롱이었다. 잠시나마 위로받고자 했을 뿐인데 돌아온 건 수치와 모멸감이었다.

세상에 위로자는 없다. 스스로 위로하고 안정을 취해야 한다. 상처가 깊을수록 이기심은 증대되고 혼자 있는 시간이 많아졌다. 사람들과 함께 있다 보면 상처받을 일이 생기니 미리 차단해 버리고 마는 것이다. 또 하나 윤혜는 글을 쓰는 방법으로 스스로 위안점을 찾았다. 글을 쓰다 보면 마음이 정리되고 생각이 명료해졌다. 막혔던 길도 보이고 마음이 안정됐다.

또 하나의 방법으로 그녀는 평안을 주는 영적 메시지와 멜로디에 심취했다. 거기에는 엄청난 영적 파워가 있었다. 분노를 이길 수 있는 힘과 고갈된 감성을 끌어올리며 기쁨이 있었다. 자유와 긍정적인 에너지가 있었다.

어느 날 알바 현장에서 만난 정현욱이 말했다.

"세상에 믿을 데라곤 하느님밖에 없어야. 아무리 힘들어도 남헌티 죄 안 짓고 좋은 일 하고 살아야 하느님이 축복을 주신다 그 말이지. 내가 집사람한티도 말혔구먼."

"집사람이라니?"

모두 눈을 동그랗게 뜨고 되물었다. 그새 또 재혼을 한 것인가? 누구?

"아니 왜 그렇게 놀란 토끼눈으로 쳐다 본당가? 내가 뭘 큰 잘못이라도 한 것처럼?"

"방금 집사람이라고 하셨잖아요? 어느 분이신지."

"누군 누구여, 내 집사람이지. 지난번 교회 갔는디 거기서 딱 만났지 뭐. 하이구 말 말어, 내가 그냥 손이 발이 되도록 싹싹 빌고 회개를 엄청나게 많이 혔다구 허니께 집사람이 딱 한번만 믿어주겠다고 혀서 다시 합쳤구먼. 왜 기분 나쁜 감."

사람들은 모두 어안이 벙벙했다. 살다가 별일이 다 있구나. 이혼할 때는 언제고. 다시 합치는 건 또 뭐람. 그러나 어찌됐건 잘 된 일이긴 하다. 어느 날 현명숙에게 문자 메시지가 왔다. 국전에 출품

한 그림이 입선되었다는 소식이었다. 명문 미대 대학원에 진학한 효과가 있었다.

대학원 들어간 지 얼마나 되었다고 벌써 입선을 해? 시기심 어린 의심이 마음 저변을 헤집고 들려왔다. 이제 국전에 입선도 했으니 현명숙은 곧바로 서양화가로 발돋움할 것이다. 그런데 다음 도착한 문자 메시지가 영 이상했다.

이제 소원도 풀었으니 본업으로 복귀해 열심히 돈을 벌어야겠다고 했다. 그래야 그림 그릴 밑천을 마련한다는 것이었다. 그렇지 그럴 거야. 그림 그리는데 돈이 한두 푼 들어가는 것이 아닐 테니까. 현명숙은 마음에 날개를 달았으니 미래에 대한 걱정은 안 하고 살 것 같다.

적어도 당분간은.

어느 날 최효경에게서 긴 카톡이 왔다.

그녀는 일 년 내내 알바 하느라 카톡을 보내도 답장을 보내는 일이 거의 없어 아예 연락을 끊고 산 지 오래였다. 그런데 장문의 카톡이 오다니 무척 궁금했다. 카톡의 내용은 길었지만 결국 하고 싶은 건 조카 자랑이었다. 조카가 수시로 대학을 합격했는데 명문대 의대를 단번에 붙었다는 것이다.

매일 스마트폰으로 게임만 하고 고모가 들어와도 본체만체한다고 섭섭이를 늘어놓더니 언제 공부해서 대학에 그것도 의대를 단번에 합격했단 말인가. 궁금증 속에는 묘한 질투심도 섞여 있었다. 밤낮으로 몸이 부서져라 알바 하더니 드디어 열매를 맺었구나. 최효경은 좋겠다. 조카가 명문대학 의대에 합격했으니 이제 아파도 걱정 안해도 되겠구나.

고생한 보람이 있구나. 앞으로 얼마나 신바람 날까. 나한테도 그런 조카가 한 명이라도 있었다면 얼마나 좋을까. 윤혜는 부러움에 별별 상상을 다 했다. 가슴이 허전하고 뻥 뚫린 느낌이었다. 나이가 들수록 세월은 더 빨리 흘러가는 법이라 했다. 봄가을이 몇 번인가 지나가던 어느 날 기적 같은 소식이 들려왔다.

아빠의 고질병이 완치되었다는 소식이었다. 엄마를 따라 들어선 신앙의 길목에서 기적을 체험한 것이다. 사람들은 그것을 두고 은혜(恩惠)라고 표현했다. 기적은 사람의 힘으로 할 수 없는 신적 능력을 의미한다. 그건 절대자의 고유영역이다. 아빠의 고질병이 완치된 건 결코 우연이 아니었다.

물론 거기에는 신의 의지가 포함돼 있었겠지만 엄마의 인내와 수고가 결정적 역할을 했을 것이다. 그러나 결정적인 건 아빠가 절대자의 사랑을 받아들였다는 사실이다. 그리고 난 후부터 고질병의 증상이 서서히 사라지기 시작했다는 것이다.

"내가 너를 보배롭고 존귀하게 여기노라."

자존감을 회복하는 한 마디에 아빠의 평생 동안 얽매고 있던 굳은 통증이 일시에 사라졌다고 한다. 생각해 보니 아빠는 낮은 자존감 속에 늘 시달리고 있었던 것 같다. 고질병이 발생할 때마다 모두 고개를 돌려 외면하면서 천시했다. 멸시하고 비아냥거렸다. 아무도 위로의 말을 건네거나 이유를 묻지 않았다. 또다시 분노가 폭발해 난장판을 칠 게 뻔했기 때문이다.

신적 사랑은 기적을 유발한다. 얼굴 표정과 말투를 보아서는 진실이라도 믿어지진 않는 구석도 있었다. 본인이 꾸며낸 말인지 아니면 작은 변화를 두고 병이 다 나았다고 미리 예단한 것인지는 알 수 없다. 하지만 믿고 싶었다. 완치가 아닌 부분적 치료라 해도 믿고 싶었다. 그래서 가족 모두가 평안하고 다시는 그와 같은 불상사가 발생하지 않기를 바라는 마음에서 기적이라 믿고 싶었다. 엄마는 나무나 평안한 얼굴로 아빠의 얼굴을 바라보며 말했다.

"이젠 정말 괜찮은 거지?"

아빠는 고개를 끄덕끄덕했다. 얼굴 가득 평화가 넘쳐나고 있었다. 엄마는 윤혜를 향해 말했다.

"이젠 너도 싱글 청산하고 짝을 찾아야 할 텐데."

엄마의 말에 윤혜는 기절할 듯이 놀랐다. 엄마의 입에서 그런 말이 나올 줄 상상도 못했기 때문이다. 그런데 더 놀라운 말은 다음에 나왔다.

"윤철이가 이번에 정규직으로 됐단다. 사귀던 여자하고도 잘 되어가는 모양이다. 금명간 인사시키러 데리고 온다니까 너도 꼭 와라."

윤혜는 너무 놀라 벌린 입이 다물어지지 않았다. 밖에서 자동차 클랙슨 소리가 요란하게 났다.

이어 핸드폰 벨소리도 요란하게 들렸다. 세상은 온통 급박하게 돌아가는 중이었다. 일 분 일 초 이후를 알 수 없는 인생길을 향해 급박하게 엑셀을 밟는 중이었다. (2021년 사상과 문학)

장마철에 여행 떠나기

　그는 매일 아침 여행을 떠난다.

　벌써 한 달째 이어진 여행임에도 그의 표정은 잔뜩 고무돼 있다. 입가에 웃음이 번지고 발걸음은 날아갈 듯 가볍다. 그는 잠시 편의점에 들러 휴지와 생수를 사고 전철 역사를 향해 부지런히 걸어가고 있다. 등에 맨 백팩에 손을 갖다 대며 이번에는 뛰다시피 계단을 오른다.

　개찰구는 이미 출근 인파로 잔뜩 몰려 있다. 그의 발걸음은 어느새 인파에 묻혀 전동차에 오르고 있다. 코로나 2.5단계에도 출근 인파는 여전히 북새통이다. 마스크로 숨 막힐 듯한 공간에 국무총리의 멘트가 흐른다. 코로나 예방조치에 협력해 달라는 총리의 당부에 이어 마스크를 꼭 착용하고 대화는 가급적 삼가며 취식은 금한다고 기침 예절까지 방송하고 있다.

　사람들은 숨 쉬는 것조차 버거운 표정으로 스마트폰만 내려다보고 있다. 스마트폰에는 악이 정의로 둔갑하고 구조적인 악의 세력이 정의를 짓밟고 있다는 소식으로 채워져 있다. 양심이 마비된 세상에 무관심이라는 거대 악이 말세증상을 부추기고 있다.

　약자 계층의 몰락에 이어 도미노 현상으로 폭락이 이어지는 데도 사람들은 무표정하다. 날마다 적신호가 켜지고 경제가 폭락하고 전염병으로 죽음이 번져도 악의 힘은 더욱 기승을 부리고 있다. 스마트폰마다 알림 음이 난다. 중대본과 구청에서 알리는 코로나 확진자 발생 메시지다.

○○구청 확진자 발생, 상세 내용 홈페이지 및 블로그 확인해 주시기 바랍니다. 인터넷 주소창이 보이고 뚜껑이 닫힌다. 차창 밖으로 한강이 흐르고 있다. 전동차가 옥수역을 지나고 있다. 그는 출입구를 향해 발걸음을 옮긴다. 그리고 문이 열리자마자 환승하기 위해 계단을 향해 전력 질주한다.

전철을 환승하기 위해 빨리 움직여야 한다. 오늘 행선지는 정해지지 않았다. 일단 열차를 타고 남쪽에 있는 전통시장 오일장을 갈 예정이다. 사라져 가는 옛 전통시장에 가면 아련한 옛 추억과 함께 어린 시절이 떠오른다. 그가 살던 고향은 사방이 호수로 싸인 춘천이었다.

예전에는 춘성군이었는데 직제 개편에 따라 춘천시로 예편되었다. 깨끗한 호반의 도시 춘천은 세월의 흐름에 따라 많은 변화가 일었는데 그 대표적인 게 서울과 직통하는 전철의 개통이었다. 시(市)에서는 관광지 개발과 특산물 판매로 여러 가지 행사를 벌였지만 그나마 잠시 동안이었다.

불어 닥친 코로나로 웬만한 소상공인들은 폐업과 줄도산이 이어졌고 오일장마저 문을 닫고 말았다. 그 유명하다는 소양강 처녀 조각상이 서 있는 소양강마저도 발걸음이 끊긴 채 검은 강물로 변하고 말았다.

공지천 의암호 주변으로 다양한 문화행사가 열렸지만 그것도 한때뿐이었다. 그는 고등학교 2학년 때까지 춘천에서 지내다 서울로 상경했다. 춘천에서 유명하다는 명문고를 다녔지만 서울에 오니 실력 면에서 비할 바가 못 되었다. 뿐만 아니라 서울 인심은 얼마나 살벌하고 고약한지 배반과 상처가 잇따랐다.

그는 어머니의 헌신적인 도움으로 꽤 유명한 대학을 졸업했지만 취업하기는 그야말로 하늘의 별따기 만큼 어려웠다. 눈을 낮추고 더 낮춰서 입사한 회사는 5년을 못 버티고 떨려났다. 그런데 그가 퇴사하고 나서 얼마 안 돼 회사가 공중분해된 것이었다. 그동안 직원들 사이에 암암리에 퍼졌던 소문이 사실로 확인된 순간이었다.

천만다행으로 그는 퇴직금과 실업 급여금을 모두 받을 수 있었다. 그는 다른 사람들과 달리 실업에 대한 후유증을 앓지 않았다. 그동안 쌓인 스트레스와 강박증에서 해방된 것만으로도 감사할 지경이었다. 이러한 그를 두고 친구들은 강심장 별종이라고 했다.

그러나 겉으로 표현만 안할 뿐 그렇다고 왜 걱정이 없었겠는가. 하지만 그에게는 상황에 따라 변하지 않는 어떤 믿음이 있었다. 삶에 대한 철칙과 절대자가 정해 놓은 불변의 법칙이었다. 사실 그의 어린 시절은 가난과 불운으로 점철돼 있었다.

가난한 농가의 찌든 살림 속에서 친부는 술에 찌들어 살았고 주취 폭력을 일삼았다. 동네에서 유일하게 고졸 학력인 친모는 폭력을 견디다 못해 가출해버리고 말았다. 나중에 정신을 차린 친부는 아내를 찾아 나섰지만 이미 종적을 감춘 뒤였다. 친부는 경찰에 실종 신고를 했고 아내가 가출한 지 얼마 되지도 않았는데 젊은 여자를 새 아내로 맞이했다.

그러나 그녀는 농사짓는 게 싫다며 석 달도 안 돼 도망쳐 버렸다.

한밤중에 단봇짐을 싸면서 그녀가 그의 귀에 대고 말했다.

"너희 엄마 보고 싶지 않니? 서울에 가면 만날 수 있단다."

"서울 어딘데요?"

"가리봉동에 있는 공단인데."

그녀는 말하다 말고 주변을 살피더니 그의 귀를 끌어당겼다.

"여기 전화번호 있어. 서울로 올라가면 찾아가 봐."

"그런데 아줌마는 우리 엄마랑 어떤 관계세요?"

그러자 그녀가 화들짝 놀라며 말했다.

"그건 알 것 없고 너는 공부도 잘하고 똑똑하니까 여기 있지 말고 서울로 올라가 공부해라. 나도 곧 서울로."

그녀는 그의 눈을 감기더니 삽짝 문을 향해 쏜살같이 달려갔다. 방에서 마당을 가로질러 나는 듯이 뛰어가는 동안 그의 친부는 술에 떡이 되어 기절한 듯이 잠들어 있었다. 다음날 친부는 여자가 사라진 걸 알고는 온 동네가 떠나려가라 소리를 지르고 행패를 부렸다.

동네 사람들은 혀를 끌끌 차며 말했다.

"저러니 제 여편네가 집을 나가지."

그는 다음날 학교 가는 길에 공중전화를 걸었다. 당연히 엄마가 받을 줄 알았는데 웬 젊은 남자가 받고는 누구냐고 재차 물었다.

"춘천에 사는 아들이어요."

"아들?"

이윽고 그가 누군가를 부르는 소리가 들렸다. 곧이어 낯익은 목소리가 들렸다.

"엄마 나야, 원식이."

"누구? 누구라고?"

"엄마 나 원식이."

"아이고 우리 아들래미, 아가 아가가 어떻게 알고 전화를 했나?"

"엄마, 나 엄마랑 같이 살면 안 돼?"

"왜? 집에 무슨 일 있나?"

"그게 아니고 나 서울 올라가서 학교 다니고 싶어."

"그으래."

갑자기 목소리가 작아졌다. 그는 가슴이 조마조마했다.

"그런데 이 전화번호는 누가 가르쳐 주었냐?"

"엄마. 지금 그게 중요해? 아빠가 매일 술만 마시고 난리란 말야."

"그래 무슨 말인지 알것다. 일단 서울로 올라와라. 기차 타고 청량리역에서 전화하면 엄마가 데리러 갈게."

그렇게 해서 그의 서울살이는 시작되었다. 나중에 생각해 보니 아버지의 그 여자는 엄마의 지인(知人)이었다. 그들의 복잡한 인간관계를 어린 그로서는 알 수 없었지만 어쨌든 그녀는 엄마를 만나게 해 준 고마운 은인이었다. 그가 서울살이를 시작한 건 그녀의 도움이 컸다.

서울 아이들은 그의 강원도 사투리를 흉내 내며 말했다.

"원식아! 내가 수학숙제를 안 했는데유 좀 빌려주면 안 될까유?"

깡패 기질에다 허세가 심한 철규는 엄마가 술집 마담에다 아빠는 교도소에 있다고 했다. 피는 못 속이는지 철규는 싸움대장에다 심약한 아이만 골라서 괴롭히는 새끼 악마였다. 당연히 공부는 뒷전이었고 특히 여자 아이들한테는 기피대상이었다.

철규는 여자 아이들한테 성추행을 일삼다 어느 날 사건이 터지고 말았다. 그가 괴롭힌 여자애가 하필이면 경찰서장 딸이었다. 그걸 알고도 일부러 못된 짓을 하다 덜미를 잡힌 것이다. 엄마가 탤런트 출신인 진향이는 날씬한 몸매에 얼굴선이 갸름하고 예뻤다.

인상은 얌전해 보이지만 성질이 아주 못 되었다. 아빠를 닮아 반드시 끝을 보고야 마는 성격이었다. 그런 진향이에게 철규가 다가가 입을 맞추려 시도한 것이다. 그것도 친구들이 모두 지켜보고 있는 학교 마당에서. 그건 철규가 일부러 계획적으로 벌인 장난이었다. 내가 이렇게 공개적으로 침 발라놓았으니 누구든 진향에게 집적대기만 해봐라 하는 일종의 경고였다.

그는 못된 행동에 비해 머리는 아둔한 편이어서 뒷감당에 대해서는 아예 염두에 두지도 않았다. 일단 일부터 저지르고 보는 대책 없는 인간이었다. 그리고 여자애는 아무리 괴롭혀도 된다는 이상한 인식을 가지고 있었다. 그런 멍청이가 진향이를 마음에 두고 있었다니 소가 코웃음을 칠 일이었다.

대낮에 그것도 학교 마당에서 공개적으로 개망신을 당한 진향이는 거품을 물고 넘어졌다. 제 성질을 못 이겨 쓰러지자 누군가 핸드폰 뚜껑을 열더니 어디론가 급히 전화를 했다. 그리고 이어 채 10분도 안 돼 구급차가 도착했고 체격이 건장한 남자 둘이 나타나 철규의 팔을 낚아챘다.

이후 철규에 대한 나쁜 소문이 돌기 시작했다. 며칠 후에 나타난 철규는 얼굴이 잔뜩 부어 있었고 얼마 가지 않아 자퇴하고 말았다. 아빠가 교도소에서 나온 이후 엄마와 이혼했다는 소문도 들려왔다. 사실 원식도 은근히 진향이를 마음에 두고 있었다.

내성적이라 겉으로 표현을 못했을 뿐이다. 체격도 왜소하고 소심한 원식을 여자애들은 싫어했다. 가까이 다가가 말만 붙여도 피했다. 더구나 콧대 높은 진향이야 말해 무엇 하겠는가. 원식은 속앓이만 하다가 졸업시즌을 맞고 말았다. 진향은 서울에 있는 최고 명문

여대로 진학했다.

아빠가 보디가드처럼 따라 다녔고 졸업도 하기 전부터 맞선을 보러 다니느라 바빴다. 그러다 고시생을 만나 결혼에 골인했는데 그가 장인의 대들보 역할을 하더니 드디어 사법고시에 패스해 연수생이 되었다고 한다. 그 소식을 들으며 원식은 낙심과 패배감을 느꼈다.

사람들이 흔히 말하는 금수저 흙수저 논란이 생각나면서 자신의 무능력 또한 절감했다. 아무리 생각해도 자신은 무능력한 존재 같았다. 남들과 비교해 뒤질 것도 없는 인생이었지만 그는 끝없는 자괴감에 몰락되었다. 더구나 퇴사한 이후부터는 자존감이 한없이 추락하면서 삶의 의욕마저 떨어졌다.

그러던 어느 날 그는 잡지책을 뒤지다가 문득 한 문장에 꽂혔다.

인생은 여행이다. 여행은 힐링이다. 낯선 객지에는 낯선 그리움이 숨어 있다. 바로 비밀스런 기쁨이다. 특히 마지막 문장이 그의 마음을 당겼다. 그는 문득 자리에서 일어나 간단한 외투를 걸치고는 밖으로 나갔다. 쌀쌀한 가을 날씨였다. 스산한 바람이 목덜미를 스쳐 지나갔다.

갑자기 마음이 울컥하면서 슬퍼졌다. 날씨 탓인가 보다하고 그는 핸드폰을 꺼냈다. 핸드폰은 케이스에 싸여 있었는데 안쪽에 신용카드와 명함 몇 개가 채워져 있었다. 그는 핸드폰을 안주머니에 단단히 넣고는 서울역으로 가는 버스를 탔다. 무심히 창밖을 보는데 옆으로 지나가는 승용차에 탄 여자가 그를 향해 손짓하는 게 보였다. 메르세데스 벤츠였다.

엷은 핑크색 원피스에 선글라스를 낀 여자는 상당히 도회적인 분위기에 세련된 인상이었다. 그녀가 선글라스를 약간 위로 들어 올리는데 그는 섬찟 놀랐다. 진향이었다. 어떻게 알아보았을까. 그녀가 원식을 발견하고 아는 체를 한 것이다. 세월이 10년도 더 흘렀지만 그녀는 조금도 변하지 않았다.

기뻤다. 가슴이 벅차도록 기쁘고 감사했다. 그녀가 먼저 알아보고 손짓해 준 사실이 마치 프러포즈를 받은 것처럼 기뻤다. 그는 서울 역에서 남쪽으로 떠나는 기차에 오르면서 너무 기뻐서 환호성을 지를 뻔했다. 그는 좌석에 앉으며 자신도 모르게 소리쳤다.

"하느님 감사합니다."

열차가 떠나면서 시그널 음악이 들리는데 마치 결혼식 축가처럼 전해 왔다. 얼마 만에 떠나는 여행이던가. 아마도 대학 때 졸업여행 말고 처음 떠나 보는 것 같았다. 차창 밖을 스치는 풍경이 드라마의 장면처럼 가슴에 다가왔다. 논밭과 강물 계곡 소도시와 읍내 풍경을 차례로 보여주면서 열차는 달렸다.

강가에서 물고기를 사냥하는 고니와 물새들을 보았을 땐 고향이 생각났고 시장과 상가를 지났을 땐 이상하게도 아버지의 그 여자가 생각났다. 열차가 충청도 지역을 막 지날 때였다. 차창 밖으로 상가가 지나는데 재미있는 입간판이 보였다.

'마님은 왜 돌쇠에게만 술을 주시는가?'

그는 하마터면 터져 나오는 웃음을 참느라 애를 썼다. 마님과 돌쇠라는 단어가 애로영화의 한 장면을 생각나게 하면서 상상력이 꼬리를 물고 연쇄작용을 일으켰다. 열차가 대구에 이르자 수많은 사람들이 내리고 날이 점차 어두워지기 시작했다. 그는 잠시 엉뚱한 상상에 사로잡혔던 자신을 깨달으며 긴 한숨을 내쉬었다. 정신 차려라. 김원식. 지금 니가 그런 엉뚱한 환상에 빠질 처지냐. 그는 문득 차창 밖을 보다 다음 정류장에 내려야겠다고 생각했다.

　그곳은 바로 처음 가보는 낯선 외지, 전형적인 농촌 풍경과 읍내로 보이는 몇몇 관공서 건물이 보이는 곳이었다. 이상한 흥분과 열기가 그의 가슴을 온통 휘감았다. 역사에서 나와 거리를 걷는데 상가의 불빛이 모두 꺼져 있었다. 도시의 불야성을 보다가 불 꺼진 읍내를 보니 폐허 같은 느낌이 들었다.

　모두가 코로나 탓이었다. 전통시장으로 보이는 곳으로 발걸음을 옮기니 그곳도 마찬가지였다. 경제한파가 서울보다 지방이 훨씬 더 심해 보였다. 역사 앞에는 군내(郡內) 버스 1대가 외로이 서 있고 옛 상호인 다방마저 불 꺼진 채 폐업을 알리고 있었다.

　텅 빈 읍내 거리를 걷는데 빗줄기가 듣기 시작했다. 다 떨어진 낙엽 위로 늦가을의 처연한 빗줄기가 지난 유행가 가락과 함께 들려왔다.

　가을엔 떠나지 말아요
　낙엽 지면 서러움이 더해요
　차라리 하얀 겨울에 떠나요
　눈길을 걸으며 눈길을 걸으며
　옛일을 잊으리라
　거리엔 어둠이 내리고 안개 속에 가로등 하나
　비라도 우울히 내려버리면 내 마음 갈 곳을 잃어
　가을엔 가을엔 떠나지 말아요
　차라리 하얀 겨울에 떠나요
　최백호가 불렀던 노래를 엄마는 즐겨 불렀었다. 무슨 사연이 있는

지 목청을 돋우고 눈을 감은 채 소리 높여 불렀다. 그는 노랫말 가사를 따라 부르며 소리 나는 쪽으로 발걸음을 옮겼다. 낯선 거리 낯선 골목을 지나 2층짜리 건물에 정든 다방이란 상호에서 불빛과 노래가 흘러나오고 있었다.

그는 계단을 오르다 말고 뒤를 돌아다보았다. 진초록의 가을 향기가 밤기운과 함께 따라 올라오고 있었다. 다방 출입문을 여니 몇 개 안 되는 탁자와 소파가 눈에 들어왔다. 주방으로 보이는 공간에 여자의 뒷모습이 보였다. 그리고 우습게도 카운터 옆에서 90년대 레코드판이 돌아가고 있었다.

아직도 레코드판으로 음악을 들려주는 곳이 있다니. 그가 도로 나갈까 말까 망설이는데 주인으로 보이는 여자가 다가왔다. 40대 초반쯤으로 보이는 젊은 여자였다.

"어서 오세요. 코로나 때문에 9시까지만 운영한답니다. 차는 어떤 걸로 드릴까요?"

"그냥 커피로 주세요."

"저희는 원두커피가 아닌 그냥 다방 커피인데 괜찮아요?"

"네, 상관없어요."

여자는 그의 눈을 빤히 들여다보며 말했다.

"그런데 이쪽 분 같지는 않고 외지에서 오셨나 봐요."

"네, 방금 전 열차에서 내렸어요."

"이 근처에 볼일이 있으신가 보죠?"

그의 미간이 약간 찌푸러졌다. 별걸 꼬치꼬치 캐묻는군.

그녀는 주방으로 가더니 커다란 사기 컵에 믹스 커피를 내왔다. 원두커피 못지않게 향기가 좋았다. 창문 밖을 보니 어둠 속에서 낙엽 태우는 냄새와 함께 흰 연기가 피어오르고 있었다. 빗방울에 꺼지지도 않고 타는 게 신기했다. 귀뚜라미 소리도 들렸고 음악과 함께 그야말로 청초한 가을밤이었다.

커피 잔을 들고 홀짝거리며 마시는데 핸드폰에서 벨소리가 났다. 070이 찍힌 것으로 보아 스팸이거나 세일 전화가 틀림없었다. 거절로 터치하고 인터넷을 터치했다. 오늘도 코로나 확진자 숫자와 백신 도입 등으로 공방을 벌이는 기사로 가득했다. 정치권에 대한 각종 악재와 비리가 화면을 채우면서 특종 기사가 터지고 있었다.

그 밑에는 머리를 산발한 남자가 흉악한 몰골을 하고서 악을 정의라고 말도 안 되는 궤변을 늘어놓고 있었다. 그런데 이상한 건 그 궤변을 진리로 떠받치는 무리들이었다. 말세지말을 당한 세상은 매일같이 선과 정의를 난도질하고 민심이라고 우겨댔다.

어떤 사람들을 그 현상을 독일의 나치 시대로 비유했다. 나치가 유대인을 학살하고 2차 세계대전을 일으켰을 때 대다수 국민들의 지지를 받았다. 거기에는 많은 종교인들도 포함돼 있었는데 입만 열면 사랑을 외치는 목회자도 다수 포함돼 있었다.

절대 다수의 지지로 악은 정당화되었고 끔찍한 살상도 용인되었다. 간혹 종교적 양심에 비추어 정의를 말하는 목회자는 가차 없이 투옥되거나 처형되었다. 하지만 후세에 그들은 최고의 신학자로 추앙되었다. 사람들은 말한다. 정의는 살아 있다고.

그러나 원식은 그 말을 반신반의했다. 정의가 살아 있다는 건 신의 절대적인 간섭이 있을 경우에만 가능하다. 그렇다면 나치가 점령했던 세상은 신이 존재하지 않았거나 방관했단 말인가. 그렇게 따지다 보면 세상 모든 이치에 인과응보가 적용되어야 마땅한 게 아닌가.

　그때 등장하는 단어가 있다. 최후의 심판. 내세라는 것이다. 죽음 이후의 심판은 영원불멸이다. 그러나 그걸 믿고 행동하는 사람은 과연 얼마나 될까. 돈에 집착하는 사람들일수록 천 년 만 년 살 것처럼 행동한다. 군이 종교에서 말하는 내세관을 들먹거릴 필요도 없다.

　그렇다면 어떻게 사는 길이 제대로 된 삶일까. 한때 그는 고향 춘천에서 천주교회를 나간 적이 있었다. 담당 신부는 강론 시간에 성경보다는 정치적인 발언에 더 치중했다. 편향적인 시각으로 이념을 정의로 둔갑시켜 말할 때는 사상이 의심스러울 정도였다.

　하지만 그가 마지막에 가서 꼭 힘주어 말하는 건 내세관이었다. 마지막 심판 때 악인은 반드시 소멸될 것이며 선인은 보상받는다. 종교적인 관념으로 악과 선의 구분도 모호했지만 마지막 심판을 강조할 때마다 교인들의 표정은 묘하게 변했다. 본당 미사가 없는 날 신부는 소주와 막걸리 파티를 하면서 시국 논쟁을 벌였다.

　개신교와 다른 게 있다면 신부는 술 담배가 자유롭다는 것이었다. 그런데 술 마실 때 이외에 신부나 수녀의 태도는 상당히 냉담한 것이었다. 그들이 흔히 말하는 냉담자가 바로 자신들이라는 것을 모르는 모양이었다. 수녀들도 겉으로 드러나는 친절 외에는 냉담하고 가식이 심했다.

　교인들이 성당에 발길을 끊어도 누구 하나 관심 갖는 사람이 없었다. 그러면서 강대상에서는 정의와 봉사 선행을 강조했다. 그는 성당에 발길을 끊은 뒤 다시는 찾지 않았다. 그러다 어느 날 우연히 영화관에서 사자(使者)라는 영화를 본 적이 있다.

영화배우 안성기가 구마사역을 하는 신부 역할인데 시종일관 스펙터클했다. 그때 받은 감동을 그는 사내(社內) 홍보지에 글을 써 발표한 적이 있었다.

사자(The Divine fury)

사자(使者)는 가톨릭 영화다.

영화배우 안성기가 사제 주인공으로 출연하며 '축사' 구마사역을 담당하고 있다. 개신교에서는 축사 또는 축귀라고 하고 불교에서는 퇴마라고 표현한다. 악마를 내쫓는다는 일종의 주술적인 의미를 포함하고 있다.

불교에서는 승려가 주술을 걸어 퇴마의식을 행하고 가톨릭에서는 십자가와 성수 성경 말씀과 그리스도의 이름으로 사탄을 제압해 내쫓는다.

예전에도 가톨릭에 의거한 축사를 주제로 한 영화는 많이 있었다. 주로 공포영화였는데 인간의 상상력을 초월한 강한 영적 시너지 효과를 노린, 드라큐라 엑소시스트 오멘 프랑케슈타인 검은 사제들 같은 귀신 공포영화였다.

가공할 사탄의 힘을 인간은 속수무책으로 당할 수밖에 없다. 영(靈)의 힘을 당할 자는 그와 버금가는 신적 능력을 지닌 사제일 뿐이다.

가톨릭에서는 신부가 그 대상이고 개신교에서는 소위 성령사역을 하는 목사들이다. 한 가지 주목할 사실은 기독교 영화는 현실에 기초한 사회적 이슈나 비리 폭로에 치중하다 보니 대부분 감성에 호소하게 되고 성경에 답을 맞히다보니 스케일이 작은 편이다.

반면 가톨릭영화는 스펙터클하고 긴장감 넘치고 흥미롭다. 그래서 더 관객의 몰입도를 끌어내는데 성공적이다.

안성기는 구마사역을 대부분 방언으로 진행한다. 과거의 영화가 십자가와 성수에 의한 구마였다면 사자에서는 방언과 성경에 기초한 대사가 많이 등장한다. 긴장감 넘치는 장면과 대사 하나 하나에 믿음의 힘이 실려 있다.

쌍두 쌍두. 성부 성자 성령의 이름으로 너의 정체를 밝혀라.

내 이름은 군대고 666마리가 들어 있다.

그리스도의 이름으로 명하노니 너는 성령님께 자리를 내어주고 물러갈지어다. 손을 내밀어 축사하는 순간 안성기의 손에서 피가 솟는다.

그리스도의 십자가 보혈을 의미한다. 손바닥을 사탄에게 대자 불이 솟는다. 성령의 불이다. 성수(聖水)도 마찬가지다. 보혈의 의미를 지닌 성수는 사탄을 제압한다. 안성기는 옆에서 돕는 박서준에게 말한다.

속임수와 분노는 마귀의 힘을 강하게 한다. 반면 사랑과 성경말씀은 사탄을 이기는 강력한 무기가 된다. 쌍두 쌍두 아도나이.

아도나이는 히브리어로 여호와 하나님이란 뜻이다. 사탄은 하나님의 존재에 두려움을 나타내고 굴복한다. 사제는 다른 신부들처럼 편하게 사역할 것이지 굳이 구마사역을 하느냐는 질문에 이렇게 답한다.

세상에서 선과 정의를 위해 싸우는 사람은 하나님이 보내신 사자다. 신부가 구마사역을 안 하는 것은 편하게 살고 싶어 하기 때문이다. 그는 또다시 말한다. 모든 고통에는 뜻이 있다. 믿고 순종하면 깨닫게 된다.

가톨릭영화에 비해 기독교영화는 사회적인 이슈나 비리에 초점이 맞춰져 있어 영적인 시너지효과가 미미하다. 불신자들에게는 공감력이 떨어지고 흥행성에도 못 미친다.

대표적인 예가 '밀양'이다. 일사각오 '낮은 데로 임하소서' 등은 감성적인 부분에 초점이 맞춰져 있다.

세상이 거부하는 복음을 영화로 표현하는 데는 많은 제약이 있고 반론도 예상된다. 복음은 세상적인 논리와 맞지 않는 역설이고 그것을 대중이 받아들이기 위한 특별한 기법이 필요하다. 이젠 기독교영화도 대중에게 어필할 수 있는 좀 더 스펙터클하고 센세널한 기법으로 다가갈 필요가 있다.

언제까지 기독교인들을 위한 집안잔치 정도로만 끝낼 수 없다. 문화 전쟁에서 이길 수 있는 사탄의 존재를 알리고 물리칠 수 있는 영적영화가 나와야 한다. 사자가 비록 가톨릭영화였지만 축사하는 장면에서는 개신교와 거의 흡사해 영적 긴장감과 흥미를 높였다.

그 글을 읽은 동료들이 그에게 문학적 재능이 있다며 작가로 등단해 보라고 권면한 기억이 난다. 영화광으로서 느낀 소회를 글로 표현한 것뿐인데 반응이 놀라웠다. 그런데 왜 갑자기 그 생각이 나는 걸까. 아! 그러고 보니 여행 중에 깨달을 사실인데 여전히 감성이 살아 있다는 것이었다. 그러면서 한편으론 문득 이런 생각도 들었다.

혹시 내 안에도 악마가 존재하는 건 아닐까. 춘천에 있는 본당 신부가 강론할 때 미움이나 분노는 악마의 현현(顯現)이라고 말한 기억이 났다.

그때 그는 생각했었다. 그러는 너는 미움이나 분노가 없냐? 신심이 부족한 그로서는 당연한 질문인지도 몰랐다. 그는 사제에 대한 불신과 반감이 컸다. 그렇다고 그가 하는 강론을 전부 부정하는 것은 아니었다. 다만 오랜 세월 동안 성당에 출입한 결과 그의 시각은 비판적으로 기울어져 있었다.

친모와 친부는 고향에 있는 성당에서 만났다고 한다. 아버지는 국졸 어머니는 고졸이었다. 그들이 성당에서 만나 어떻게 교제하고 결혼이 성사되었는지 자세한 내막은 모른다. 하지만 삶은 신앙과 전혀 별개였다. 친부는 날마다 술에 찌들어 살았고 전혀 책임감이 없었다.

친모도 마찬가지였다. 친모의 삶은 후회와 탄식으로 점철돼 있었다. 일순간에 잘못 선택한 결혼으로 자신의 삶이 망가져 버렸다고 툭하면 눈물바람이었다. 눈물과 탄식은 어린 원식의 마음을 병들게 했다. 그는 끝내 가출해 버린 어머니를 보면서 다짐했다.

나만큼은 잘못된 선택을 하지 않고 살리라. 잘못된 선택으로 무책임한 인생은 결코 살지 않으리라. 그러나 마음먹은 대로 인생이 결정되는 것은 아니었다. 그는 까다로웠고 매사에 눈이 높았다. 왜 그런지 자신도 이해가 되지 않았다. 어려운 환경 속에서 자라온 자신에게 세상은 가혹했음에도 그랬다.

그는 남들에 비해 결코 뒤떨어진 인생은 아니었지만 매사에 불안하고 비판적이었다. 그것은 어릴 때부터 길들여진 불안에 원인이 있었다. 부모의 불화와 연관된 불안은 그의 삶의 영역에 전반적인 영향을 끼쳤다. 누가 그랬던가. 가장 좋은 가정교육은 부모의 사랑하는 모습이라고.

아무리 일류 고등학교를 나오고 유명대학을 나왔어도 잠재적인 불안은 그에게 평안을 빼앗았다. 더구나 그에겐 삶에 대한 철칙과 희미하나마 종교적인 신념이 있었기에 쉽게 편법과 타협할 수도 없었다. 도덕적으로도 하자 없는 바른 삶을 살고자 자신을 무장하고 또 재무장했다. 일종의 완벽주의 성향이었다.

적어도 이 정도면 신도 나에게 가혹할 수 없으리라 생각했다.

그래서 자신의 노력과 의지로 불편함 없이 살아왔다고 자부했는데 하루아침에 실업자가 되자 당황한 것이다. 남들처럼 공황장애가 오거나 술독에 빠지진 않았지만 공허했다. 그나마 종교적인 신념이 그에게 버팀목이 되어 견딜 수 있었다. 그것을 그는 기적이라 표현했다.

성당에 다니면서 신부가 하는 강론을 비판하고 형식적인 신앙에 치우쳐 신심(信心)과 자신은 무관한 줄 알았는데 그게 아니었다. 비판하면서 들었던 강론과 성경구절이 어느 사이엔가 그의 마음을 붙잡고 있었다. 그리고 자신도 모르게 마음의 안정구조를 이루고 있었다.

바야흐로 세상은 인공지능(AI)시대였다. 디지털 시대에 맞추어 인지 기능까지 추가한 인공지능에게 많은 직업군이 사라지면서 실업률은 더한층 가속화되고 있었다. 어느 중견회사는 코로나를 핑계로 비대면으로 신입사원의 면접을 보는데 인공지능을 동원했다고 한다.

사람이 컴퓨터에게 평가를 받으며 운명의 카드를 쥐게 된 셈이다. 우선 AI면접은 1차 서류심사를 평가해 합격한 사람들을 대상으로 진행하는데 상황면접, 인지게임 순으로 진행된다. 먼저 지원자의 성향을 파악한 뒤 개인 맞춤형 질문을 통해 상황대처 능력과 직무 역량을 평가하는 방식인데 일본에서는 진즉부터 인공지능 면접이 진행되었다고 한다.

우리나라에선 재벌, 굴지 그룹이나 제약회사 등에서 인공지능 면접을 도입했는데 그 이유를 다음과 같이 설명했다.

채용 과정에서 주관적인 판단을 최대한 배제하고 객관적이고 공정한 평가를 위해 AI면접을 도입했다. 지원자들이 시간과 장소에 구애받지 않고 개인 컴퓨터를 활용해 자유롭게 적성검사를 치를 수 있어 좋은 반응을 얻을 것으로 기대한다고.

그러나 인공지능 컴퓨터로 면접을 본 당사자들은 몹시도 불쾌했다고 한다. 만일 AI가 잘못된 판단을 내리거나 오류가 발생하면 그때는 누가 책임질 것인가. 앞으로는 인사의 고과나 승진도 AI가 담당한다고 하니 그렇다면 인사부가 사라질 날도 멀지 않을 것이다.

과학의 힘은 편리함과 더불어 사람들의 일자리를 빼앗고 위협하는 세상을 만들었다. 컴퓨터 만능이 만들어낸 기술력은 앞으로도 현저히 많은 직업군을 사멸시키며 기업간의 경쟁은 더욱 치열해질 것이다. 컴퓨터가 지배하는 세상은 각종 고용정책에도 난망(難望)일 것이다.

가장 단순한 노동부터 첨단 기술을 요하는 직종은 물론 의료 종교 예술분야까지 무력화하면서 먼 미래에는 만화영화에나 나올 법한 로봇전쟁도 현실화 될지도 모른다. 첨단적인 기능을 장착한 로봇이 특수훈련을 받고 적진에 뛰어들어 업무를 수행하면서 국방의 간성 노릇을 하게 될지도 모른다.

세상은 긍정적 사고를 주장하지만 곧 한계상황이라는 단어에 모두가 직면할 것이다. 그는 현실과 미래를 오가며 매일 허구를 써댔다. 세상은 코로나로 인해 모든 상황이 종료된 느낌이었다. 사람들은 마스크로 표정과 본심을 감추고 서로를 적대시하고 왕래를 끊었다.

아무래도 이 상황은 쉽게 가라앉을 것 같지 않다. 코로나 방역에 성공했다고 홍보일색이던 인터넷 기사에 위험 경고등이 켜지면서 확산세가 급물살을 탔다. 확진자가 하루 천 명대를 돌파하더니 이제는 병상을 찾지 못해 죽어가는 환자도 발생했다. 이 재앙은 쉽게 물러갈 것 같지 않다.

코로나는 경제상황을 더욱 악화시켰고 수많은 기업을 도산으로 내몰았고 특히 소상공인들을 절망과 나락으로 빠뜨렸다. 여행업계는 줄초상을 이루면서 소상공인들은 생사기로에 섰다.

예외가 있다면 온라인 쇼핑몰과 배달 업체였다. 음과 양이 엇갈리는 극명한 차이 앞에 그는 엉뚱한 상상력에 휘말렸다. 그는 그 모든 상황을 드라마의 한 장면으로 해석했다. 시작이 있으면 끝이 있듯이 어떤 상황으로든 종료가 될 것이다. 그는 시골 다방을 나와 어두운 읍내 거리를 걸었다.

개울물 사이에 난 밭에서 길고양이들이 뛰어다니며 놀고 있었다. 어느새 비가 그쳤는지 길바닥에 물이 흥건했다. 어둠 사이로 낭만적인 운치가 안개처럼 퍼져 나갔다. 불 켜진 역사 앞 편의점에서 소주병을 들고 나오는 남자가 그를 보며 물었다.

"어! 누구신지?"

50대 중반쯤 되었을까. 남자는 이미 술에 취해 있었다. 남자가 소주병을 그의 코앞에 갖다 대면서 물었다.

"못 보던 분 같은데 나랑 술 한 잔 하시려오?"

입가에서 술 냄새가 확 풍겼다. 순간 그는 본능적으로 뒤로 물러섰다. 어떤 불길한 느낌이 코로나라는 글자와 함께 가슴속에서 방망이질을 했다. 어딜 가나 코로나는 모두의 적수(敵手)였다.

"저는 일정이 바빠서요."

"거 참 되게 비싸게 구느만, 술 한 잔 하자는데 할 수 없지, 우리 마누라하고 하는 수밖에."

취객이 그의 어깨를 툭 치며 지나는가 싶더니 다시 그에게 다가오며 말했다.

"겁먹은 거 같은데, 나 코로나 확진자 아니거든."

그 말이 그에게는 나 코로나 확진자 맞거든 소리로 들렸다. 그는 자신도 모르게 손을 입으로 가져갔다. 아뿔사! 노 마스크였다. 좀 전의 다방에서 커피를 마시느라 마스크를 벗고는 그냥 나온 것이다. 갑자기 손이 덜덜 떨렸다. 그는 편의점에 들어가 시중가보다 훨씬 비싼 가격으로 마스크를 사자니 공연히 억울한 생각이 들었다.

그리고 불안이 머릿속 가득 엄습했다. 거리에 문 닫은 점포마다 코로나 19라고 씌어 있는 것 같았다. 언제쯤 이 코로나 공포가 물러가려나. 가슴이 두 근 반, 세 근 반하며 역사로 들어섰는데 이미 열차는 다 끊어진 상태였다. 역 직원에게 물으니 마지막 남은 군내 버스를 타고 시외버스 터미널로 가는 방법밖에 없다고 했다.

그는 혼자 군내 버스에 올랐다. 허리가 굽은 노파 한 명이 버스 좌석에 앉아 있다가 그를 보고는 경계하는 눈빛을 보였다. 처음 보는 얼굴인 외지인으로 인해 코로나가 퍼지지 않을까 걱정하는 표정이 역력했다. 당연했다.

버스는 15분 후, 승객 세 명을 태우고는 출발했다. 어두운 읍내거리를 순회하듯 돌더니 곧바로 신작로 길을 달렸다. 농로와 개울물이 흐르는 다리도 건넜고 모텔과 전원 음식점 간이 슈퍼마켓도 지났다. 한여름 밤 불빛이 농촌의 정겨운 표정을 그대로 담아내면서 쉬지 않고 달렸다.

마을회관을 지나고 구판장을 지났을 때 이윽고 도심의 불빛이 보였다. 고층 아파트와 상가 건물이 마음을 당기며 다가왔다. 병원과 커피 전문점 패스트 푸드점 모텔 건물이 눈앞을 장악하면서 군내 버스는 멈춰 섰다. 승객들이 우르르 내리면서 각각 발걸음이 흩어졌다.

그는 시외버스 터미널에 도착해 여객운임표를 유심히 살펴보았다. 지방 군소도시라 자동화 시스템이 안 되어 있었다. 작은 유리 창구로 중년으로 보이는 여자가 표를 팔고 있었다. 아! 여기는 아직도 아날로그 세상이구나. 그러나 자세히 살펴보니 인터넷으로 예약하는 기능도 갖추고 있었다.

그는 여객운임표 안내판을 읽으며 이상하게 회한에 젖었다. 그가 어릴 적만 해도 세상은 아날로그였는데. 춘천 소양호에 친구들과 놀러 갔다가 물에 빠져 죽을 뻔한 기억이 떠올랐다.

친구들은 모두 수영선수였는데 그 친구만 미숙했다. 워낙 소심한 성격이라 공부 이외에 잘하는 게 하나도 없었다. 더구나 집안에서 불운에 찌들려 살다 보니 자신감과 용기가 턱없이 부족했다. 수영은 동네 형한테 배웠는데 도중에 물을 너무 많이 마셔 물에 대한 공포심마저 있었다.

그때 물에 빠졌을 때 그를 구해주던 사람도 동네 형이었다. 그가 말했다.

"원식아! 오늘 내가 니를 구해준 대가로 다음 주부터 꼭 주일미사에 참석해라. 무슨 일이 있어도 주일미사는 드려야 한다. 성당 도착하면 꼭 성모님께 인사부터 드리고."

동네 형은 소문난 교인이었다. 성당에 도착하면 성모마리아 상을 향해 두 손 모아 인사하고 그에게도 꼭 인사를 시켰다. 형식적이었지만 그는 따라 했다. 그날 동네 형이 구해 주지 않았더라면 어떻게 되었을까. 생각만 해도 아찔했다. 소양강은 수심이 깊어 한겨울에도 얼지 않았다.

혹한(酷寒)에 호수 주변을 지날 때면 하얀 김이 모락모락 피어올라 온천을 연상케 했다. 수심(水深)이 보통 20-30미터가 넘는다고 했다. 표를 끊고 10분쯤 기다리자 시외버스가 도착했다. 서울까지 4시간 반 가량 걸린다고 했다. 마지막 버스라고 했다. 승객이 그를 포함 7명이었다.

바깥 풍경을 바라보다 이윽고 잠이 들었다. 꿈을 꾸는데 큰 병동에 혼자 누워 시계 바늘만 바라보고 있었다. 머리끝에서 발끝까지 방역복으로 완전 무장한 의료진이 그를 바라보며 무언가 계속 체크하고 있었다. 병실 한 구석에선 기계가 탁한 음질을 내며 돌아가면서 신경을 거슬렸다

사면이 꽉 막힌 걸로 보아 꼭 감옥소 같았다. 공포에 질린 그가 무어라 소리쳤지만 밖으로 새어 나오지 않고 입안에만 맴돌았다. 의료진들은 장갑을 낀 채 그에게 다가와 무언가를 질문했는데 무슨 소리인지 도무지 알아들을 수가 없었다. 몸이 점점 굳어지는 것 같았다. 그는 죽을힘을 다해 소리쳤다.

"나의 주님, 그리스도시여!"

그는 간신히 몸을 움직여 침대에서 일어나 병실 밖으로 나왔다. 병실 복도 끝에 비상등이 초록색으로 빛나고 있었다. 천장에서는 cctv가 그의 동작 하나하나를 체크하고 있었다. 사방이 꽉 막힌 이곳은 도대체 어디란 말인가. 발걸음을 옮기는데 쾅! 쾅! 하며 사방에서 굉음이 났다.

공포가 심장을 두 동강 낼 듯이 엄습했다. 이것이 나의 마지막 모습일지도 모른다는 생각이 들면서 눈물이 났다.

"얘야, 어서 일어나거라. 몹시 힘든 모양이구나 어서 일어나야지."

어디선가 어머니의 음성이 들리는데 눈물이 왈칵 쏟아졌다.

"아! 엄마."

잠에서 깨어나니 버스는 어느덧 서울로 진입해 있었다. 휘황한 불빛이 시야를 장악하면서 긴장감과 함께 불안이 서서히 가시고 있었다. 시외버스 터미널에 내렸을 때는 막차라 그런지 사방이 고요했다. 터미널 내의 상가도 다 문을 닫았고 쓸쓸함이 허전함과 함께 몰려왔다.

출구를 나가는데 건너편 화상 열감지기 카메라에 얼굴이 찍히면서 숫자와 함께 글자가 보였다. 36.5도 정상 체온입니다. 터미널을 나와 지하 계단으로 빠지면서 그는 안도의 숨을 내쉬었다. 마지막 전동차에 올라탔다. 의외로 승객들이 발 디딜 틈 없이 가득했다.

무슨 일일까. 이 밤늦은 시각에. 승객들은 피곤한 표정으로 스마트폰에 눈길을 꽂은 채 마지막 열차에 몸을 맡기고 있었다. 가공할 컴퓨터 만능시대가 시간의 영속성과 함께 스마트폰에 온 정신을 들이밀고 있었다. 정의로 둔갑한 악이 다수라는 의견을 내세워 선을 표방하는 것처럼.

이튿날 자리에서 일어났는데 문자가 와 있었다. 이전에 구직 사이트에 신청한 기업체에서 면접 오라는 문자였다. 서비스 업종이라 자신이 없었지만 그렇다고 거절할 이유도 없었다. 자리에서 일어나 세수를 하고 옷을 갈아입으며 그는 자신도 모르게 웃었다.

그래도 아직은 쓸만한 인생인가. 문자 메시지를 보고 찾아간 회사는 강남역 근처에 있었다. 전동차를 내리면서 그는 수많은 인파에 휩쓸렸다. 젊은 영혼들이 떼로 몰려 운집하고 있었다. 그들 머리 위로 자유와 낭만이라는 글자가 일렁였다. 지하도는 출구를 찾을 수 없어 한참이나 헤맨 끝에 겨우 밖으로 나올 수 있었다. 밖은 안보다 더 별천지였다.

젊음과 끝없는 자유의 물결이 기하학적 고층빌딩과 함께 광풍의 음악에 휩쓸리고 있었다. 속옷이 훤히 들여다보이는 레깅스를 입은 여자들이 보도를 차지하고는 어디론가 급히 발걸음을 옮기고 있었다. 또 귀걸이와 총천연색으로 염색을 한 남자들은 춤을 추듯 걸어갔다.

어깨를 들썩이며 술 취한 듯 걷다가 빠르게 횡단보도를 건너갔다. 이곳은 경제 한파와 전혀 무관한 치외법권 지역이다. 오직 젊음과 자유와 쾌락이 대세다 생각하며 그는 초미니 스커트를 입은 여자의 엉덩이를 훔쳐봤다. 주변을 둘러보니 성형외과 건물과 커피 전문점 의류상가가 대부분이었다.

그 건물 앞으로 수많은 발걸음이 지나갔다. 음악이 광풍처럼 흐르는 거리를 지나자 치과 병원 건물 위로 면접장소가 보였다. 강화도어를 열고 들어서자마자 엘리베이터가 보였다. 문이 저절로 스르르 열렸다. 발을 디디는 순간 가슴 속으로 쿵하고 낙심이 몰려왔다.

징크스가 나빴다. 회사는 10층 꼭대기에 있었다. 엘리베이터 창 밖으로 빌딩 숲을 이룬 거리가 한눈에 평면으로 다가왔다. 출입구 앞에서 인터폰을 누르자 안내 여직원이 용무를 물었다. 그가 이름을 밝히자 문이 저절로 열렸다.

안으로 들어서자 여직원이 자리에서 일어나더니 안쪽으로 난 강화도어를 밀며 들어가라고 손짓을 했다. 생각보다 규모가 작은 기업 같아 면접을 보기도 전에 실망감이 물살처럼 번져왔다. 면접 대기자는 그 말고 한 명의 여자가 있었는데 40세가 넘어 보이는 중년이었다.

인사 담당자는 그의 이름을 묻더니 특기나 장점을 말하라고 했다. 거기에서 그는 한참을 주저주저하며 말을 흐렸다. 담당자는 그의 안색을 여러 번 살피더니 말했다.

"우리 업종은 서비스 계통이라 외모와 매너를 중요하게 여깁니다. 이쪽으로 경력은 없는 것 같으시고 일단 돌아가시면 나중에 문자로 합격여부를 알려 드리겠습니다."

형식적인 질문 몇 마디 던지고는 자리에서 일어났다. 더 이상 별 볼일 없다는 뉘앙스가 그의 태도에서 묻어났다. 그러더니 중년여자에게 따라 오라며 밖으로 나갔다. 직감이 맞았다. 큰 기대도 안 했지만 낙심과 슬픔이 가슴 가득 몰려왔다. 스스로 위안점을 찾았지만 떠오르는 단어도 없었다.

그는 밖으로 나와 강남 로데오 거리를 걸었다. 거리는 모델 대회 나온 듯한 여자들의 글래머스한 몸매들로 넘쳐났다. 레깅스라는 낯 뜨거운 패션이 남자들의 눈길을 사방에서 끌어당겼고 차로에는 벤츠

자동차로 물결을 이루고 있었다.

수많은 발걸음이 지나는 길목마다 젊음이 기세를 떨치고 있었다. 기하학적 빌딩과 광풍의 음악이 젊은이들의 발랄한 용기와 함께 강남 하늘을 떠받치고 있었다. 사람들은 마스크 속에 마음과 표정을 숨긴 채 발걸음을 재촉했다. 지하상가로 들어서던 그는 깜짝 놀랐다.

머리끝에서 발끝까지 흰 방역복을 입은 남자들이 소독기를 들고 걸어가고 있었다. 사람들이 놀란 발걸음으로 출입구 쪽을 향해 우르르 몰려갔다. 어디선가 코로나 확진자가 발생한 모양이었다.

2호선 전동차에 오르자 이번에는 숨이 막힐 듯 한 인파에 부딪혔다. 출 퇴근 시간대도 아닌데 전동차 안은 승객들로 숨 쉴 공간도 없어 보였다. 마스크마다 내뿜는 열기로 머리가 아플 지경이었다. 그 와중에 사람들은 끊임없이 스마트폰을 터치했다. 그는 집에 들어서자마자 쓰러지듯 잠자리에 들었다.

면접에 관한 일은 이미 머릿속에서 까맣게 사라지고 없었다. 서비스 계통이라 외모를 중시한다는 말에서 그는 이미 제외 대상이었다. 그 말은 사무직이 아닌 현장직이란 뜻이었다. 뭔가 앞뒤가 안 맞는 느낌이었지만 아쉬움도 없었다. 이튿날 그는 자리에서 일어나자마자 또다시 전철역으로 달려갔고 의미 없는 여행길을 떠났다.

그날은 가을 장맛비가 처연하게 내리는 날이었다. 장마철도 지났는데 가을 장맛비라니? 말이 안 되는 거 같았지만 벌써 며칠째 비가 계속 내리는 걸로 보아 장맛비가 맞았다. 막바지 가을이 끝나며 빗방울이 홍수처럼 도랑으로 빠져들고 있었다. 우연히 열차에서 내렸는데 풍경이 낯이 익었다.

역사 주변으로 학교건물이 보였고 독립투사와 의병장의 활동상을 알리는 홍보물이 보였다. 가까이 다가가 읽는데 누군가 그의 어깨를 툭 쳤다. 고개를 돌려 보고 그는 기절할 듯 놀랐다.

진향이었다. 그녀가 영화의 한 장면처럼 그를 바라보며 웃고 있었다.

"여긴 웬일이야?"

그는 너무 놀란 나머지 이게 꿈이 아닌가 싶어 눈을 비비고 또 비비면서 확인했다.

"정말 진향이 맞지?"

"몇 번이나 묻는 거야? 그새 내 얼굴 잊어버리기라도 한 거야?"

"그게 아니라 너무나 갑작스러워서, 이런 곳에서 만나다니 어떻게 된 거야?"

"응, 시댁이 이 근처야. 집안 제사가 있어 왔다가 가는 길이야."

"그래? 그런데 그동안 하나도 안 변하고 똑같네."

"그 말은 무슨 뜻이야? 여전히 젊고 예쁘다 그거지?"

그는 긍정의 뜻으로 고개를 끄덕였다.

"그런데 여기는 어쩐 일로?"

"응 그냥 여행 왔어?"

"뭐어? 여행?"

그녀는 재미있다는 듯 깔깔대고 웃었다. 그 바람에 지나는 사람들이 둘을 흘깃거리며 쳐다보았다. 그때 둘은 알았다. 둘 다 노마스크였다는 것을. 왜 그랬을까. 손을 보니 알 수 있었다. 둘은 방금 자판기에서 뽑은 일회용 원두커피 잔을 들고 있었다.

얼굴을 가까이 대고 큰소리로 말하니 지나는 사람들이 표정이 나빴던 것이다. 둘은 얼른 마스크를 쓰며 의미 없는 웃음을 웃었다.
그는 진향을 바라보며 생각했다.

'오늘 너를 만난 건 정말 행운이야. 꼭 꿈을 꾸는 것만 같아.'

영화 대사를 떠올리며 그는 가슴 아프게 웃었다. 어릴 때 느꼈던
행복감이 가슴 속에서 소용돌이치며 일어났다.

"왜 그렇게 쳐다보는 거야?"

진향이 웃으며 말했다. 웃는 모습도 예전과 똑같았다. 나 사실은
학교 때부터 널, 널 좋아하고 있었어. 그는 마음속으로 말했다. 참,
너는 유부녀지.

"원식이 너 아직 미혼이라며?"

"응? 으응."

"요즘은 비혼이 대세라고 하더라. 돌싱보다는 비혼이 낫지."

"그게 무슨 말이야?"

"잘못된 결혼을 하느니 싱글이 낫다는 뜻이야."

"남편하고 무슨 문제 있는 거야?"

"문제는 무슨. 그런데 이 시간에 여행이나 다니고 직장은 안 다
녀?"

그는 그 말 한마디에 자존심이 팍 상했다.

"회사가 부도났어."

"세상에……."

그녀는 놀란 표정을 지으며 말끝을 흐렸다. 그러더니 스마트폰을
열어 뭔가를 확인하더니 개찰구로 걸어갔다. 그는 잠시나마 진향에
게 위로받고 싶다는 생각을 했다. 그리고 어떤 식으로든 그녀와 이
야기를 나누며 세월 속에 쌓인 그리움을 해소하고 싶었다. 하지만

그와 달리 그녀는 무감(無感)했다.

"자동차는 수리하느라 공장에 들어갔어. 오랜만에 기차 타보는 것도 좋을 것 같아. 생각나니? 우리 고등학교 다닐 때 수학여행 갔을 때 말야. 그때 남자애들이 나한테 몰려들어."

그녀는 말을 하다 말고 스마트폰을 받았다. 받자마자 알았어 하고는 이내 끊었다. 코앞까지 내려온 마스크를 다시 끌어 올리고는 그에게 손을 흔들며 말했다.

"나는 저쪽 5호차야. 오늘 만나서 즐거웠어. 너도 가끔 동창회에 나오고 그래. 동창들끼리 서로 안부도 나누고 그러면 좋잖아. 요즘도 글 쓰니?"

"글이라니?"

"너 학교 다닐 때 백일장에서 장원은 도맡아 했었잖아. 생각 안 나?"

"그랬던가? 그걸 여태 기억하고 있어?"

아직도 나를 기억하고 있다니 관심으로 여겨져 마음 한구석 행복감이 밀려왔다. 그의 마음속에 진향은 여전히 풋풋한 사춘기 소녀였다.

"글 포기하지 말고 계속해 봐. 누가 아니? 베스트셀러 작가될지."

희망과 예측이 실린 말 한마디 던지고는 그녀는 열차 맨 끝으로 건너갔다. 둘은 전화번호도 묻지 않은 채 각각 돌아섰다. 코레일 열차가 출발하면서 안내 멘트가 나왔다. 코와 입을 완전히 가린 채 마스크를 착용할 것과 열차 내 취식은 절대 금하며 대화도 가급적 삼가라는 멘트였다.

차창 밖으로 가을 풍광이 녹색에서 황금빛으로 그라데이션으로 지나갔다. 개울물과 논밭, 높은 산봉우리와 고층 아파트 상가와 모텔 건물이 빗금 치듯 지나갔다. 그는 아직도 가슴이 진정되지 않고 있었다. 조금 전에 진향을 만났던 감격이 어린 시절로 돌아가 소년처럼 가슴을 뛰게 했다.

얼핏 잠이 들었는데 그는 꿈속에 진향을 만나 소양강에서 오리배를 타며 놀고 있었다. 햇살 가득한 날씨에 강에는 진향과 자신이 탄 오리배는 딱 한 대뿐이었다. 어디선가 카메라 셔터 누르는 소리가 계속 들려왔다. 그런데 오리배 안에서 물이 새고 있었다. 물이 계속 차오르자 마음이 급해졌다.

진향이 입은 치마에도 물이 적셔졌다. 노를 저어 물가로 나가야 하는데 노가 말을 듣지 않았다. 아무리 저으려 해도 노가 움직이지 않았다.

진향이 화가 나 소리쳤다.

"이게 다 너 때문이야, 이 바보야!"

그는 화가 나 자리에서 벌떡 일어서며 소리쳤다.

"뭐라구? 이게 다 나 때문이라구?"

그 바람에 오리배가 기우뚱하더니 물살에 휩쓸리며 전복되고 말았다.

우왓!

오리배가 침몰하며 물이 입 안 가득 차올랐다. 이상하게 둘은 구명조끼도 입고 있지 않고 있었다. 몸이 물속으로 가라앉으며 마구 허우적거리다 꿈에서 깨어났다. 상당히 기분 나쁜 꿈이었다. 오리배를 탄 것도 배가 뒤집어져 전복된 것도.

그는 예전부터 우연이라는 단어를 좋아했었다. 우연은 필연과 같

다고 생각했다. 아니 그는 우연과 필연을 동일시하는 버릇이 있었
다. 그건 순전히 자신이 꾸며낸 환상이었지만 그는 곧잘 엉뚱한 상
상에 휘말리곤 했다.

그런데 이번만큼은 전혀 예외이길 기대하며 여전히 예감이 불길
했다.

다음날 자리에서 일어났는데 이상하게 기분이 나쁘고 머리가 아
팠다. 그는 매일 떠나던 여행도 포기하고 인터넷과 유튜브에 매달렸
다. 복잡한 마음을 달래기엔 유튜브가 제격이다. 각종 볼거리와 재
미있는 코너가 시야를 잡아당긴다. 그렇게 며칠을 보냈는데 어느 날
이상한 문자 한 통을 받았다.

그가 코로나 확진자와 밀접촉자로 확인되어 검사를 받아야 한다
는 내용이었다. 접촉된 장소는 열차 안이라고 했다. 문자를 받자마
자 극심한 혼동에 휩싸이며 머리가 깨질 듯이 아파 왔다. 밀접촉자
라니? 혹시 진향이? 역사 내에서 둘이 마스크를 벗은 채 큰소리로
이야기하던 생각이 떠올랐다. 그때 주변을 지나며 눈치를 주던 행인
들의 모습도 생각났다.

설마 진향이가? 아니 그렇지 않을 거야. 인터넷에 수없이 떠돌던
코로나19라는 단어가 나에게 다가오다니. 소심한 그는 두려운 나머
지 가슴에 통증마저 일었다. 간신히 일어서는데 다리가 후들후들 떨
렸다. 집에서 보건소까지는 대략 20분 정도 소요됐다.

그는 걸어가는 동안 속으로 주여!를 수십 번씩 외쳤다. 성당 입구
에 있던 예수상과 마리아상을 떠올리며 십자가 성호도 수십 번 그었
다. 보건소에서 검사를 마치고 돌아오는 동안에도 계속 불길한 상상
이 떠올랐다. 이상하게도 예전부터 불길한 상상은 잘 맞아 떨어지는

경향이 있었다.

밤새 뒤척이고 아침이 됐는데 목안이 너무 부어 말이 나오지 않았다. 흉통도 여전했고 불길한 예감이 가슴을 누르는 순간 문자메시지가 도착했다. 다행히 결과는 음성이었다. 하지만 밀접촉자인만큼 자가격리 상태로 지내야 한다는 지시 사항이 떨어졌다.

집 문밖으로 단 한 발짝도 나가서는 안 되고 집안에 사람이 있을 경우 마스크를 쓰고 생활해야 한다고 했다. 또 자가 격리하는 동안 앱을 설치해 철저한 감시상태에 들어갔다. 그리고 자가 격리가 끝나는 전날 또 한번 검사를 받아야 한다. 잠복기간이 있기 때문이었다.

격리기간 동안 언젠가 꾸었던 꿈 내용이 마음속에서 재현됐다. 일인용 병실에 누워 시계바늘만 바라보고 있는 자신의 모습이. 의료진들의 지시사항에 따라 기계처럼 움직이는 마루타 같은 모습. 격리기간에는 어떤 활동도 할 수 없었다. 음성이라는 결과가 나왔음에도 온갖 상상드라마로 두통이 지속되었다. 인터넷에 떠도는 코로나 발현 증상도 이따금씩 일어났고 부정적인 시나리오가 현실처럼 느껴져 심장병이 날 지경이었다.

집안에 갇혀 지내는 동안 그는 상상력을 동원하여 글을 완성했고 유력한 잡지사에 편집기자로 지원했다. 급여보다 적성에 초점을 맞추었고 재택근무도 가능했기에 안정적일 것 같았다. 그는 컴퓨터 앞에 앉아 인공지능 면접을 치렀고 합격통지를 받았다.

출근 날짜를 앞두고 그는 더한층 창작에 몰입했다.

그 사이 몇 군데의 잡지사와 출판사에서 입사 제의를 받았고 구체적인 면접일자도 받았지만 포기했다. 날씨가 점점 추워지고 있었다. 날씨의 변화에 따라 글은 천차만별로 다양해졌고 완성도도 높아졌다. 프리랜서로 글을 써 발표하는 기회도 많아졌다. 어느 날 그는 문자 한통을 받았다.

진향이 보낸 문자였다.

— 축하해. 가끔씩 니가 쓴 글을 읽으면서 감동받고 있어. 그날 내가 한 말 잊지 않았구나, 너 학교 다닐 때 백일장에서 장원했었잖아. 내 말이 맞았지.

— 그래, 니 말이 내게 주효하게 작용했지, 고맙다.

— 나 사실 코로나 확진자 양성으로 판명돼서 어제 입원했어. 남편 그 자식 때문에 그 망할 자식이, 참 너 철규 소식 들었니? 철규가 지난번에 구치소에 있다 코로나에 확진됐는데 음압 병동을 기다리다 병이 악화돼서 죽었대. 망할 자식 짧지도 않은 인생, 참 모질게도 살다 갔지. 하필이면 구치소에서 감염될 게 뭐람. 아무튼 너도 몸조심해 꼭 마스크 쓰고 다니고.

진향이가 코로나 확진자라니? 갑자기 극심한 혼동이 몰려왔다.

— 그래, 언제쯤 퇴원할 것 같아? 내가 묵주기도 올릴께.

— 고마워.

— 그런데 넌 철규 소식 어떻게 들은 거야?

그때였다. 새로 입사한 회사 직원으로부터 전화가 왔다. 그는 전화를 받으며 계속 횡설수설했다. 방금 들은 말도 반복해 물었다.

"못 들으셨나요? 건물 내에 코로나 확진자가 발생해 출근 날짜를 열흘 뒤로 미룬다고요. 그럼 그때 뵙겠습니다."

그는 전화를 끊고 나자 정신이 멍했다. 습관적으로 스마트폰을 열었는데 구치소에 코로나 감염자가 발생해 사상자가 발생했다는 기사가 떠 있었다. 그런데 진향이는 어떻게 철규 소식을 알게 된 걸까.

머리가 뒤죽박죽이었다. 잠시 후 문자음이 울렸다.

보건소에서 온 문자였다. 며칠 전 밀접촉자로 구분돼 검사를 받았는데 양성 확진자로 나와 있었다. 자세한 내용을 읽는데 머리가 깨질 듯이 아파왔다. 곧 입원준비를 해야 한다고 했다. 이왕이면 진향이가 입원한 같은 병동이었으면. 그는 헛된 망상을 하며 얼마 전에 꾼 꿈 내용이 또다시 생각났다.

진향이와 오리배를 타고 물놀이하다 물속에 빠지는……

그리고 큰 병동에 혼자 누워 시계 바늘만 바라보고 있는 자신의 모습과, 머리끝에서 발끝까지 방역복으로 완전 무장한 의료진이 자신을 바라보며 무언가 계속 체크하고 있는……

불길한 예감이 현실이 되면서 그는 손안에 든 십자가를 자신도 모르게 꽉 쥐었다.

진향이와 철규의 모습이 겹쳐 떠올랐다. 그리고 방금 전 통화했던 잡지사 직원에게 어떤 식으로 설명할까 낭패감에 사로잡혔다. 보건소 직원이 호출하는 신호음이 계속 들려오고 있었다. (2021년 창조문학)

경유지

희끗희끗하던 눈발이 갑자기 폭우처럼 쏟아지기 시작했다. 그야말로 눈 폭탄이었다. 길거리도 지붕 위에도 대문간에도 온 천지가 하얗게 색칠을 당하고 있었다.

오랜만에 하는 눈 구경이다. 마음이 들뜨기 시작했다. 롱 점퍼를 들쳐 입고 머플러를 두르고 집을 나섰다. 길거리가 온통 눈밭으로 변해 발목이 푹푹 빠졌다.

골목길은 눈을 뒤집어 쓴 행인들이 종종 걸음을 치고 나뭇가지에 쌓인 눈이 휘청하고 신호를 보내고 있다. 발목에 힘을 주고 걷다 보니 허리까지 아프다. 눈이 모자 위로 어깨 위로 쌓인다. 그러나 마음은 설렌다. 마치 연인을 만나러 가는 것처럼 마음속에 환호성이 터진다.

도로는 엉금엉금 기는 차량으로 아수라장이다. 전철 역사에 들어서자 여기저기서 핸드폰 문자 음이 들린다. 폭설로 인해 외출을 금지해 줄 것과 코로나로 인한 거리두기에 신경 써 달라는 방역청의 메시지다. 수없이 많은 계단을 걸어 전동차에 승차했다.

전동차는 출발하자마자 한강을 건넌다. 세월의 강이 굽이치는 물결 속에 떠내려가고 있다. 난 저 한강물을 바라보며 유년 시절을 보냈고 청장년 시기를 지나고 있다. 스마트 폰마다 뜬 기사에 저절로 눈이 모아지고 있다. 남편의 내조자로 목회자로 교육자로 명성을 떨쳤다는 여류명사의 사망 소식이 허무함과 함께 전해지고 있다.

명성과 치적(峙積)은 죽음이라는 명제와 함께 허물마저 가린다. 명예란 살아 있는 자가 취할 수 있는 마지막 방어수단과 같다. 죽음 이후까지 기억으로 남고 싶어 경력을 화려하게 도배하고 마니까.

전동차는 지상과 지하를 번갈아 가면서 쾌속하다가 또다시 지상으로 옮겨 가고 있다. 상봉동이다. 환승을 위해 많은 발걸음이 움직이고 있다.

에스컬레이터를 타고 지하상가를 지나 또다시 지상으로 오른다. 갑자기 사람들의 발걸음이 빨라지고 있다. 나도 덩달아 그들 속에 휘말려 에스컬레이터에 뛰어오른다. 누군가 내 등 뒤에서 소리친다.

"뛰지 말아요. 에스컬레이터 수명 단축 돼요."

숨차게 전동차에 발걸음을 들이미는 순간 문이 닫힌다. 심호흡과 함께 안도감이 든다. 전동차는 서울 근처를 달리고 있다. 평화로운 들판을 달리고 터널을 지나고 굽이치는 강물을 지나고 있다. 신도시 고층 아파트와 상가와 들판을 지나며 자연과 인공의 조화를 보여주고 있다.

자연의 풍광을 대하는 순간 사람들은 감성론자가 된다. 몸은 늙어도 감성은 쇠퇴하지 않는다. 세월을 배반하고도 감성은 이성을 앞지른다. 차창 밖으로 거대한 강줄기가 흐르고 있다. 강줄기를 따라 카페와 토속 음식점이 간판을 내걸고 자연을 흥정하고 있다.

드라마의 한 장면처럼 모텔 건물과 보트가 연인들의 발걸음을 재촉하고 있다. 풍경화 속 동화마을이 강물을 배경으로 펼쳐져 있다. 누구든지 저 근처에 살기만 해도 영화 촬영하는 기분이 들 것만 같다. 자연에 심취해 누구나 예술인이 될 것만 같다.

강물 위로 눈발이 거세게 몰아치고 있었다. 비닐하우스 위에도 눈이 쌓여 눈 세상으로 변해 갔다. D역에서 내려 ○○리로 가는 버스로 환승했다. 프랑스 관광버스를 연상시키는 버스는 벽돌색 외양에 내부 의자는 짠 나무로 만들어 팔걸이가 없고 의자 뒤에 손잡이가 있어 꼭 붙잡아야 했다.

버스가 커브를 돌 때마다 몸이 휘청하고 옆으로 쏠렸다. 버스는 곧바로 좁은 도로로 들어서 아슬아슬한 빙판길을 돌아 질주했다. 강물을 끼고 수상 레저와 토속 음식점, 미술관과 시골 정취를 고루고루 보여주면서 전진했다. 동네 이름을 단 버스 정류장마다 세월이 멈춰져 있는 것 같았다.

동화 같고 꿈속 같은 장면이 강물을 끼고 계속 이어졌다. 동화 속 신비감이 가슴 속에 출렁였다. 강 건너편과 이쪽은 관광지로 큰 교량 공사가 진행되고 있었다. 모텔과 팬션과 각종 위락시설이 도심(都心)을 떠나라고 부추기는 양상이었다.

일탈과 여행 심리를 북돋우며 정념(情念)을 유혹하며 하늘에 초승달이 뜨고 있었다. 타락한 천사가 악마라고 했던가. 대학 시절 누군가 내 귓가에 대고 말했었다.

"넌 타락한 천사를 어떻게 생각하니?"

"타락한 천사?"

의미가 알쏭달쏭했다. 왜 악마를 타락한 천사라고 했을까. 성경에서는 하늘나라 성가대장인 루시퍼가 하나님의 영광 보좌를 탐내는 교만을 부리다 지옥으로 추방되었다고 말하고 있다.

"또 자기 지위를 지키지 아니하고 자기 처소를 떠난 천사들을 큰 날의 심판까지 영원한 결박으로 가두셨으며"(유다서 1장 6절)

하나님의 영광을 차지하려다 쫓겨난 천사장 루시퍼는 미카엘 군대 천사장과 전쟁을 벌였지만 끝내 추방되어 인류를 파멸시키는 사탄이 되었다. 그때 루시퍼를 따르는 천사들도 함께 쫓겨났는데 그들은 하늘과 땅 사이에 공중 권세 잡은 사탄으로 총칭되고 있다. 즉 마귀 귀신들이다.

그는 타락한 천사답게 자신의 존재를 철저히 숨긴다. 광명한 천사의 모습으로 의의 용사로 양의 탈을 쓴 이리로 속임수에 능하다.

문제는 그 타락한 천사를 알아낼 방법이 없는 것이다. 화려하고 달콤한 미끼를 가지고 나타나기 때문이다. 그것도 가장 절실한 적시(適時)에 나타나 도움의 손을 내밀기 때문이다. 사탄은 교묘하고 지혜롭고 끈질겨서 아무도 그 간계를 알아채지 못하게 행동한다.

돈과 명예와 예술과 권력과 인기와 쾌락을 담보로 거래를 하며 인생 최대 만족감을 주려 하기 때문이다. 그의 유혹은 너무도 달콤하여 거절하기가 쉽지 않다. 젊으면 젊을수록 늙으면 늙을수록 유혹은 강하고 절실하게 다가온다. 그러나 사탄의 꼬임에 넘어가는 순간 그는 사탄의 종이 된다.

결속의 끈으로 농락당하다 끝내 파멸의 구렁텅이로 떨어진다. 그에겐 어리석은 인간이나 지혜로운 인간이나 모두가 매 한가지다. 왜냐하면 인간은 자체가 죄 덩어리에다 탐욕 덩어리일 테니까. 사탄의 제1전략은 믿음을 주는 것이다. 거짓 평안과 함께 달콤한 위로의 말까지 건넨다.

그리고 갖은 방법으로 마음을 낚아챈 뒤 성공의 언덕까지 인도한 뒤 폐기처분한다. 그 과정은 너무도 신출귀몰하여 신기할 정도다. 어쩌면 그렇게 인간의 기호(嗜好)를 잘 파악하는지. 천재적인 더듬이로 만족을 주다가 스스로 파멸의 구렁텅이로 빠뜨리는 것이다.

그 충격에서 헤어나지 못하는 사람 중에는 스스로 죽음의 강을 건너간 경우도 있고 알코올 중독자가 되거나 범죄자가 되어 지하 감옥에서 세월을 보내고 있다. 내 주변의 지인들이 그렇게 사탄의 노리개가 되어 스스로 사라져 갔다. 사탄은 영적인 존재로 개인의 약점을 너무도 잘 파악해 접근한다.

빼도 박도 못할 만큼 단단히 못을 박게 한 뒤 자신의 계획을 실천한다. 사탄의 목적은 한 가지다. 개인이나 단체를 죽이거나 멸망시키는 것이다. 무기는 탐욕과 교만이다. 때로 두려움도 사용하는데 그것은 너무도 치명적인 무기라 맨 마지막 카드가 될 공산이 크다.

가장 고매하다고 믿었던 그녀는 신뢰의 대상 1호였다. 그녀는 정직과 진실로 사람들을 차별 없이 대하는 겸손까지 갖추고 있었다. 그녀는 자신을 절제할 줄 알았고 좀처럼 흥분하거나 남을 비방하지 않았다. 사람들은 그녀를 향해 목회자라 불렀다. 사고방식과 인격이 목회자감이라는 것이었다.

그녀가 신앙 일변도라면 나는 예술 지상주의자였다. 세상이 아무리 뒤집혀 돌아가도 예술은 사라지지 않고 존재할 것이기 때문이다. 사람들이 아무리 선과 정의를 외치고 난리쳐도 결국은 돈의 하수인이 되거나 권력의 눈치를 보거나 타협하고 만다.

그러나 그 신성하다는 예술계도 돈과 권세가 판치다 보니 비리의 온상지가 된 지 오래다. 순수 예술계가 그 모양이니 일반 대중예술이야 말해 무엇 하겠는가. 아무리 한배에 탄들 무슨 소용인가. 모두가 경쟁자일 뿐이고 뒤돌아서면 언제든 칼을 꽂을 준비를 하고 있는 예비 배신자들인 걸.

그녀, P라고 해두자. 그녀는 우리 모두의 예상대로 신학대학에 진학했다. 다른 사람들처럼 일반 대학을 나와 적당히 사회생활 하다가 경력 쌓다가 신대원에 진학하는 경우와는 다르다. 처음부터 작정하고 목회자의 길로 들어선 것이다. 사람들은 어려운 일만 생기면 그녀에게 달려가 도움을 요청했다.

신앙상담을 신청하며 조언을 구하는 경우도 많았다. 그녀는 도움을 요청하는 사람들을 외면하는 법이 없었다. 마치 선지자 노릇을 대신하는 것처럼 보일 때도 있었다. 돈이 필요한 사람에게는 돈을 집을 쫓겨난 청소년에게는 대신 피난처가 되어 주었다.

많은 사람들이 그녀에게 도움을 받고 기사회생 하는 기적도 나타났지만 정작 그녀에게 도우미는 없었다. 모두 도움이 필요할 때만 다가와 문제가 해결되면 미련 없이 그녀 곁을 떠났다. 게다가 주변에 시샘하는 무리들도 나타났다. 선행의 결과가 역으로 상처로 되돌아오고 있었다.

한 조언자가 나타나 그녀에게 충고했다.

"왜 무턱대고 도움을 줍니까? 고난당한 것도 그 사람의 몫인데 왜 남의 짐까지 지고서 결과까지 책임지려 합니까?"

"그렇다고 다가오는 사람들을 무턱대고 외면할 수도 없지 않나요?"

"그런 식으로 도와주다가는 곧 탈진됩니다. 분별하세요, 전도사님의 그 선을 이용해 악을 도모하는 사람들도 있다는 걸 명심하세요."

그러나 그녀는 귀담아 듣지 않았다. 그녀에게는 선한 사마리아인 의식이 있었다. 선과 의를 내세운 일종의 선민(選民)의식이었다. 다가오는 사람들이 많을수록 그녀의 마음속에 우월감도 높아갔다. 나 아니면 누가 이 일을 감당하랴. 사람들이 주변을 떠나가도 개의치 않았다.

사람들은 일단 도움만 받고 나면 언제 그랬냐는 듯 금세 뒤돌아갔고 다시 찾아오지 않았다. 그중에는 세상으로 돌아가 탕자 노릇을 하며 그녀를 비방거리로 만들기도 했다. 당연히 수중에 돈도 떨어졌다. 자존심이 강한 그녀는 누구에게도 도움을 요청하지 않았다. 절친에게 사정을 말했다가 거절과 함께 쓰디 쓴 비난만 들었다.

상대방도 교만하긴 그녀와 매 한가지였다.

"내 그럴 줄 알았지, 얼마나 오래가나 했더니 그예 바닥이 났네. 그동안 얼마나 자기 의에 취해 살았는지 아직도 모르겠어요?"

"자기 의라뇨? 제가요?"

그녀는 처음으로 상대에게 화를 내며 말했다.

"곤경에 처한 어려운 사람들 도와준 게 내 의(義)를 위한 것이었다고요?"

"그 사람들 도와줄 때 기도해 보고 결정했나요?"

"성경에 나와 있잖아요, 꾸고자 하는 자에게 거절하지 말고 오리를 가자 하면 십리를 가 주라고요."

"그래서 결과가 어떻든가요?"

"결과는 상관없어요. 난 내 할 일만 했을 뿐이에요."

"영민이라고 집 나온 청소년 돌봐준 적 있으시죠?"

"영민이? 네."

"그 애가 지금 어떻게 지내고 있는지 아세요?"

"어떻게……?"

"지금 소년 교도소에 있어요. 비행 청소년들과 어울리다가 어린 여자애를 집단 폭행해서 죽음에 이르게 했대요."

그녀는 멍한 표정으로 상대를 응시하더니 그대로 고개를 떨구었다.

"그게 그 애가 그렇게 된 게 제 잘못이란 말씀인가요?"

"그때 그 애를 부모 품으로 돌려보냈어야 했어요. 집 나온 청소년을 무조건 품고 받아들이는 게 능사가 아니에요. 그때 그 애가 집을 나온 건 탈선을 위한 핑계였어요. 지금 그 애의 부모 심정이 어떨지 상상해 보셨나요?"

"모든 게 제 잘못이라는 말로 들리네요. 제가 설령 잘못 판단했다 치더라고 그게 다 제 탓은 아니잖아요."

"앞으로 사람들을 도와줄 때 좀 더 신중하란 뜻이에요."

순간 그녀는 절망했다. 그리고 속에서 아우성치는 반란의 음성을 들었다. 그렇게 나대더니 꼴좋구나. 그렇게 사람들로부터 인정받고 높임 받고 싶었더냐? 들려오는 소문으로는 영민이뿐만이 아니었다. 언젠가 그녀에게 도움을 받았던 여대생 애자는 그 길로 집을 뛰쳐나가 남자와 동거를 시작했다.

그 후 임신을 했는데 낙태 수술 도중 갑자기 저혈당 쇼크로 숨졌다고 한다. 나중에 안 사실이지만 애자는 지병이 많았다. 그 어린 나이에 선천성 심장병에다 저혈압과 음란과 우울증까지 가세해 가출을 밥먹듯 했다는 소문이었다. 급기야 가족들까지 포기상태에 이르렀는데 마지막으로 취한 방법이 용돈을 끊는 것이었다.

그러자 애자는 기다렸다는 듯이 그녀에게 달려가 거금을 요청했다. 지금 당장 수술하지 않으면 생명이 위태로우니 빨리 돈을 마련해 달라. 가족들마저 나를 포기해서 나는 더 이상 갈 곳이 없다. 아무도 나를 도와주지 않고 벌레 보듯 한다. 이번에도 나를 외면하고 안 도와주면 나는 죽을 수밖에 없다. 나는 죽어버릴 만반의 준비를 다해 놓았다.

내가 아니면 누가 이 불쌍한 여자애를 도와주랴. 그녀는 은행으로 달려가 현금서비스를 받아 원하는 액수를 다 채워 주었다. 그리고 나서 스스로 감격했다. 나는 또다시 길 잃은 어린 양을 주님 품으로 인도했구나. 가슴이 뿌듯했다. 기골이 장대하고 싸움대장인 형철이는 그녀에게 다가와 흉기를 들이대며 돈을 요구했다. 그녀에게 가면 돈이 나온다는 소식을 접한 뒤 실행에 옮긴 것이다.

겁에 질린 그녀는 돈을 주었지만 이내 후회했다. 내가 잘못된 씨앗을 뿌렸구나. 하지만 언젠가는 회개하고 돌아와 나에게 선한 열매를 맺어 주리라. 그녀의 생각은 절대 긍정적이었다. 뿌린 대로 거둔다는 영적 법칙을 잘 알고 있었다. 세상 이치가 다 그렇지 않은가.

선을 뿌리면 선한 것이 나오고 악을 뿌리면 악한 것을 거두리라. 잠시의 고난이나 피해는 있을 수 있겠지만 종국에 가서는 선한 결과가 있으리라. 이생에 못 받으면 천국에서라고 상급이 있으리라.

현재의 고난은 장차 다가올 영광과 족히 비교할 수 없으리라.

그녀는 성경 말씀을 굳게 믿었다. 한때는 자신을 고난당하는 욥처럼 생각한 적도 있었다. 하지만 가슴 저변에 퍼져가는 허무함과 피해의식은 피할 수 없는 재앙이 되어 점점 다가오고 있었다. 이런 저런 우여곡절 끝에 그녀는 신학교를 졸업했다.

어느 날 P가 내게 다가와 말했다.

"자매님, 제가 사역지를 찾고 있는데 저를 위해 기도해 주세요."

나는 너무 놀라 그녀를 멍하니 바라보았다. 내게 기도 부탁을 하다니? 신심(信心)도 깊지 않고 교회 뜰이나 밟고 왔다 가는 하는 나에게. 그런데 그녀는 왜 하필이면 자신을 위한 중보기도 대상자로 선택했을까. 무엇보다 그게 가장 궁금했다.

"지금 저한테 중보기도 부탁하신 거예요?"

"네 자매님, 자매님밖에 기도 부탁드릴 분이 없어서요."

갑자기 숙연해졌다. 그녀가 당했을 상처에 대해 마음이 저려왔다. 남을 위한 희생제사에 동참했을 뿐인데 많은 비난이 그녀에게 가중되고 있었다. 선한 결과도 많이 있었는데 꼭 안 좋은 결과만 내세워 그녀 탓으로 몰아가고 있었다. 목회자에게 있어 평판이란 얼마나 중요한 것인가.

신학교 졸업과 동시에 사역지가 정해질 줄 알았는데 무슨 소문이 돌았는지 아무도 그녀를 받아주지 않는다고 했다. 하긴 목회를 하기엔 나이가 너무 어리고 경험도 없는 탓이리라. 이제 겨우 24세인데 자기보다 훨씬 나이 많은 교인들을 상대하기엔 무리이리라. 그렇다면 어린 주일학교나 학생부를 맡아도 좋지 않을까. 그러자 그녀가 말했다.

"스펙이 부족해서요."

"스펙이라뇨? 교회가 무슨 경연장인가요? 스펙 따지게요."

"요즘은 전도사 중에도 워낙 해외 유학파가 많아서요."

"네에?"

뜻밖이었다. 목회자 경력에 학벌 스펙을 따지다니.

"대형교회에서 그런 것 아닌가요? 설마 중소형 교회도?"

"거긴 나이가 너무 어려서요. 우선 전도사로 시무하면서 신대원을 가려고 해요. 그러다 여유 생기면 유학을 생각하고 있어요."

"유학을요?"

그래 너도 그들과 똑같은 부류였구나. 마음속에 실망감이 물살처럼 퍼져왔다. 세상 지식을 쌓아 영혼을 케어하려 들다니. 그래야만 교인들 앞에서 면(面)이 서는 것인가. 예전에 읽었던 소설 만다라에서 나온 대목이다. 아무리 작은 사찰이라도 주지로 들어가려면 최소 5백만 원 이상의 대가를 지불해야만 한다. 그때가 30년 전 일이다.

지금은 그 대가가 천정부지로 뛰어 올랐으리라. 국민들의 학벌 수준이 높아지다 보니 대졸은 아예 명함 축에도 못 끼고 적어도 대학원 아니 유학파 박사까지도 요구하는 교회들이 많아진 모양이다. 일례로 강남에 있는 모 대형교회는 대부분의 교역자가 박사 출신이라고 한다.

하긴 학벌과 영성이 같이 따라가 준다면 금상첨화이리라. 하지만 목회자의 수준을 학벌과 비례한다면 너무나 서글픈 현실이 되고 말리라.

"전도사님께서 평소에 좋은 일을 많이 하셨으니까 좋은 소식 있을 거예요, 기도할께요."

뒤돌아서 가는 그녀의 등뒤에 대고 나는 혼잣말로 말했다. 그렇게 봉사정신이 뛰어나다면서 차라리 농촌 목회를 하든가 할 것이지. 시골에 가면 농사일에다 할 일이 태산같이 많겠건만. 그 일이 있고 얼마 되지 않아 나는 외진 섬 보건소로 떠났다. 간호사 자격증으로 몇 년간 봉사하고 나면 높은 스펙을 인정받아 고위직으로 갈 가능성이 크다고 해서였다.

가산점을 쌓은 뒤 나는 일반 병원이 아닌 공직으로 나갈 작정이었다. 일반 병원은 간호사의 근무 연한이 짧았다. 하지만 공무원은 달랐다. 정년으로 은퇴할 때까지 잘릴 염려도 없었다. 나는 그 누구도 믿지 않았다. 오직 믿을 건 돈뿐이라고 생각했다.

거기에 추가되는 것이 있다면 예술론이었다. 예술은 돈과 직결되지는 않았지만 추구하는 이상이 달랐다. 예술이라는 남다른 감각은 정신적 만족감과 더불어 삶을 풍요하게 했다.

하지만 공직 사회에 들어서고 직급이 올라갈수록 돈에 대한 관념이 달라지기 시작했다. 돈에 목숨 걸었다는 인생들이 무너지는 경우를 수없이 목격했기 때문이다. 모두가 믿고 신뢰했던 상사가 한순간에 부패 인사로 연루되어 옷을 벗는가 하면 퇴직금을 한 푼도 받지 못한 채 그대로 내쫓겼다.

불명예 퇴진이야 그렇다 치더라고 수십 년 동안 모았던 퇴직금마저 한순간에 날려버린 것이다. 그래서 나는 어느 날인가부터 신뢰의 대상을 돈에서 예술로 더 나아가 절대자로 바꾸기 시작했다. 물론 나는 예술인은 아니다. 하지만 그 길을 언젠가는 이룰 걸로 믿고 있기에 예비 예술인으로 혼자 자처하며 살아가고 있다.

공무원은 상명하복 기관이라 상부기관 상사가 부패로 몰리면 연쇄적으로 걸려드는 경우가 흔하다. 거기에 엮어 나도 몇 번인가 수사 기관에서 조사를 받은 적이 있었다. 그때의 공포 분위기는 상상 그 이상이었다. 그런데 알고 보니 기상천외의 사건은 거의 일상사처럼 벌어지는 게 세상사였다.

운이 좋아 들통이 안 났을 뿐이다. 어느 날 나는 우연히 인터넷을 검색하다가 P의 소식을 접했다. 그녀는 세월의 흐름을 타고 여 목사가 되어 있었다. 그녀는 내 예상과 달리 부랑자들과 소외 계층을 위한 특수 목회를 하고 있었다. 유명인은 아니었지만 나름대로 사역을 하며 빛과 소금의 역할을 충실히 하고 있는 것으로 보였다.

아니 이것은 어쩌면 그녀에 대한 나의 고정관념일지 모른다. 인터넷으로 프로필을 검색해 보니 신학대학 졸업이 전부였다. 신대원이나 유학을 다녀온 흔적은 없었다. 그동안 세월의 변화 속에 충실히 빈민사역에 전념하느라 그랬는지 그건 잘 모르겠다. 언젠가 그녀의 등 뒤에 대고 내가 했던 말이 생각났다.

"그렇게 봉사정신이 뛰어날 것 같으면 차라리 농촌목회를 할 것이지."

목회도 시류를 따라 하는 것이라고 그래서 그녀 역시 스펙을 쌓기 원했을 거라고 생각했는데 사정이 여의치 않았던 모양이다. 아니면 그녀가 하는 사역이 고학력을 필요치 않았는지도 모른다.

그런데 내 예상을 뛰어넘은 또 다른 것이 있었는데 그녀가 결혼했다는 사실이었다. 그녀가 독신주의를 주장한 적이 한번도 없었는데 난 왜 그녀를 모태솔로로 생각하고 있었을까. 청초하게 고고하게 일평생을 남 좋은 일이나 하면서 봉사 희생정신으로 살아가리라고 왜 미리부터 못을 박았을까.

생각해 보면 선입견이나 고정관념만큼 무서운 것도 없었다. 어쩌면 그녀는 끝까지 자신의 선과 의를 내세우고 싶었는지 모른다. 그래서 일부러 특수목회를 지향하고 그 길로 몸을 내던졌을 것이다. 나 아니면 누가 이 일을 감당하랴 하면서 예전에 그랬던 것처럼.

그런 그녀가 결혼을 했다는 사실은 정말 뜻밖이었다. 그녀와 결혼은 전혀 별개의 것으로 믿었기 때문이다. 또 결혼을 했다면 당연히 목사의 아내일 것이라 생각했기 때문이다. 그런데 상대는 일반 목회자나 사역자가 아닌 평범한 직장인이었다. 그렇다면 그녀는 남편의

외조를 받아가며 사역을 하고 있는 것이 틀림없다. 물론 이것도 다 내 짐작이다.

나는 그녀가 운영한다는 단체 홈페이지를 검색했지만 블로그만 있을 뿐 뜨지 않았다. 소규모로 운영하다 보니 홈피가 없는 것 같았다. 좀 더 자세히 알아본 뒤 후원금을 송금할 작정이었다, 누군가는 어려운 사람들을 위해 일평생을 헌신하는데 조금이나마 보탬이 되어야 한다고 생각했다.

때마침 나는 승진 시험을 앞두고 정신없이 바쁜 나날을 보내고 있었다. 언젠가부터 내 안에는 쫓기는 듯한 조급증과 불안함이 있었다. 나는 한번 목표치를 정하면 죽기 살기로 매진하는 형이다. 좌우 돌아볼 틈도 없이 경쟁자를 반드시 물리치고 목표를 달성해야 직성이 풀린다.

경쟁에서 밀리거나 남들보다 뒤떨어진다고 생각하는 순간 멘붕에 빠진다. 어릴 때부터 줄곧 그렇게 살아왔다. 남을 배려한다거나 봉사 희생정신은 눈을 씻고 찾아도 없다. 항상 쫓기듯 살다보니 마음의 여유를 상실한 것이다. 누군가 내게 말했었다. 헌신(獻身)하면 헌신짝 된단다.

일방적으로 희생하면 반드시 버림받는단다. 양보하고 배려하면 배반당한단다. 앞서 가지 않으면 뒤쳐져서 떨거지가 된단다. 그 이면에는 내 어머니에 대한 한 맺힌 기억이 서려 있었다. 대단하지도 않은 집안의 종부(宗婦)로 살아온 내 엄마는 평생을 희생으로 일관했다.

뼈가 부서져라 집안일에 종부로 살다 끝내 병마(病魔)에 쓰러지고만, 그런 내 엄마는 말년을 병상에서 쓸쓸히 죽음을 맞이했다. 엄마가 내게 말했다.

"어떤 상황에서든 너를 희생타로 만들지 마라. 인생은 나를 위해 사는 거다."

"그런데 교회에 가면 다르게 말하던 걸."

"그거야 교인들 교화시키려고 그렇게 말하는 것이지. 누군가 희생해야 집안이든 사회든 국가든 돌아가는 것이니까.

"그러면 이기적으로 살아야겠네."

"그렇지, 먼저 내 이익을 챙기는 게 순서지. 그리고 난 다음 다른 사람을 돌아보는 거야. 그러니까 엄마 말은 남에게 피해 안 가는 선에서 나를 우선적으로 챙기면서 살라는 뜻이야."

"그런 엄마는 왜 평생 종부(宗婦)로 희생하며 살았는데?"

"어린 나이에 시집 와서 잘 몰라서 그랬지. 너희 외할머니 외할아버지가 무조건 시부모 공경해라. 집안 대소사 일 잘 챙기고 친정부모 욕 먹이지 말고 잘해라. 여자는 무조건 참고 살아야 한다. 하지만 세상이 달라졌잖니? 요즘 세상은 희생하란 말만 들어도 경기 일으키지 않니?"

"그러니까 엄마 세대가 가장 불쌍한 샌드위치 세대라는 말이 맞네."

"그렇지 그러니까 너는 너 자신을 위해 살아야 해. 결혼도 너 아니면 죽고 못 산다는 남자와 하든가 아니면 장래가 불투명한 남자랑은 절대로 엮이면 안돼."

"그런 엄마는 왜 아빠랑 결혼했는데?"

그런데 의외의 대답이 나왔다

"아빠가 잘생겼잖니."

"아빠가 잘생겨서?"

"그럼, 아빠 젊었을 때 영화배우 하라는 캐스팅이 들어왔는데 집안의 반대로 못했단다. 아빠가 시골 동네에 나서면 온 동네가 휜했지. 아빠가 너무 잘생겨서."

엄마는 행복한 표정까지 지었다.

"그러니까 결국 아빠 얼굴 보고 반해서 한 거네."

"그렇지, 나중에 알았지 내가 발등 찍었구나. 그러니 너는 엄마처럼 살지 말고 니 하고 싶은 일 하면서 맘껏 살아라."

엄마는 결국 40대 중반에 세상과 이별하고 일 년도 안 돼 내게 새엄마가 나타났다. 그녀는 아들 하나를 낳고는 기세가 등등해지더니 집안 재산을 야금야금 빼돌리기 시작했다. 내가 미술대학을 가겠다고 하자 결사반대하면서 간호대학을 가라고 했다. 미술대학 나와봐야 취직도 안 되고 물감 값 표구비 등이 돈 들어갈 일이 많아서 안 된다고 했다.

취직이 안 된다는 주장은 그대로 먹혔고 나는 그녀의 주장대로 간호대학에 들어갔다. 그렇다고 그림에 대한 꿈을 포기한 건 아니었다. 언젠가는 하고 항상 마음속에 준비하고 있었다. 미대를 졸업한 친구들과도 끊임없이 교류하며 정보도 주고받았다.

그런데 화단(畫壇)도 병들어 있긴 마찬가지라는 소문이었다. 명문 미대끼리 주요 심사위원단을 차지하다 보니 로비를 하지 않고는 국선(國選)에서 탈락은 정해진 순서라고 했다. 믿고 싶지 않아서 나는 듣고도 모른 체했다. 세월은 흘러 내 나이 사십 고개를 넘어서고 있었다.

얼굴에 잔주름이 늘어설 무렵 미대 출신인 친구들 중에 화단에 얼굴을 내밀면서 두각을 나타내는 친구들이 있었다. 가끔씩 인사동이나 청담동 근처를 지나면 거리에 붙여진 전시회 포스터 중에 내가 아는 얼굴들이 종종 보였다. 그러나 그건 극소수였다.

대부분은 미대 졸업하고 결혼해 살림하면서 그림은 그야말로 그림의 떡으로 살고 있었다. 미대 나온 경력이 무색할 만큼 문외한으로 살아가고 있었다. 이제라도 다시 그림을 시작하면 되지 않냐고 하니까 손이 떨려서 붓을 잡을 수 없다고 했다.

미대 나오면 저절로 화가가 되는 줄 알았는데 그게 아니었다. 중간에 포기하면 전공은 하나마나였다. 그렇다면 그건 너무 허무한 일이었다. 하지만 꿈꿀 수 있는 자유마저 포기할 순 없었다. 마음속에 허무함이 쌓여갈수록 예술이라는 단어는 내 의식을 점점 넓혀 갔다.

이상하게 목표를 달성하고 승진을 거듭해도 마음속에 공허는 사라지지 않고 허무감만 늘어갔다. 그래서 나름대로 택한 게 여행이었다. 세상에 여행만큼 값진 경험은 없었다. 여행은 나를 돌아보며 모종의 결심을 하게 했다. 자연의 색채는 어떤 영감과 상상력을 불러일으켰고 쾌감을 주었다.

어느 봄날이었다. 산야가 거리가 원색으로 물들어가던 날, 전철과 시골 버스를 번갈아 타면서 여행길에 올랐다. 운전 면허증이 있었지만 자동차를 구입하지 않았다, 가족의 반대가 심해서였다. 귀한 막내딸이 운전하다 사고 나면 어쩌나 아버지는 결사반대했다.

이상하게 새엄마도 그 주장에 동조해 자동차 사지 말라고 편승했다. 그렇지 않아도 자동차 살 생각도 없었다. 또 직접 운전하면서 하는 여행이 무슨 재미가 있겠는가. 운전에 신경 쓰느라 제대로 된 구경도 못할 것 아닌가. 어린 날 나는 봄을 싫어했었다.

봄만 되면 피곤하고 신경질 부리는 날이 많았었다. 지루하고 피곤한 봄을 좋아하는 사람들을 보면 이해가 가지 않을 정도였다. 하지만 나이 사십 고개를 넘어서자 느닷없이 감성이 발동했는지 봄날에 꽃구경 하는 것이 좋아지기 시작했다.

나이가 들면 감성이 쇠퇴할 줄 알았는데 그게 아니었다. 특히 물구경을 좋아했는데 강줄기를 따라 핀 봄꽃 구경은 그야말로 환상적이었다. 가슴 속에 벅차오르는 감동을 그림으로 표현하고자 미술 교습소를 찾았다. 그런데 대부분 입시학원 위주였고 강습소는 양이 차지 않아 포기했다.

봄날은 봄날대로 여름은 여름대로 꽃구경은 재미있었다. 가을날 단풍 구경은 많은 인파를 뚫고도 강행할 만큼 운치가 있었다. 단풍 구경은 인생의 의미에 대해 깊은 사색을 하게 했다. 그런데 재미있는 사실은 봄꽃 구경은 젊은 층이, 단풍구경은 노년층이 더 많다는 사실이었다.

겨울 눈 구경도 운치 있고 좋았다. 폭설이 내릴 때면 근무고 뭐고 다 집어치우고 눈 속에 파묻히고 싶었다. 당장 고속버스 터미널로 달려가 동해안으로 가는 버스에 올라타고 싶었다. 눈 천지로 변해가는 산야를 보면 마음마저 새하얗게 변하는 것 같아 기분이 명쾌했다.

이래저래 여행하는 재미에 푹 파묻혀 살던 어느 봄날이었다. 그날은 공휴일이었다. 전철을 여러 번 환승하면서 도착한 어느 역에서 나는 생경한 풍경을 만났다. 꿈속에서 와본 듯한 소읍 풍경이 펼쳐져 있는데 동화나라를 보는 것 같았다. 버스를 타고 강가 마을을 지날 때였다.

창밖으로 ○○복지 선교회라는 팻말이 보였다. 장애인이나 부랑자들을 위한 단체시설 같았다. 언덕바지 위쪽으로 길이 나 있는 곳에 작은 숙소 같은 곳이 보였다. 십자가가 보이고 마당에 장애인들이 휠체어를 타고 이동하면서 휴식을 취하고 있었다. 그때 출입구에서 한 여자가 물통으로 보이는 것을 들고 나타났다.

그녀는 물을 밭이 있는 쪽으로 휙 뿌리더니 장애인들에게 무어라 소리쳤다. 그러자 잠시 후 장애인들이 모두 현관 안으로 들어가며 표정이 어두워졌다. 여자의 옆모습이 어딘지 낯이 익어 보였다. 복지 단체 이름도 어디선가 들어본 듯 어렴풋이 떠올랐다.

하지만 버스가 이내 출발했고 그 모습은 내 시야에서 사라졌다. 여행에서 돌아와 TV를 켰을 때였다. 한 복지센터에 대한 비리와 성폭력 사태에 대한 뉴스가 보도되고 있었다. 이어 온 언론매체가 정인이 사건을 보도하는데 얼마나 잔혹한지 사람들이 거의 패닉 상태에 이르고 있었다.

양모의 끔찍한 학대로 숨진 정인이 사건은 공판 과정을 지켜본 시민들에게 눈물바다를 이루게 했다. 그녀와 공모한 양부는 아내와 함께 대표적인 기독교 대학을 졸업한 캠퍼스 커플이었다고 한다. 그리고 양가 부모 모두 목회자였다. 악은 폭력과 결탁해 어린 영혼과 약자를 사냥하는데 이들 뒤에는 엄청난 악의 세력이 도사리고 있었다.

종교의 이름으로 은밀하게 행해지던 사기 사건과 성폭행은 이미 여러 번 보도된 바 있다. 비구니를 성폭행한 승려가 있는가 하면 타종교를 믿는다는 이유로 어린 10대 소녀를 납치해 집단으로 윤간한 천인공노할 범죄사건도 인터넷상에 유포되고 있다. 그런데 그들은 종교의 이름을 빌려 전혀 죄가 아닌 합법적인 것이라 우겨대고 있다.

　그들은 왜 하필이면 종교의 탈을 쓰고 그런 범죄를 저질렀을까. 여기에는 복음과 선을 가장한 엄청난 사탄의 세력이 존재했을 것이다. 악은 항상 거짓과 함께 연대한다. 그리고 잠시 방관하는 사이 사람들의 뇌에 침투해 살상을 일으킨다. 폭력과 음란과 비리와 쾌락과 위선의 가면을 쓰고서.

　인간의 본성이 악하기 때문이다. 누구나 악의 종이 될 수 있다. 그러기 위해선 선과 의를 추구하기에 앞서 인정과 칭찬과 높임 받고자 하는 곳에서 벗어나야 한다. 자신 안에 있는 거짓 욕망과도 싸워야 한다. 입으로만 하는 진실한 회개가 아닌 삶으로 이어져야 한다. 그리고 자신의 자유의지를 신께 의탁해야 한다. 오늘날 행해지는 악의 부조리는 모두가 신으로부터 받은 자유의지를 남용한 데서 비롯된 것이다.

　사탄과 공모한 그들을 사람들은 양의 탈을 쓴 악마라고 표현했다. 그때 내 안에 한 단어가 떠올랐다, 루시퍼는 타락한 천사였다. 어린 생명을 학대 치사한 악마는 최고 학부를 졸업한 유학파였고 입양기관에서 일했다고 한다. 대중 매체 앞에서는 천사 노릇하다가 양가 모두를 악마 대열에 합류시켰다.

　양의 탈을 쓴 자들이 어디 그들뿐이겠는가. 악은 태초부터 인간의 마음속에 거짓의 아비 노릇하면서 파멸의 대명사 역할을 한 것을. 그들은 악마의 대리 역할을 하면서 종교의 참뜻을 왜곡하고 선한 영향력을 차단한다. 천국 문을 닫고 지옥 길로 인도하는 루시퍼인 것이다.

　종교의 이름을 빙자한 범죄 행각은 더 큰 재앙과 심판의 결과를 불러오리라. 종교는 사회의 등불이나 마찬가지다. 그래서 종교가 타락하면 세상은 금세 암흑천지가 되고 만다. 등불이 꺼진 사회는 더 이상 호소할 곳이 없어지기 때문이다. 종교의 호황이 말세 현상을 더욱 부추기는 결과가 되고 있는 실정이다.

그리스도가 탄생한 때부터 세상은 종말을 향해 질주해 왔다. 언제 한번이라도 말세가 아닌 때가 있었던가. 악은 항상 인류 중심에 있었고 항상 강자에 의해 칼날이 휘둘러졌던 것도 사실이다. 그래서 사람들은 무신론을 들이대며 종교인들을 우롱하고 핍박했다.

그런 악의 대세 속에서도 세상은 멸망하지 않고 굴러가고 있다. 악은 항상 승자 편에 속해 있는 것처럼 보였지만 결국은 멸망의 길로 사라졌다. 어둠은 강하고 영원할 것 같지만 결코 빛을 이기지 못한다. 아니 어둠이 짙을수록 새벽은 밝아 오는 법이다. 악은 잠시 속일 수는 있으나 영원히 속일 수는 없다.

그들은 만능이 아니다. 그들의 능력은 한계가 있고 결코 초월적인 존재가 아니다. 악의 본체는 반드시 드러나기 마련이다. 그렇다면 정인이 양모는 무슨 마음으로 정인이를 입양한 걸까. 처음부터 학대의 목적은 아니었을 것이다. 아마도 사람들로부터 인정과 칭찬을 받고 싶었을 것이다.

높임 받고 싶어 안달이 났을 것이다. 그래서 방송 출연도 하고 연기도 하면서 가면을 쓰는데 더 익숙해져 갔을 것이다. 그러다 본성인 악마가 분노로 튀어 나왔을 것이고 걷잡을 수 없이 폭력의 노예가 되어 어린 생명을 죽음에 이르게 했을 것이다.

악마를 방관한 인간도 똑같은 범죄자다. 방관한 것은 조력(助力)한 것과 마찬가지다. 인터넷과 유튜브는 양모에 대한 극한 기사로 넘쳐

났다. 가짜 동영상까지 유포되면서 사람들의 분노는 극을 이루었다. 생명의 존엄성이 사라진 세상에 무슨 가치가 존재하겠는가.

신은 왜 악을 방관하는 걸까. 과연 악에 대한 심판은 이루어지는 걸까. 내 마음은 온통 의문으로 가득 찼다. 그리고 내가 하는 공직 생활마저 염증이 나기 시작했다. 생존의 의미로 해석되던 모든 일들이 하찮게 여겨지기 시작했다. 이참에 진로를 바꾸어 그림을 그릴까.

그러자 또 생존의 문제가 걸렸다. 그림이 나를 구원해 줄까. 그림이 주는 의미가 무엇일까. 전공도 안 했는데 무턱대고 그림을 시작했다가 뒷감당을 어떻게 하려고? 내가 추구하고 싶어하는 것은 과연 무엇일까. 갑자기 존재 이유가 궁금해지면서 몽롱한 환상에 빠졌다.

그리고 P가 추구한 선과 의의 정체가 궁금해지기 시작했다. 종교적 신념에서 시작된 자기의 의가 그녀를 과연 올바른 길로 인도했을까. 적성에 맞는 일을 하면서 그녀는 비리와 모순에서 자유로울 수 있었을까. 별별 질문이 마음속에 떠올랐다 사라졌다.

나이가 사십 고개를 넘어서면서 나는 집안의 주선으로 수없이 많은 맞선 상대를 만났다. 집안과 학력 지위와 걸맞는 주선이었다고는 하지만 모두가 책략에 불과했다. 전혀 믿음이 가지 않았다. 미래를 보장받기 위한 계산적인 만남에 불과했다. 돈과 안전이라는 묘한 함수가 만들어 놓은 일방적인 만남이었다.

다시 수없는 세월의 강을 건너고 있을 때 나는 유튜브에서 진행되는 모 방송국의 채널을 시청하게 되었다. 거기에는 뜻밖에 어린 날 내게 기도 부탁했던 P가 게스트로 출연하고 있었다. 세월의 흐름에

따라 많이 늙고 초라한 모습이었다. 예전에 당당하고 오만했던 모습
은 어디로 가고 낮아진 모습이었다.

　일부러 그랬는지 몰라도 옷차림도 검소하고 수수했다. 목소리도
시종일관 낮고 차분했다. 누가 보아도 목회자 모습이었다. 어딘지
모르게 경건함과 진실함이 엿보이는데 내용은 너무나 파격적이고 충
격적이었다. 그동안 그녀가 걸어온 세월은 고난과 실패 일색이었다.

　그중 가장 충격적인 내용은 그녀가 지금 하고 있는 사역에서 벗어
나려고 몇 번이나 도망쳤다는 것이었다.

　"나도 다른 사람들처럼 평범하고 자유롭게 살고 싶었어요. 왜 나
만 힘들게 남의 뒤치다꺼리만 하면서 살아야 하느냐고 수없이 울면
서 항변했죠."

　P의 손끝이 가늘게 떨고 있었다.

　"사역은 내가 선택하는 게 아니고 주어지는 거라는 걸 나중에야
깨달았어요."

　그녀는 사역 중 가장 힘들었을 때가 공동체에 불이 났을 때라고
했다. 그때는 남편이 병원에 입원 중이었는데 장애인들과 함께 피신
하느라 엄청 울었다고 했다.

　몇 번인가 사역을 그만두고 떠나려고 했을 때 장애인들이 울며 매
달리는 통에 떠날 수도 없었다고 한다. 일반적으로 사역자들은 자신
이 하는 일에 대해 기쁨으로 일한다고 하는데 그렇지도 않은 모양이
었다.

　재정이 바닥나서 울고, 자신이 하는 일을 두고 모함하는 사람들
때문에 울고, 고난이 패키지로 쏟아지면서 자신도 모르게 회의가 들
었다고 한다.

내가 왜 이 일을 해야 하지? 나 자신도 힘든데 내가 왜 이 모든 짐을 떠맡아야 하는 거지? 난 좀 편하게 살면 안 되나? 내가 이 모함까지 받아가며 하는 이유가 무엇이지? 하늘에 상급을 쌓기 위해서? 이제 그런 것 다 귀찮다. 이 일을 안 한다고 누가 매도할 것도 아니고 다 벗어나고 싶다. 생각 속의 영적 전쟁은 끝이 없었다. 그러나 뒤돌아서려고 하면 자꾸만 붙잡고 놓아주지 않는 손이 있었다. 그리스도의 피 묻은 손이었다. 못 자국이 선명한 찢겨서 너절해진 손. 주기철 목사가 못 자국에 찔리며 모진 고문을 7년 동안 받는데 그의 귓가에 들려오는 소리가 있었다고 한다. 너마저 나를 떠나려느냐?"

그런데 P의 입에서 전혀 엉뚱한 말이 나왔다.

"동생 둘이 있는데 둘 다 장애인이에요."

사회자의 입에서 아! 하고 짧은 신음이 새어 나왔다. 그제야 모든 실마리가 풀리는 느낌이었다. 그녀는 손을 만지작거리며 떨리는 목소리로 말했다.

"저는 부모님 덕분에 그래도 대학까지는 무사히 마칠 수 있었어요. 하지만 동생들은 재활치료에다 잦은 병치레로 공부할 시간이 부족했어요. 게다가 제가 돈을 마구 써대는 바람에."

그녀의 입가에서 가는 웃음이 새어 나왔다.

"장애인 사역은 제 목표가 아니었어요. 저는 그냥 일반 목회를 하고 싶었어요. 가능하면 제 집안사정은 숨기고 싶었어요. 하지만 그렇다고 사실이 변하는 건 아니잖아요. 부모님이 돌아가시고 동생들은 결국 제 차지가 되었어요."

사회자가 고개를 끄덕이며 알 것 같다는 표정을 지었다.

"누군가 제게 장애인 시설을 맡아 달라는 제의가 들어왔을 때만 해도 피하고 싶었는데 남편이 권유하는 바람에 시작하게 되었어요."

"실례지만 남편 분 직업은요?"

"모 기업체 간부에요"

"네에?"

모두 의외라는 듯 눈동자가 달라졌다. 설마라는 표정과 함께 의심마저 서렸다.

"혹시 남편 분께서도?"

"네에?"

그녀는 모르겠다는 표정을 지었다.

"남편은 정상인이에요. 원래는 대학에서 사회복지를 전공했는데 집안의 반대로 다시 경영학을 전공했어요. 밝히기는 뭣하지만 남편의 수입 대부분이 저희 단체에 비용으로 사용됩니다. 가끔 후원회원들의 도움도 받지만 끊길 때가 더 많아요."

"세상에……."

"하지만 괜찮아요, 모자라는 부분은 시부모님이나 시누이들이 보충해 줄 때도 있어요. 모두 목회하고 계세요."

사회자 표정이 묘하게 바뀌고 있었다. 시집 하나는 제대로 잘 갔구나. 그런 목회자 집안에서 왜 사회복지를 반대했을까.

"그렇다면 왜 시댁 부모님들은 남편분의 사회복지 전공을 반대하셨을까요?"

"한마디로 고생스럽다 그거죠. 하지만 저희가 사역하면서 많은 어려움을 겪고 그로 인해 제가 몇 번인가 포기하려고 하자 그 다음부터 도와주시겠다고 나서시더라고요, 어차피 누가 해도 할 일이라면서."

그녀는 잠시 망설이는 듯하더니 결심한 듯 말했다.

"사실 제 시누이는 저랑 신학교 동기예요. 제가 신학생 시절 철없이 오지랖 떨면서 돌아다니니까 주변에 천사를 가장한 루시퍼들이 많으니까 조심하라고 끊임없이 충고하던 사람이었어요. 그때는 얼마나 야속하고 밉던지 나중에 생각해 보니까 그 말이 맞았어요. 지금은 동역자처럼 무슨 일이 생길 때마다 같이 의논하곤 해요."

"사역하시면서 가장 힘든 일이 있다면 말씀해 주시죠."

"물론 재정 문제가 힘들기는 하지만 그보다 더 괴로운 건 저희 시설 앞에 장애인들을 버리고 가는 분들이 너무 많으세요. 봉사자들도 점차 줄어드는 추세이고요."

"장애인들을 버리고 가다니요? 누가요?"

"그야 가족 분들이죠. 저한테 한 달에 얼마 주면 맡아줄 수 있느냐 타협하는 건 그래도 괜찮아요. 밤중에 몰래 휠체어에 앉힌 중증 환자를 대문 앞에 버리고 쥐도 새도 모르게 사라지는 거예요."

"그럼 그분들을 다 맡습니까?"

"법적인 조치야 하지만 결국은 우리가 맡아요. 처음에는 울고 불고 난리치지만 곧 적응해 익숙해져요. 저희가 사는 곳은 맑은 강줄기가 흐르는 북한강가에다 봄여름가을 할 것 없이 꽃구경은 맘을 놓고 할 수 있는 곳으로 경관이 수려해 봉사자들도 한번 오면 또 오고 싶어 해요."

그때 내 머릿속을 스쳐 지나가는 장면이 있었다. 언젠가 D역에서 프랑스식 버스를 환승하고 나서 지나던 강가 마을, 기도원과 장애인 복지시설 팻말과 허름한 숙소.

사회자가 마지막으로 하고 싶은 말이 있으면 하라고 하자 그녀는
안타까운 표정으로 말했다.

"장애인 가족을 버리기 전 마지막으로 한번만 더 생각해 주세요.
역지사지 심정으로요. 누구에게나 노년은 찾아오고 미래는 아무도
장담 못합니다. 사실 저도 마음 속 장애인이에요. 어린 시절부터 두
장애인 동생보고 자라면서 말할 수 없는 상처를 받았어요. 그러면서
밖에 나와서는 천사 노릇하느라 바빴어요. 사람들에게 인정받기 위
해 높임받기 위해 불철주야 노력했어요. 그런데 인정받을수록 열망
이 중독현상을 일으키면서 비난을 초래하는 결과가 되고 말았죠. 처
음에는 너무도 억울했어요. 내가 무엇을 잘못해서 비난의 대상이 되
어야 한단 말인가. 어느 날 누가복음을 읽으면서 알았어요. 사람에
게 높임을 받는 것은 여호와께 미움을 받는 것이라. 모든 사람에게
칭찬을 받으면 저주가 임한다."

그녀는 작심한 듯 말했다.

"허울 좋은 스펙을 쌓기 위한 봉사는 저희도 사양합니다. 표정만
봐도 알 수 있어요. 그분들 표정에서 엄청 부담스러워 한다는 거 우
리도 잘 알아요. 진정으로 봉사정신이 우러날 때 그때 찾아와서 함
께 봉사해 주세요. 지금까지 제 이야기를 들어주셔서 진심으로 감사
드립니다."

방송이 끝나는 순간 뭔가 마음에 찔리는 부분이 있었다. 무언가
알 수 없는 양심의 찔림 같은데 구체적인 내용은 잘 모르겠다.

선(善)에 적극적으로 동참하지 않고 뒷짐 지고 관망하는 그건 어
쩌면 비굴함인지도 모르겠다. 채널을 다른 데로 돌렸는데 이번에도
정인이 사건으로 도배를 하고 있었다.

그때 나는 많은 사람들의 공분된 의(義)를 보면서 희망을 느꼈다. 비록 방법이 거칠고 분노에 찬 말이 많았지만 그들은 모두 어린 생명에 대한 경외감(?)을 담고 있었다. 태어난 지 8일 만에 생모로부터 버림받은 가여운 생명이 선을 가장한 루시퍼 일당에게 모진 학대 속에 숨져간 고통에 모두 몸부림쳐가며 울고 있었다.

그건 바로 희망이었다. 다시는 어린 생명이 학대 속에 스러져 가는 일이 없도록 모두에게 경각심을 일으키려는 피어린 호소였다. 그 광경을 보면서 내 마음속에서 나도 알지 못하는 독소가 서서히 빠져 나가는 느낌이 들었다.

차디찬 겨울바람이 물러가고 나른한 들판에서 아지랑이가 피어오르는 어느 봄날이었다.

내가 탄 프랑스식 버스가 북한강가를 나는 듯이 달리고 있었다. 봄나물이 들판에서 뾰족이 움을 트고 있었다. 어디선가 퇴비 냄새가 풍겨왔다. 향기로운 자연의 봄 내음이 봄바람에 실려 오고 있었다. 봄마중을 가는지 수상 스키를 타는 젊은이가 광풍의 속도를 내며 달려가고, 스포츠카에서는 광풍의 음악이 파도처럼 강가를 향해 울려 퍼져 나가는 가운데 그녀가 운영한다는 장애인 시설이 점점 가까워오고 있었다. (2021년 창조문학)

노량진 갤러리

  김창순은 노량진에서만 60 평생을 살았다.

  태어나기는 경기도 평택에서 났는데 2-3살 때 서울로 입성해 둥지를 틀었던 곳이 바로 노량진이었다. 그가 어릴 적만 해도 노량진은 달동네 판잣집이 많았었다. 지금 동작 경찰서가 있는 곳에 야트막한 동산이 있었는데 사시사철 맑은 개울이 흘렀고 풀이 무성해 아이들 놀이터로 안성맞춤이었다.

  놀이터 옆에 동사무소가 있었는데 어린이 도서실도 딸려 있어 그는 방과 후면 그곳으로 달려가 동화책을 읽었다. 때는 군사정권 시절이라 물자도 부족하고 부자유스러운 분위기가 많았지만 어린 동심에는 어떤 영향도 미치지 못했다. 그는 늦둥이 어린 여동생을 들쳐업고 도서실을 찾았다가 아기가 우는 바람에 쫓겨나기도 했다.

  동네에서 조금만 벗어나면 한강이 보였다. 노량진에서 두 정거장만 걸으며 본동이 나타나는데 왼쪽으로 한강 모래사장이 보였고 해마다 국군의 날이면 그것에서 폭격 훈련이 이어지곤 했다. 천지를 뒤흔드는 폭음에 심장이 멎을 뻔한 적도 여러 번 있었다.

  동네 어른들은 한강으로 낚시를 가면서 아이들에게는 따라오지 말라며 엄포를 놓기도 했다. 하지만 그는 동네 조무래기들과 함께 몰래 뒤따라가 한강 모래사장을 뒹굴며 놀았다. 어른들은 물고기를 잡는 체하며 사실은 술추렴하기에 바빴다. 어쩌다 피라미 하나 낚은 걸 대물이나 낡은 것처럼 뻥치기도 했다.

　김창순은 학교에서 돌아오면 어린 여동생을 업고 친구들과 놀이하기에 바빴다. 여동생은 그의 등에다 수시로 오줌을 싸댔고 그는 친구들에게 놀림 받느라 얼굴이 벌게졌다. 집안은 가난하여 늘 먹을 것이 귀했고 그건 동네 사람들 모두 마찬가지였다.

　이웃 동네에 사는 현철이네 말고는 모두 가난을 면치 못했다. 당시 현철이네는 2층 대리석 건물에다 고급 승용차와 식모도 두고 살고 있었다. 들리는 소문에 의하면 현철이 아버지는 대학교 교수라 했고 또 방송에 가끔 출연하는 유명인이라 했다.

　현철이는 밑으로 여동생과 남동생이 있었는데 모두 근처에 있는 대학교 부설 사립 초등학교에 다녔다. 당시는 국민학교 그 이전에는 소학교라 불렸다. 보통 공립 초등학교는 사복을 입는 데 반해 사립 초등학교는 교복을 입었고 스쿨버스를 타고 통학을 했다. 그 애들은 잘 먹어 얼굴이 뽀얗고 예뻤다. 여자애들은 한겨울에도 꼭 치마를 입고 다녔고 옷도 백화점에서만 사 입었다. 그리고 창순이 또래가 타는 썰매 대신 스케이트를 타고 놀았다.

　55년 전. 노량진역 맞은편으로 중앙시장과 방직공장이 있었다. 하얀 연기가 피어오르는 굴뚝 뒤로 상상 꼭대기 달동네가 형성돼 있었는데 시커먼 개천물이 꼭대기서부터 흘러내리고 있었다. 가파른 비탈길 위에 바람만 불면 휙 날아갈 것 같은 루핑을 얹은 판잣집들이 다닥다닥 붙어 있었다.

　그 산꼭대기 정상에 올라서면 온 동네가 환히 내려다보이는데 그곳에 창순의 초등학교 동창 김영미가 살고 있었다. 그녀가 사는 집은 절벽 같은 곳에 담장도 없이 아궁이와 방이 곧바로 연결된 허름한 판잣집이었다. 집은 찢어지게 가난해도 마음은 한없이 순하고 착한 아이였다.

얼마나 가난한지 영미의 언니는 14살 어린 나이에 편물공장에 다니고 있었다. 영미 역시 초등학교 졸업장이 최종 학력이었다. 영미는 중학교도 가지 못하고 느슨한 고무줄 치마를 입고 집안일을 했다. 엄격한 어머니 밑에서 말대꾸 한번 못하고 그저 예예로만 일관했다.

중학생이 되어 우연히 그 길을 지나던 중 창순은 그녀와 맞닥뜨린 적이 있었다. 그녀는 창순의 교복을 물끄러미 쳐다보며 눈물을 흘렸다. 어색한 분위기에 서로 말없이 돌아섰지만 그 일은 내내 아픔이 되었다. 뭐라고 말 한마디쯤 했을 법한 데도 둘은 눈만 마주본 체 뜻 모를 메시지만 교환했다.

영미는 그때 무슨 생각을 했을까. 그때 흘린 눈물의 의미는 무엇이었을까. 가난이라는 그 참혹한 현실이 피부에 와 닿는 순간이었다. 당시 영미의 아버지는 폐결핵 중증환자였던 걸로 기억된다. 기침 소리가 방 밖에까지 계속 들려오고 있었다.

영미는 흔한 소풍 한번 가지 못했고 월사금도 내지 못해 집으로 쫓겨간 적도 여러 번 있었다. 성격도 또래 아이들과 달리 온순하고 순종적이었다. 어른들 말이라면 무조건 예라고 했고 전혀 말대꾸하지 않았다. 그리고 다른 아이들은 다 엄마 아빠라고 하는데 영미만 유독 어머니 아버님이라고 말해 한바탕 웃던 기억이 난다.

집안은 가난해도 엄격한 부모님 밑에서 제대로 된 예절교육을 받았지 않았나 싶다. 영미가 사는 집 꼭대기에서 눈을 왼쪽으로 돌리면 도도히 흐르는 한강물을 바다처럼 볼 수 있었다. 또 비탈길을 따라 내려가면 영본 시장이 나왔고 곧바로 흑석동으로 연결되었다.

오른쪽 비탈길로 내려가면 상도동으로 통했다. 지금은 상도터널이 뚫렸는데 그 옆 골목으로 빠지면 그 유명하다는 YS 김영삼 대통령 사저가 나온다. 지금은 그 터널 옆에 김영삼 도서관이 우뚝 서 있다. 초등학교 5학년 때 YS가 사는 골목길에 있는 초등학교로 음악 경시대회 나간 기억이 난다.

창순은 초 중학교를 노량진 인근에서 마쳤고 고등학교와 대학은 한강 다리를 건너다녔다. 고등학교는 지금의 강남이라 할 수 있는 혜화동으로 진출했다. 처음으로 한강을 건너 번화가로 진출하자 신세계가 펼쳐진 것 같았다. 창순이 고교 입시를 치르기 두 해 전 입시제도가 바뀌었는데 대통령 아들과 관련이 있다는 소문이 돌았었다.

그 이전까지 창순도 일류 고등학교를 가라는 집안의 압력을 어지 간히 받았었다. 뺑뺑이 추첨을 통해 진학한 고등학교는 초 중등학교 때와는 달리 부잣집 아이들이 상당히 많아 빈부격차를 실감케 했다. 지금과 마찬가지로 당시에도 입시 경쟁은 치열했다.

천재는 1퍼센트의 두뇌와 99퍼센트의 노력으로 이루어진다는 허황된 말이 유행하던 시절이었다. 그는 왜소한 체격에 도시락을 두 개씩 싸들고 다니면서 공부했다. 새벽에는 학원에 가서 강의를 들었고 방과 후에는 학교 도서관에 남아 피터지게 공부했다.

그의 부모는 새벽 장사 다니면서 장남의 공부를 뒷바라지했고 말 끝마다 장남의 의무를 강조했다. 어린 나이에 무거운 짐을 어깨에 매단 채 공부에 치어 죽기 직전이었다. 입만 열면 가문 운운하고 일류대학을 외치는 부모가 너무나 원망스러웠다.

현실도 모르고 주워들은 이야기만 하면서 대리만족까지 추구하고
있었다. 그가 일차 대학에 낙방했을 때 실망을 넘어 분노하던 부모
의 모습은 창순의 가슴에 평생 한을 남겼다. 자식이 당한 아픔이나
상처는 전혀 염두에 두지 않고 악담을 퍼붓던 그의 부모는 그가 먹
은 밥알까지 계산하며 아깝다고 했다.

그는 자리에 몸져누웠는데 그마저 못마땅하게 여기며 외면했다.
그는 주저 없이 후기 대학을 지원했고 합격했다. 장안에서 내노라
하는 공과대학이었다. 어디서 들었는지 입이 귀까지 걸린 부모는 처
음으로 아들 등을 두드려 주면서 애썼다고 말했다.

그가 다닌 대학은 공과대학으로 유명했는데 데모가 끊이지 않고
발생했다. 총장이 부패의 주범으로 알려져 있었는데 그의 부인은 이
사장으로 더 많은 권력을 가지고 있다고 했다.

총장은 원래 출신이 빈한한 가정이었는데 일제 강점기 때 그의 비
상한 두뇌를 감지한 장인이 사위로 삼으면서 팔자가 폈다고 한다.
장인은 그를 대학과 일본유학까지 보내고 실물 경제를 가르치고 학
교를 설립하는데 막대한 재원을 마련해 주었다.

학교가 번성함에 따라 장인은 자기의 딸을 이사장으로 앉혔고 실
제 모든 재산권은 딸 앞으로 돌려놓았다. 창순이 대학 들어갈 당시
만 해도 동네에 대학생은 흔치 않았다. 대부분 고졸이거나 그마저
못한 국졸로 끝난 집안도 많았다. 어린 시절 그가 학교 공부를 마치
고 돌아오면 동네 어른들은 평상에 둘러앉아 술을 마시거나 화투를
쳤다.

가장이 실업자인 경우가 많았고 매일같이 부부싸움 하느라 날밤
새는 집도 많았다. 창순의 옆집에 사는 경남이 아버지는 오랫동안

실업자로 방구들 신세만 지다가 어느 날 일을 시작했는데 기계틀에
다 분말 가루를 넣고 용기를 찍어내는 일이었다.

손잡이가 달린 커다란 기계 틀(몰딩)에다 분홍이나 파랑색 분말을
넣고 오른팔로 기계를 홱 꺾어 돌리면 뜨거운 열기에 의해 일정한
모양의 용기가 만들어졌다. 그것은 곧 큰 박스에 담겨 어디론가 납
품이 되었는데 반찬 그릇이나 도시락 용기로 포장되어 시장에서 판
매되었다.

때로는 플라스틱 숟가락이나 포크 젓가락이 되어 밥상에 오르기
도 했다. 그러던 몇 년 후 경남이 아버지는 몸져눕고 말았는데 용기
를 만들 때 분말 가루를 흡입하면서 생긴 병이라고 했다. 당시로서
는 흔치 않은 암이었다.

창순은 태어나면서 지금까지 노량진을 벗어나 살아본 적이 한 번
도 없었다. 딱 한번 이사한 적이 있었는데 그것도 노량진 관내에서
였다. 창순은 초등학교 시절 집에서 500미터쯤 떨어진 노량진역에
간 적이 있었다. 동네 꼬마들과 놀다 보니 어느새 발길이 닿은 곳이
역사였다.

당시만 해도 노량진 역사는 호남선 열차가 정차하던 간이 기차역
이었다. 잿빛 기와지붕에 펌프가 있는 아주 낡은 역사였다. 그리고
역사 앞 찻길에는 당시에 운행하던 전차가 있었다. 차도 한복판에
전차가 지나가는데 얼마나 승객이 많은지 미어터질 지경이었다.

전차는 운전기사가 종을 댕댕 치는데 그게 출발 신호였다. 해마다
한강에 물난리가 나서 홍역을 치른 적도 여러 번 있었다. 범람한 한
강물이 역사는 물론 창순이 살고 있는 동네를 반이나 잠식하고 멀리
흑석동까지 물이 들이닥쳐 수많은 수재민이 발생했었다.

그러더니 어느 날 기차 역사는 전철 역사로 바뀌고 교통수단의 대
혁신이 일어나면서 조금이나마 숨통이 트이는 듯했다. 노량진은 일
제 강점기 때는 경기도 시흥군이었다가 해방이 되면서 서울로 편입
됐는데 창순이 중학교 다닐 때만 해도 영등포구였다가 관악구로 다
시 동작구로 바뀌었다.

그에 따라 선거구도 여러 번 바뀌었다. 해가 갈수록 교통이 발달
하면서 인구가 증가했기 때문이다. 40여 년 전 혜화동은 지금의 압
구정동과 같았다.

정부 요원들이 가장 많이 살고 있었는데 창순이 다니는 학교와 담
장 하나 사이로 내무부 장관이 살고 있어 눈길도 주지 말라는 명령
이 떨어지곤 했었다. 학교 진입로에 장면 총리 생가가 있었고 봄이
면 진입로에 벚꽃이 만개해 한 폭의 풍경화를 연상케 했다.

어느 날 창순은 하교 길에 초등학교 동창인 영실이를 만났다. 영
실은 그가 다니는 바로 이웃 여자고등학교에 다니고 있었다. 그 사
실을 입학하고 나서 한 달쯤 되어서야 알았다. 마침 벚꽃이 혜화동
일대를 덮으면서 꽃잎이 눈처럼 펄펄 날리던 봄날이었다.

봄 향기에 취해 정신없이 걷고 있는데 누군가 다가와 반갑다며 가
슴을 턱 쳤다. 문득 정신 차리고 보니 영실이었다. 허리에 주름을
넣어 바짝 조여 맨 감색 교복을 입은 그녀가 창순을 향해 반갑다며
활짝 웃고 있었다. 예뻤다. 물오른 벚꽃처럼 싱그럽고 아름다운 모
습이었다.

"너 ○○고등학교 다니는구나."

영실이가 그의 교모를 보고 말했다. 이상하게 가슴이 설렜다. 그
녀의 부푼 가슴이 자꾸만 눈에 들어왔다. 어릴 때와 달리 그녀는 성

숙한 여인의 자태를 하고 있었다. 몸매가 육감적이었고 볼 한 가운데 보조개가 패여 웃을 때마다 애교가 넘쳤다.

영실이와 창순은 초등학교 입학할 때부터 4학년을 제외하고는 줄곧 한 반에서 공부했다. 집도 바로 윗동네에 살아 집안끼리도 서로 잘 알고 지내는 터였다. 그녀의 가족은 넓은 마당과 한겨울에도 찬물 더운물이 나오는 양옥집에 살았는데 아버지는 고위 공무원이었다.

영실이는 곱상한 외모에 애교가 많았는데 공부는 중간치를 밑도는 수준이었다. 언젠가 동네 아줌마들끼리 이야기하는 소리를 들었는데 5살 때 친척을 통해 입양됐다고 했다. 또 다른 아줌마는 영실이는 아버지가 밖에서 낳아온 아이라고 했다.

어쨌거나 영실이는 가족의 사랑을 받고 자랐다. 제 친부모 밑에서 구박받고 자라는 아이보다 훨씬 유복하게 자라 일찌감치 시집을 갔다. 그녀는 보조개가 패인 얼굴로 자꾸만 웃었다. 버스 정류장 맞은편으로 극장이 보였다. 그녀가 극장 간판을 손으로 가리키며 말했다.

"우리 영화 볼래?"

'에덴의 동쪽' 당시 유행하던 영화였다. 외국 영화배우가 그려진 간판은 호기심을 유발하기에 충분했다. 창순은 속으로 생각했다. 여기서 봤다간 당장 훈육주임한테 들킬 텐데. 더구나 지금은 교복 입은 상태이고. 차라리 충무로 가서 '사관과 신사'를 보자고 할까.

당시 풍습으로는 남녀 고교생이 교복 입고 영화관에 출입하는 건 날나리들이나 하는 짓이었다. 누군가의 눈에 띄기라도 하면 교무실에 불려가 혼쭐 날 일이었다. 그럼에도 그는 영실이에게 충무로로

가자고 제안했다. 영실이는 눈을 동그랗게 뜨더니 좋아라고 응수했
다.

그날 둘은 버스를 타고 충무로로 갔다. 영화 간판으로 도색한 거
리는 황홀하리만치 운치가 있었다. 스카라 극장에서 '사관과 신사'가
상영되고 있었다. 둘은 누구랄 것 없이 극장에 들어섰다. 교복 입은
모습을 보고도 매표원은 말없이 들여보냈다.

화면에 자막이 들 때마다 둘은 숨죽여 글자에 주목했고 몰입했다.
극장을 나온 뒤 둘은 충무로 거리를 걸으며 장래의 꿈을 이야기했
다. 영실이는 사고방식이 단순했다. 장래의 꿈이 무엇이냐고 물었을
때 현모양처라고 대답했다. 한심했다. 그것도 꿈이냐고 했더니 자신
은 할 줄 아는 게 아무것도 없다고 했다.

그때 어른들이 하던 말이 생각났다.

'영실이는 개구멍받이라더라. 근본을 알 수 없어 누구 씨인지, 뻐
꾸기 알인지.'

하지만 그게 무슨 상관이람. 그녀는 누구보다 행복하고 유복해 보
이는 걸. 돈 한 푼이 없어 절절매는 친부모 밑에 살다가 상급학교
진학도 못하고 공장으로 생활전선으로 내쫓기는 아이들도 상당수로
많은데 그에 비하면 영실이는 행운아였다.

학기가 바뀌고 거리에 낙엽이 깔리는 가을날이었다. 친구들과 창
경궁 앞을 지나는데 낯익은 목소리가 들려왔다. 고등학생 커플이었
다. 대담하게 둘은 손까지 잡고서 데이트 중이었다. 허리가 잘록한
여자애는 말할 때마다 남자애의 어깨를 주먹으로 때리며 웃었다.

남자애도 키가 헌칠하고 잘생긴 편이었다. 그들이 돌담을 지나 비
원 쪽으로 향할 때였다. 창순은 여자애가 궁금해 일부러 그들 곁으

로 지나가며 흘끔 보았다. 그때였다. 둘의 입가에서 동시에 탄성이
터져 나왔다.

"영실아!"

"창순아!"

옆에 서 있던 남자애도 같이 말했다.

"창순이, 너 우리 초등학교 동창 맞지?"

셋은 길거리에서 큰소리로 웃으며 말했다. 세월이 인연이라는 게
묘했다. 이렇게 한꺼번에 만나다니. 그날 셋은 비원 돌담길을 돌아
가을을 만끽했고 안국동에서 화랑 구경을 하다가 귀가했다. 그때 만
난 초등학교 동창 민욱이는 나중에 지역구 국회의원이 되었다.

민욱이는 현철이 여동생과 결혼했는데 장인의 뒷배가 좋았다고
했다. 영실이는 고등학교를 졸업하고 경기도에 있는 전문대학에 입
학했는데 공부는 뒷전이고 연애만 골몰하더니 졸업하자마자 결혼했
다. 그 후 3년 만에 이혼했다는 소식이 들려왔는데 그 이유가 황당
했다.

그녀의 출신 배경을 안 시집에서 그것을 꼬투리 삼더니 과거의 행
실도 문제 삼았던 모양이다. 그녀의 연애 경력이 워낙 화려한 데다
혼수 문제도 거론됐다고 한다. 그러나 근본적인 문제는 남편이 그녀
에게 싫증을 느낀 나머지 잦은 구타를 했다고 한다.

당시만 해도 이혼은 흔치 않던 시절이었다. 남자에게는 조강지처
여자에게는 일부종사란 개념이 뿌리박힌 시대였다. 온몸이 만신창이
가 돼 친정으로 쫓겨간 영실은 집안의 수치가 되어 구박을 면치 못
했다. 딸린 자식이 없는 것만으로 천만다행이란 표현으로 그녀는 재
혼을 생각하고 있었다.

흔한 자격증 하나 없이 졸업장 하나 달랑 들고서 맨몸으로 시집을 갔으니 신세가 딱하게 된 것이다. 들려오는 소문에 의하면 그녀로 인해 영실이 부모님은 이혼 직전까지 갔었다고 한다. 영실이 밑으로 남동생이 있었는데 그애 역시 혼외 자식이었다.

영실이와 다른 점은 아빠의 친자가 맞는데 영실이는 전혀 피 한방울 안 섞인 남이라는 것이었다. 그러니까 영실이 엄마는 친자녀가 없는 계모였던 것이다. 젊은 때는 자식 못 낳은 죄로 성실하게 의붓자식을 키웠지만 세월이 지나자 태도가 달라지기 시작했다.

의붓자식들한테 향하던 돈과 관심이 자신에게 쏠리면서 이기적으로 돌변한 것이다. 이혼한 지 일 년 만에 영실은 재혼했다. 애 둘 딸린 홀아비였는데 지독한 수전노였다고 한다. 꼭 필요한 생활비 외에는 단 한 푼도 그녀에게 주지 않고 집 밖으로는 발그림자도 내비치지 못하게 했다.

심지어 반찬거리나 옷가지도 직접 제 손으로 사들고 왔다. 영실에게는 자식들 유모 노릇이나 잘하라며 아예 식모 취급을 했다. 그러더니 어느 날인가부터 친정에 가서 사업 자금 좀 융통해 주라고 볶아대기 시작했다. 사업이 어렵다는 건 새빨간 거짓말이었다.

처갓집 재산을 빼내기 위한 수작이었다. 영실이 부모님은 단번에 거절했다. 그러자 아내를 구타하기 시작했다. 그는 영실이가 이혼 못 할 거라는 걸 알고 있었다. 그래서 더 심하게 닦달했고 노예처럼 대했다. 영실이는 자신의 처지를 한탄하다 술 중독에 빠졌는데 그걸 몰래 본 전처 아들이 제 아빠에게 이르는 바람에 그녀는 무수한 치도곤을 당했다.

참다못한 영실이가 이혼 카드를 꺼내 들었을 때 남편은 몹시 당황했다고 한다.

설마 니가…….

그러면서 위자료는 한 푼도 줄 수 없으니 맨몸으로 나가라 했다. 그때 영실이는 임신 3개월이었다. 그녀는 아이를 지워야 하니 중절 수술비라도 달라고 했다. 그러나 남편은 니 아이니까 니가 알아서 하라고 했단다. 그녀는 친구들의 도움으로 중절 수술을 했고 맨몸으로 집을 나왔다.

이후에 들은 소식은 이러했다. 영실의 전 남편은 영실이가 집을 나가기 전부터 술집 마담의 꾀임에 빠져 전 재산을 투자하고 있었는데 어느 날 몽땅 사기당하고 말았다. 그런데도 그는 술집 마담이 일부러 사기 친 게 아니고 그녀 역시 지인에게 속수무책으로 당했다고 주장했다.

끝까지 술집 마담을 감싸고 돌던 그는 있던 집마저 날려버리고 그녀와 살림을 합쳤다. 한 마디로 미친놈이었다. 술집 마담은 전처 자식들을 굶기고 구박했다. 아이를 임신했지만 모두 유산했다. 그녀는 아이를 잃자 실성해 다시 술집을 나가기 시작했고 그에 광분한 남편은 음주운전을 하다 교통사고로 급사했다.

그런데 우스운 건 영실이의 태도였다. 그런 것도 전 남편이라고 장례식장에 찾아가 울고불고 난리를 쳤던 모양이다. 전처 자식들은 그녀를 보고도 쭈뼛거리며 인사도 안 했다. 술집 마담은 건질만한 재산이 하나도 없는 걸 알고는 장례식도 치르지 않고 도망쳤다.

남겨진 아이들은 친 외삼촌에게 맡겨졌다가 다시 보육원으로 쫓겨 갔다. 영실이는 한동안 반쯤 실성한 듯 지내다가 일본으로 건너 갔다. 일본에 생모가 살고 있다는 소식을 듣고 무작정 간 것이다.

정신이 반쯤 나간 상태로. 이후 그녀의 소식은 뚝 끊겼다. 그런데 창순의 마음속에 그녀에 대한 연민의 정이 자라고 있었던 모양이다.

가끔씩 길을 가다 영실에 대한 생각이 문득문득 떠오르는 것이었다. 노량진은 해가 갈수록 변신을 거듭했다. 창순이 고등학교를 다닐 무렵 입시학원이 생기더니 나중에는 역 근처가 학원가로 변했다. 유명하다는 입시학원이 줄을 잇더니 그에 따른 음식점과 하숙집 공부방이 생겨났다.

지방에서 올라온 재수생들이 기거할 곳이었다. 그러더니 학원가를 비집고 취준생들을 위한 학원이 우후죽순처럼 생겨나기 시작했다. 각종 공무원 학원과 요리학원 순위고사를 위한 임용고시학원과 함께 컵밥거리도 생겨났다. 골목골목마다 저가의 음식점과 공부방들이 차지하더니 나중에는 주택가 거의 대부분이 고시텔 원룸으로 바뀌기 시작했다.

그러나 인터넷 온라인이 성행하면서 차츰 유동인구가 줄기 시작했다. 굳이 노량진까지 진출하지 않고도 온라인으로 학원 수강이 가능해지면서 지방에서 유입되던 인구가 줄어든 것이다. 한때 노량진은 신림동과 더불어 고시텔 일색인 적이 있었다.

사법고시와 국가고시를 위한 수험생들이 열공하면서 많은 합격자가 나왔기 때문이다. 그러나 사법고시가 폐지되고 수험생들이 떠나면서 집세는 폭락했고 매물도 줄었다. 그나마 신림동쪽은 태세에 대비해 가격을 낮추어 활로를 찾았는데 노량진은 끝끝내 집세를 내리지 않고 고집을 부리는 바람에 아예 매물조차 끊겼다.

창순은 왜소한 체격에다 소심한 성격이라 연애도 제대로 못해 보고 순진무구 그 자체였다. 그런 그가 대학 시절 낭만을 꿈꿀 수 있었던 것은 미팅에서 만난 현정 때문이었다. 그녀는 동숭동에 있는 교대에 다니고 있었다. 현정은 키가 작고 수줍음이 많은 듯 보였지만 한편으론 욕심이 많고 당찼다.

사귄 지 일 년쯤 되었을 때 졸업해 초등학교 교사 발령을 앞두고 있었다. 당시만 해도 교대는 2년제였다. 자신과 교사는 잘 맞지 않는다며 교대를 지원한 것에 대해 후회하는 말도 했다. 그리고 자신은 누구보다 현실적이고 이기적이라는 것을 은연중 나타내기도 했다.

그렇지만 창순은 오히려 그런 그녀의 태도가 좋았다. 자신에게는 없는 당당함과 굳건한 자신감이 마음에 들어 절절 매다시피 그녀에게 이끌려갔다. 발령을 기다리던 그녀는 서울에 이미 티오가 꽉 차 있어 경기도 외진 곳으로 갈 수밖에 없었다.

서울을 떠나 낯선 타관에 머물자 이질감과 함께 두려움을 호소했다. 공교롭게도 그녀가 발령받은 곳은 동두천 근처에 있는 도서벽지형 학교였다. 덕분에 수당은 늘었지만 시골 정서가 맞지 않는다며 자주 그만두고 싶다고 했다. 또 집안에서 매일 맞선 보라고 성화한다고 암시 섞인 말도 했다.

그 말을 듣고도 창순은 아무 말도 하지 못했다. 자신은 나머지 학기도 다 마쳐야 하고 군대도 갔다 와야 하고 또 부모님과 동생들도 책임져야 했다. 자신보다 어린 남동생들은 중학교 고등학교 재학 중이었고 어린 여동생은 이제 막 초등학교 3학년이었다.

부모님은 그에게 장남으로서 책임감을 강조했는데 그 이야기를 들을 때마다 그는 어깨가 반은 늘어난 것 같았다. 특히 막내 여동생에 대한 책임감을 강조했는데 이유는 간단했다. 너무 어리다는 것이었다. 여동생은 초등학교에 들어가서도 여전히 어린 아기였다.

학교에만 다녀오면 가족들이 아기처럼 업어주고 떼를 써도 달래주기만 했다. 숙제도 오빠들이 달려들어 모두 해주었다. 그는 군대 가기 전까지 막내 여동생 용돈 주랴 숙제 해주랴 바빴다. 때로는 말도 태워 주고 팔 그네도 태워 주어야 했다. 어쩌다 그 이야기를 현정한테 한 적이 있었는데 그녀는 눈을 동그랗게 뜨더니 이해가 안 간다는 표정을 지었다.

창순은 현정을 좋아했지만 섣불리 프러포즈할 수 없었다. 그녀는 그런 창순의 소극적인 태도를 내내 못마땅해 하다가 그가 군대 간 사이 결혼해 버렸다. 그리고 기다렸다는 듯이 교직도 사표 내 버렸다. 자신과 교직은 처음부터 맞지 않았다고 한다.

교사 재직 3년을 못 채웠기에 그녀의 교사 자격증은 저절로 취소되었다. 그녀의 남편은 재력 있는 집안의 차남이었는데 보통 여자와 달리 당차고 도도한 그녀의 태도가 마음에 들어 만나자마자 청혼부터 했다고 한다. 현정이 아이들 가르치느라 다리가 아프다고 하자 당장 그만두라고 해 그녀는 내친 김에 시골 생활을 정리하고 왔다고 한다.

창순은 군대에 있는 동안 그녀가 결혼한 사실에 대해 전혀 알지 못했다. 그녀가 결혼한다는 편지가 도착하자 군 검열단에서 없애버리고 전해주지 않았기 때문이다. 어쩐 일인지 휴가를 신청해도 받아들여지지 않았다. 혹시나 그가 충격을 받아 탈영이라도 할까봐 미리 차단해 버린 것이다.

제대한 다음 현정의 소식을 들었을 때 처음엔 어리벙벙한 느낌이었다. 짐작 못한 건 아니었지만 충격적이었다. 누구보다 이기적인 그녀가 결혼을 쉽게 결정했을 리가 없었다. 어지간히 대단한 상대였던 모양이라고 생각했다. 창순은 복학해 나머지 학기를 마치고 취업했다.

그리고 오로지 가족들을 위해 헌신했다. 특히 막내 여동생의 대학 진학을 위해 물심양면 힘썼다. 시험 때면 꼭 붙어 앉아 시험공부를 도왔고 어떤 전공과목을 택해야 할지에 대해서도 심각하게 고민했다. 그러한 그를 가족들은 너무나 당연하게 여겼고 여동생도 마찬가지였다.

창순은 남동생 둘 다 군대 마치고 취업할 때까지 학비를 혼자 감당했고 여동생이 대학 들어가 졸업할 때까지 결혼도 늦췄다. 결국 그는 삼십대 중반이 되어서야 회사 내 동료와 결혼했다. 그리고 가족의 반대를 무릅쓰고 결혼과 동시에 분가했다. 이제 내 책임 다 했으니 홀가분하게 살고 싶다고 대놓고 말했다.

남동생들한테 부모님 생활비를 공동 부담하자고 요구했다. 장남으로서 당연히 할 일을 해놓고 생색내는 거냐며 가족은 모두 쓴소리를 했다. 그때 여동생이 나서서 일을 무마시켰다.

"이젠 오빠도 좀 편히 쉬게 내버려 둬, 그만큼 울궈먹었으면 됐지 또 뭐가 모자라서 난리야?"

여동생만큼은 오빠에게 받은 사랑을 잊지 않고 있었다. 사실 주변에 보면 자신만큼 여동생을 애지중지하는 친구도 없었다. 그런데도 가족들은 너무도 당연히 여겼다.

하나밖에 없는 제 여동생한테 그만큼도 못해? 창순은 신혼생활을 임대 아파트부터 시작했다. 아끼고 모은 돈으로 부은 청약주택이었다. 이후로는 아내와 자식만을 위해 살았다. 부모님은 섭섭해 하는 눈치였지만 손주가 태어나자 태도가 백팔십도 바뀌었다.

"제사 지내 줄 장손이 태어났구먼."

아이가 할아버지를 꼭 빼어 닮았다며 좋아 어쩔 줄 몰라 했다. 아내는 둘째로 딸을 출산했고 아이들 교육비 핑계로 맞벌이를 시작했다. 자연히 아이들은 노부모 차지가 되었다. 생활비를 갑절로 올려 보내주었고 평생 헤매던 돈 걱정에서 벗어난 때문인지 좋아라 했다.

아이들이 자라 중 고교에 진학할 무렵 역 근처에 컵밥 거리가 생겨나기 시작했다. 아이들은 그때부터 집밥 대신 매식을 좋아했는데 특히 컵밥을 좋아했다. 3000원에 계란 프라이와 고기 야채가 섞인 일품 요리 맛이 좋다는 것이었다. 취준생 언니 오빠들 틈 사이에 끼어 먹는 맛이 꿀맛이라고 했다.

아이들은 제 엄마를 닮았는지 욕심이 많았다. 특히 경쟁심이 강했는데 지고는 못 견디는 것이 외가 쪽을 닮아 있었다. 한번은 장인이 시의원 선거에 나선 일이 있었는데 온 집안이 출동해 난리가 났다. 아내의 가장 큰 걱정이 떨어지면 어떡하나였다.

장인은 일찍부터 재리에 밝아 부동산 쪽에 많은 투자를 하고 있었다. 그 아끼고 아낀 재산도 선거운동을 위해 대출 받아 썼다. 정당을 잘못 택한 탓인지 장인은 시의원 선거에 떨어졌다. 심심하면 아내에게 건너오라고 하고는 장탄식을 늘어놓았다.

시대와 상황이 바뀌었는데 옛날 사고방식만 주장했으니 떨어진 게 당연했다. 그런데도 아내는 끝내 장인 편만 들었다. 창순이 회사에 입사해 정상적인 승진 코스를 거치는 동안 세상은 이념과 가치관의 대혼란이 일어나고 있었다. 평생직장이 사라지고 명퇴 황퇴 바람이 불면서 승진이 가장 큰 퇴출의 원인이 되었다. 호봉이 높을수록 회사에서 잘리는 일 순위가 된 것이다.

일반 직원과 달리 간부직은 노조가 없어 어느 날 갑자기 백수가 되어 길거리로 쫓겨났다. 나이대로 보았을 때 그들은 모두 창순과 같은 베이비붐 세대였다. 전후(戰後) 가난한 세대에 태어나 범생이로 살아온 죄라곤 성실밖에 없는 중년 남자들이 퇴출 대상이 되어 마구 길거리로 내몰리고 있었다.

다자녀 시대에 태어나 가족의 생계를 어깨에 짊어지고 노부모 봉양하고 자녀 교육에 온몸 부서져라 일해 온 결과 치고 너무 처참했다. 누군가 말했다. 창순과 같은 세대를 가리켜 샌드위치 세대 7080 세대 베이비붐 낀 세대라고.

여자들도 마찬가지였다. 층층시하 시부모 시집살이에 봉제사까지 자녀 양육에 세월 바쳐 봉사하다가 마지막에 버림받는 시대라 했다. 이제 더 이상 시부모 노후를 책임지는 세대는 안 나타날 테니까. 창순이 젊었던 시절만 해도 제사 지내줄 아들은 필수 요소였다. 하지만 세상은 디지털 인공지능이 진화하면서 해가 갈수록 일자리가 줄어들면서 출생인구도 감소했다.

그뿐 아니라 비혼이란 신종단어가 생겨나면서 아예 대세처럼 굳어지기 시작했다. 이젠 자식들에게 결혼하란 말도 함부로 하면 안되는 시대가 된 것이다. 더 나아가 캥거루족 니트족이란 신종단어가 생겨나면서 다 늙어서도 자식들 뒷바라지에 허리가 휜다고 했다.

또 결혼한 자식들이 맞벌이를 핑계로 손주를 키워 달라고 데려오면 어쩔 수 없이 맡았다가 온몸의 관절이 통증을 일으킨다고 했다. 그는 아이들과 대화할 때마다 엄청난 세대 차이를 경험했다. 요즘 젊은 세대는 희생이란 단어를 몰랐다. 왜 희생을 해야 하냐며 말도 안 되는 소리라고 일축했다.

제 한 몸 편하면 그만이라고 생각했다. 미래에 대한 포부는 아예 없었고 도덕관념도 희박했다. 가장 충격적인 건 연애나 결혼에 대한 생각이 전혀 없었고 부모의 미래에 대해서도 아예 무관심했다.

하긴 제 앞길 헤쳐 나가기에도 힘든 세상이다. 낭만이 사라진 대학은 취업 준비소로 전락했고 인성(人性)은 더 사막화되었다. 요즘 대학생들은 연애를 하지 않는다. 스펙 쌓기에 바쁘고 주머니 사정이 좋지 않기 때문이다.

어느 날 그는 깜짝 놀랄 기막힌 소리를 들었다. 아들과 딸이 동시에 비혼(非婚)을 선언했기 때문이다. 그는 너무 충격을 받아 쓰러지기 일보직전이었는데 그 뒤에 나온 말이 더 기가 막혔다. 금수저가 아니라는 게 원인이었다. 순간 창순은 억울하다는 생각이 들었다. 젊어서는 부모와 동생들 뒷바라지에 흔한 외국여행 한번 안 가본 자신이 아니었던가.

평생을 가족을 위해 헌신했는데 그 마지막 희망인 자식들이 금수저 타령을 하다니? 왜 요즘 젊은 층들이 비혼과 출산을 꺼려하는지 알 것 같았다. 부모가 들으면 기함할 소리를 하고 나더니 요즘 세상에 자식이 무슨 소용이냐고 했다. 제 부모가 할 소리를 지들이 하고 나서 재미있다는 듯이 웃었다.

저런 걸 손주라고 제사 지내줄 장손이 태어났다고 기뻐하던 부모의 모습이 생각나 눈물이 흘렀다.

"아빠 왜 울어?"

딸은 의외라는 듯 눈을 동그랗게 뜨고 물었다. 그러자 아내가 옆에서 말했다.

"그래, 그것도 건강하고 돈 있을 때 이야기지 늙어 봐라. 꼭 독신이 좋은 것만은 아니다."

"돈만 있으면 다 해결되는 거 아냐? 요즘은 돈 없으면 장례도 못 치르고 납골당도 못 들어가."

영악한 젊은 것들은 모든 걸 돈으로 해결하려 든다.

"그래도 좋은 짝 만나 봐라. 결혼 안 시켜준다고 난리칠 걸."

"그렇지도 않아. 결혼했다가도 이혼하는 커플이 얼마나 많은데? 미래도 불투명한 결혼을 뭐 하러 해? 그냥 내 마음 편하고 즐거우면 그만이지."

"그래도 한번 해보고 나서 후회하는 건 어떨까?"

"엄마는 맨날 기운 없다, 뼈마디가 쑤시고 아프다고 하면서 그런 말이 나와?"

딸은 고개를 흔들더니 핸드폰에서 신호음이 울리자 재빨리 제 방으로 들어갔다. 눈치를 보면 분명히 사귀는 남자가 있는 것 같은데 한사코 결혼은 않겠다니 알다가도 모를 일이었다. 세월 따라 사고방식도 변해야 하는데 이상하게 그것만큼은 잘 되지가 않는다.

친구들이 모일 때마다 노후대책에 대해 이야기하던 기억이 떠올랐다. 자식한테 올인하지 말고 각종 노후대책 하나쯤은 들어 주어라. 특히 실비보험은 필수로 들어 놓아야 늙어서도 찬밥 신세 면한다. 그러면서 하나같이 하는 말이 우리만큼 불쌍한 세대도 없다며 눈물을 글썽였다.

점점 퇴직할 시기가 다가오는데 그는 자리에만 누우면 걱정으로 잠을 설쳤다. 다행히 승진 기회를 놓쳐 이사(理事)까지는 오르지 않은 게 얼마나 천만다행인지 몰랐다. 퇴근 후 거리를 걸으면 언제나 마음이 비감했다. 세월은 앞서 가는데 생각은 뒷걸음쳐 옛 기억을 더듬고 있었다.

어느 가을날 낙엽이 거리를 뒤덮던 날 그는 동숭동 거리를 찾았다. 4호선 전철에서 내려 밖으로 나왔는데 예술의 거리가 펼쳐져 있었다. 연극 포스터로 도배되다시피 한 거리는 많은 젊은이들로 넘쳐나고 있었다. 카페나 편의점 하다못해 음식점까지도 모두 예술을 표방하고 있었다.

광장에는 무대 공연이 펼쳐지고 있었다. 비보이들의 현란한 춤공연과 기타를 치면서 노래하는 중년의 모습도 있었다. 한쪽에선 연극 관람 하라며 호객하는 젊은이들도 있었다. 건물마다 뿜어내는 불빛은 경제대국이 아니냐며 질문을 던지는 것 같았다.

거리는 고급 음식점 건물 일색이었고 예술기관을 알리는 이정표가 여기저기서 보였다. 그는 잠시 젊은 시절로 돌아간 기분으로 거리를 돌아다녔다. 연극 포스터를 볼 때마다 연극배우가 너무나 부러웠다. 자기 하고 싶은 일을 하면서 예술을 만끽하는 최대 행복군이 그들이라 여겨졌다. 세상이 돈이 다가 아니었다. 품고 있는 이상(理想)과 꿈이 더 먼저였다.

그건 어떤 가족애나 책임감보다 앞서는 더 긴박한 현실이었다. 그럼에도 사람들은 늘 돈이라는 환상과 현실에 묶여 정체성을 잊고 살아가는 것이다. 걸음을 이화동 쪽으로 옮기다 그는 문득 고등학교 시절을 떠올렸다. 초중학교를 노량진 근처에서 마치고 처음으로 한강 다리를 건너 진출한 곳이 고등학교였다.

그것도 당시 가장 번화가였던 혜화동이었다. 당시 혜화동은 동숭동과 마주하고 있었는데 유명한 제과점과 서점이 있었고 군사정권에 저항하는 데모 물결로 매우 혼란스러웠다. 그러나 그때만 해도 젊은 이들 가슴에는 애국심과 정의가 살아 있었다.

그가 다니던 학교 주변으로 달동네가 형성돼 있었다. 산꼭대기까지 들어찬 판잣집과 수많은 계단을 오르던 발걸음들. 그리고 교각 밑을 흐르던 더러운 개천물. 그가 졸업할 무렵 그곳에 재개발 바람이 불어 닥치고 있었다. 산이 잘려져 나가고 복개천 공사가 진행되고 있었다.

그 광경을 보면서 눈물짓던 생각이 났다. 헐려진 자리에 관공서가 들어서고 상가가 들어섰다. 그리고 잘려져 나간 산자락에는 아파트 군단이 들어섰다. 예술의 거리로 변한 다음부터는 찾지 않았던 것 같다. 딱 한번 아내와 연애할 때 연극관람을 위해 찾은 것 외에는.

문득 영실이 생각도 났다.

고등학교 다닐 때 바로 이웃 여고에 다니던 영실이를 우연히 만나 충무로 있는 극장에서 영화를 보던 기억이 났다. 풋풋한 감성으로 충무로 거리를 걸으며 말도 안 되는 미래를 꿈꾸던 그땐 지금의 이 모습은 상상도 못했었다. 그저 성실하게만 살면 미래가 보장되는 줄 알았다.

지금처럼 인터넷과 인공지능 세상이 오리라곤 상상도 못했었다. 자신이 공학도임에도 그랬다. 그도 회사에서 경력으로 버티곤 있지만 언제 후배 세대에게 밀려날지 아슬아슬했다. 퇴직하면 국민연금으로 생활이야 하겠지만 남아도는 시간을 어떤 식으로 처리해야 할지 그마저 걱정이었다.

친구들 중에는 손자를 여럿 둔 치들도 있었다. 그들은 손자 자랑을 늘어지게 했지만 그것도 젖먹이 때나 그렇지 좀 더 자라면 그런

소리마저 쑥 들어갔다. 그는 자식들이 대학 졸업하면 앞날은 알아서 개척하라고 말하고 싶었다. 금수저 운운하는 소리 듣기 싫어 독립심을 심어주고 싶었다.

그런데 자식 둔 부모들이 하나같이 하는 말이 있었다. 다른 건 다 내 마음대로 되는데 자식만큼은 내 마음대로 안 되더라.

창순은 퇴직 시기가 점점 다가옴에 따라 아내와 함께 노후대책에 대해 의논했다. 아내는 팔자 좋게 외국여행이나 다니자고 했다. 여행 경비에 대해서는 전혀 걱정하지 않는 눈치였다. 여행. 참 설레는 단어였다. 모든 걸 훌훌 털어버리고 여행 한번 멋지게 떠나 보았으면 하고 얼마나 바랐던가.

그러나 일평생 일중독에 매여 살다 보니 그마저 쉽지 않을 거란 생각이 들었다. 모든 건 마음먹기 나름이다. 그는 아내에게 여행과 전원생활을 의논했다. 서울 근교 강가 근처에 전원주택에 들어가 채소나 가꾸며 살자고 제안했다. 반대할 줄 알았는데 아내는 흔쾌히 좋다고 했다.

그러자 아이들이 나서며 말했다.

"우리 둘 다 버려두고 엄마 아빠 둘이서만 경치 좋은 곳으로 가 살겠다는 거야?"

"너희들은 졸업하면 알아서 제 갈길 가야지. 언제까지 엄마 아빠만 바라보고 살 건데? 더구나 결혼도 않겠다며."

"몰라 몰라, 난 엄마 아빠랑 같이 살 거야. 무서워서 어떻게 떨어져 살라고."

딸은 어린 아이처럼 말했다. 아들은 스펙을 쌓아 취직은 걱정 없다고 했지만 딸은 겁이 많아 직장생활 하는 걸 미리부터 두려워했다. 퇴직을 몇 달 앞둔 어느 날이었다. 창순은 토요일 집을 나섰다가 노량진 역 근처를 걷게 되었다.

코로나로 인해 세상이 험하게 변해 있었다. 마스크를 쓴 사람들이 역에서 빠져나와 어디론가 급하게 발길을 옮기고 있었다. 코로나로 직격탄을 맞은 음식점들이 줄 폐업을 했는데 그건 컵밥거리도 마찬가지였다. 일렬종대로 늘어선 컵밥거리는 문을 내린 채 단체 휴업 중이었다.

한때 인터넷 매체에 떠들썩했던 컵밥거리가 학원생의 감소와 코로나로 인해 줄 폐업한 것이다. 발걸음을 신중앙 시장으로 옮겼을 때 건물마다 광풍 같은 음악으로 넘쳐나고 있었다. 신세대 N세대를 겨냥한 상술이 음악과 함께 발길을 끌고 있었다.

창순이 어릴 때만 해도 주택가였던 거리가 한결같이 음식점 아니면 커피 전문점으로 변해 있었다. 학원생과 취준생들을 위한 뷔페집도 성행 중이었지만 손님이 대폭 줄어 겨우 명맥만 유지하는 것 같았다. 중앙시장 옆으로 오래된 교회가 보였다. 어릴 때 친구들과 어울려 몇 번인가 갔던 교회였다.

그 교회 위로 정상 꼭대기 달동네가 형성돼 있었다. 바로 초등학교 동창 영미가 살던 루핑을 얹은 판잣집 동네였다. 그 한 서린 동네가 거대한 아파트 군단으로 변해 있었다. 50년도 넘는 세월을 뛰어넘어 변하지 않은 건 아무것도 없었다. 기와집이었던 교회도 신축을 거듭해 웅장한 건물로 변해 있었다.

뿐만 아니라 길거리를 지나다 보면 외국인들과 자주 마주쳤다. 동네 골목길에도 아기를 유모차에 태운 흑인 부부가 핸드폰으로 시끄럽게 떠드는 모습도 자주 목격됐다. 육중한 몸집을 흔들며 슈퍼마켓에서 물건 사는 동남아인들도 많았다. 모두 외국인 노동자들이었다.

　요즘 웬만한 시골 동네에 가면 베트남 여자들을 볼 수 있다. 시골 군 단위나 면 단위에 가도 마찬가지다. 커다란 현수막에 국제결혼 알선이라는 제목 아래 베트남 신부 정절 최고라는 문구도 같이 쓰여 있다. 단일 민족이라는 국가적 명예가 스러지고 있었다.

　아랍권에서 온 신부로 말미암아 가정 파탄 난 집안도 여럿 있다는 소식이었다. 취업을 목적으로 왔다가 영주권을 따내기 위해 결혼한 뒤 돈만 챙기고는 쥐도 새도 모르게 사라진 케이스다. 참 이상한 일도 다 있지. 사람들 특히 남자들은 사기 결혼이란 걸 알면서도 왜 속임수에 빠지는 걸까.

　창순은 그 점이 가장 궁금했다. 젊은 외국 여자들은 길거리에서 골목에서 큰소리로 자기네 나라 말로 통화하면서 깔깔대고 웃었다. 재미있다는 듯 교활한 표정마저 지으면서. 다문화 시대. 그 단어 뒤에는 말 못할 아픔과 상처가 동시에 숨어 있었다.

　예전 같았으면 꿈도 못 꾸었을 다문화시대라는 단어에 가슴 저린 슬픔이 느껴졌다. 창순이 옛 방직 공장이 있던 자리를 향해 걷고 있는데 누군가 그의 앞길을 가로막았다. 키가 크고 체격이 좋은 초로의 남자였다. 그는 창순을 향해 빙긋이 웃어 보이며 손을 내밀었다.

　마치 오래된 지인을 만난 것처럼 반가운 미소가 번져났다. 입가 가득 온화하고 아늑한 미소였다. 창순은 기억을 떠올리려 애썼지만 생각이 전혀 안 났다.

　"누구?"

　남자가 섭섭하다는 표정을 지으며 말했다. 한 손으로 마스크를 내렸다 다시 올려 썼다.

"우리 초등학교 동창 맞잖아? 김창순 맞지? 나 기억 안 나? 6학년 때 같은 반이었잖아."

그는 자신의 이름을 밝히지도 않은 채 재차 확인만 요구하고 있었다.

"글쎄 아! 이제 생각났다. 우리 반 반장했던 안경철. 그런데 어떻게 날 알아본 건데?"

"아까 저쪽에서 걸어올 때 눈빛을 보고 알아 봤지. 좀 전에 약국 앞에서 마스크 바꿔 쓸 때 맞구나 싶었어."

놀라운 기억력이었다. 세월이 50년이나 흘렀는데 알아보다니. 하긴 저 녀석은 초등학교 때도 워낙 머리가 좋아 전교 일등은 맡아 놓고 했었다. 그래서 선생님들의 기대주가 되었는데 장차 판사가 되라고 할 정도였다. 그런데 가만히 차림새를 보아 하니 반듯한 외모에 어딘지 모르게 귀티가 났다.

"그런데 이 시간에 여기 어쩐 일이야? 혹시 이 근처에 사니?"

"육십 평생 이 근처를 떠나 본 일이 없다. 그런데 너는?"

"난 외국에 가 있다가 정착한 지 한 오 년쯤 돼."

외국? 창순은 잠시나마 경철과 어떤 차이가 느껴져 멍한 눈빛으로 쳐다봤다. 그에게서 어떤 위상(位相)이 느껴졌다. 모르긴 몰라도 저 녀석은 벤츠쯤은 타고 다니겠군. 피부도 나이보다 젊어 보이고 탄력 있어 보였다. 동시에 자신은 왠지 초라하게 느껴졌다.

한 번도 느껴보지 못한 감정에 창순은 잠시 당황했다. 경철은 다시금 여유로운 미소를 지으며 말했다.

"이 동네 산다고 했지. 너 교회 나가니?"

"교회? 아아니 그건 왜?"

"저기 보이는 저 교회 있지?"

손가락이 가리키는 쪽은 창순이 어릴 때 몇 번인가 나갔던 교회였다.

"나, 저 교회 담임목사다. 시간 될 때 찾아와. 이제 우리 나이도 적은 편이 아니잖아, 죽음에 대해 보험 하나쯤은 들어두어야 하지 않을까, 우리 생은 잠깐이지만 죽음 뒤에 영원이라는 내생이 있으니 말이야."

경철은 품에서 명함을 꺼내 그의 손에 쥐어주었다. 창순도 엉겁결에 주머니에서 명함을 꺼내 건네주었다. 경철이 놀라는 표정으로 말했다.

"야! 너 성공했구나."

"성공이라니?"

"너 이 정도면 성공한 거지. 암튼 나중에 만나 이야기 하자. 조금 후에 회의가 있어서 들어가 봐야 해. 웬만하면 부인과 함께 우리 교회 나와 알았지."

경철은 또 여유 있는 미소를 지으며 교회가 보이는 쪽으로 걸어갔다. 돌아서는데 느낌이 이상했다. 너 정도면 성공한 거라니? 알쏭달쏭한 말 한마디 던져 놓고 사라지는 경철의 뒷모습에서 이상한 여운이 감돌았다.

며칠 뒤 창순은 경철에게 걸려온 전화를 받았다. 다음 주에 자기가 주일예배 설교하니까 아내와 함께 꼭 참석하라는 것이었다. 그는 단번에 말했다.

"나 얼마 안 있으면 은퇴해, 그리고 나면 경기도 근방에 있는 전원주택으로 이사 갈 거야. 집사람하고 농사나 지으며 살 계획이야."

"누가 가지 말라고 했냐? 그냥 교회 한번 나와 보라는 건데 그게 그렇게 어렵냐? 넌 초등학교 동창이 어떻게 목회하는지 궁금하지도 않냐?"

"그럼 딱 한번만."

창순은 마지못해 대답을 하고는 전화를 끊었다. 그리고 아내를 설득해 예배 참석하기로 했다. 아내는 군말 없이 옷을 차려 입고 따라나서면서 자꾸 웃었다. 세상에 태어나 처음 가보는 교회라 했다. 길을 가면서도 연신 상가 구경을 하느라 기웃거리며 걷다 보니 어느새 교회 앞이었다.

생각보다 교회가 크고 웅장했다. 교인 수도 꽤 많아 보였다. 입구에서 안내하는 교인이 처음 보는 얼굴이라 그런지 친절하게 대하면서 본당으로 인도했다. 초등학교 때 와보고는 처음이었다. 교회 내부는 음향 시스템이 잘 되어 있고 성가대 쪽에는 가운 입은 젊은 여자들이 앉아 있었다.

하나같이 미모였다. 이윽고 예배가 시작되고 담임목사가 강대상에 나타났다. 성의(聖衣)를 입은 목사, 경철에게서 어떤 위압감과 카리스마가 느껴졌다. 그가 입을 열어 설교를 시작하는데 말 한마디 한마디가 그의 폐부를 찌를 듯이 다가왔다. 과거와 현재 미래를 아우르는 조리 있고 명쾌한 설교였다.

처음에는 간단한 말재주 정도로만 생각했는데 이상하게 들을수록 감동이 밀려왔다. 그런데 가만히 보니 옆에서 흐느끼는 소리가 들렸다. 아내가 손으로 입을 틀어막으며 울고 있었다. 그는 난감하다 못해 창피했다. 공연히 아내를 데리고 왔다는 생각이 들었다.

빨리 예배가 끝나 주기를 바라면서 그는 잠시 졸았다. 교인들이 예배실을 빠져 나가고 있었다. 그때까지 아내는 울음을 그치지 않고 있었다. 그는 아내의 옆구리를 콕 찌르며 빨리 일어서라고 했다. 그 때야 정신이 들었는지 아내는 자리에서 일어서다 말고 휘청거렸다.

그때였다. 경철이 창순에게 다가오고 있었다. 그가 악수를 청하며 말했다.

"와 주어서 정말 고맙다. 사모님께서도 와 주셔서 정말 감사합니다."

그가 깍듯하게 고개를 숙이며 말했다.

"그런데 이 사람이 아까부터 울어, 창피해 혼났네."

아내는 고개를 푹 숙인 채 빨리 나가자고 채근했다. 그들이 교회 밖으로 나가는데 누군가 그들을 불러 세웠다. 얼굴을 확인하는 순간 외마디 소리가 나왔다.

"창순아."

"영실아."

40년도 넘는 세월 속에서 영실은 어릴 때 모습 그대로였다. 웃는 데 보조개가 패였다. 피부도 팽팽했다. 둘은 반가운 나머지 손을 잡고 계속 웃었다. 뒤에서 보고 있던 경철이 말했다.

"오늘 아예 초등학교 동창회 하자."

그러자 그 옆에 서 있던 목사 부인으로 보이는 미모의 여자가 말했다.

"오늘 하면 딱 좋지. 나도 동창이니까."

이건 또 무슨 소리?

창순이 경철의 처를 쳐다보자 영실이 말했다.

"사실 저 목사님 사모님이 우리 초등학교 5년 후배야."

자신보다 5년이나 후배라면서 영실은 깍듯하게 사모님이라 칭했다.

"그랬구나. 그러면 그동안 쭉 알고 지낸 거야?"

"이야기하자면 길어."

영실이 경철이 아내를 쳐다보며 말했다. 참 기묘한 인연이었다.

"영실이 넌 이 교회 나온지 얼마나 됐어?"

"한 10년쯤. 우리 수산시장 가서 회 먹을까?"

창순은 그렇게 말하는 영실을 바라보면서 갑자기 궁금증이 일었다. 이혼하고 나서 일본 갔다는 소문 있더니 어떻게 이 교회 나오게 되었을까. 차마 물어보지는 못하고 궁금증만 커졌다. 그때였다. 영실이 창순의 아내 손을 잡으며 말했다.

"정말 어려 보이시고 미인이시네요."

아내는 활짝 웃으며 말했다.

"에이 뭘요."

"그런데 자식들은 다 결혼시켰나요?"

"내년에 둘 다 졸업해요, 결혼은 아직… 취업도 해야 하고요."

"아! 결혼을 늦게 하셨구나."

모두 마스크를 올렸다 내렸다 하며 말했다.

"그런데 사모님께서도 우리랑 초등학교 동창이라니 정말 반갑습니다. 그런데 정말 미인이십니다."

그 말에 경철이 만면 가득한 미소를 지으며 웃었다.

아무리 동창이라고 해도 초면이라 조심스러웠다. 그녀는 중년의 나이에도 날씬한 체격에 상당한 미모였다. 그녀가 남편의 얼굴을 마주 보더니 말했다.

"어렸을 때 이이가 저희 옆집에 살았어요. 오빠 오빠 부르다 남편이 되었어요."

그러자 경철이 말했다.

"미국에 유학 갔을 때 같은 클라스였어. 내가 단번에 알아보았지."

"넌 사람 알아보는 재주가 있나 보다. 지난번에도 날 알아 본 것 보면."

"내 직업이 사람 알아보는 데 적격이거든."

옆에서 교인으로 보이는 중년남자가 경철의 귀에 대고 무어라 속삭였다. 그러자 경철이 웃으며 말했다.

"네, 맞아요 모두 초등학교 동창이어요. 바로 저쪽 너머에 있는."

그러자 남자는 부러운 눈빛으로 바라보다 웃었다. 순하고 너그러운 인상이었다. 그날 영실과 창순과 경철 부부는 수산 시장에서 사온 생선회를 먹으며 화기애애한 분위기 속에서 담소를 나누었다. 50년도 넘는 세월 이야기하느라 그들은 시간 가는 줄도 몰랐다.

창순은 회에 소주 한잔 마시고 싶은 생각이 굴뚝같았지만 참았다. 몸과 기력은 쇠해도 어릴 때 기억은 어제 일처럼 생각나 웃음이 끊이지 않았다. 창순과 영실은 어릴 때 한강에서 수영하다 빠져 죽을 뻔한 이야기를 하면서 몸을 떨기도 했다.

경철의 아내는 어린 시절, 용산에 사는 친구를 찾아갔다가 길을 잃어버린 적이 있다며 가슴을 쓸어내렸다. 초등학교 1학년 때 국립현충원으로 소풍 갔던 기억도 떠올렸다. 한참 보물찾기 하는데 비가 쏟아져 대피해야 했던, 그때 영실이는 뛰다가 넘어져 옷이 물에 다 젖었었다. 창순은 이야기를 하다가 자리에서 일어났다.

다음날 출근하려면 먼저 일어서야 했다. 요즘 따라 몸이 이상하게 피곤했다. 역시나 나이는 못 속이나 보다 하다가도 괜시리 슬퍼졌다. 창순이 일어서자 모두 흩어졌다. 경철은 다음 주에도 꼭 교회 나오라며 몇 번이나 다짐했다. 집으로 돌아오는데 창순은 계속 영미가 생각났다.

그는 이상하게 영미가 생각날 때마다 마음이 아팠다. 그녀가 살던 상상 꼭대기 판잣집이 떠오르면서 상념에 사로잡혔다. 그녀는 아직 살아 있을까? 험한 세상 살면서 또 다른 상처는 겪지는 않았을까. 중학교 시절 우연히 만났을 때 자신을 바라보던 그녀의 슬픈 눈빛이 가슴에 멍 자국처럼 생각났다,

이제 다시 만난다 해도 못 알아보겠지. 세월이 50년도 넘게 흘렀으니까. 창순과 달리 아내는 열심히 교회에 출석했다. 성경공부반과 기도 모임도 참석하면서 신자가 다됐다. 교인들과도 잘 어울리면서 우애도 돈독히 쌓는 것 같았다. 창순은 술 담배를 끊을 자신이 없어 자주 주일 예배에 빠졌다.

드디어 창순이 퇴직을 앞둔 이틀 전이었다. 아들이 다가오더니 심각한 어조로 말했다. 좋아하는 여자 친구가 생겼는데 결혼해도 괜찮겠냐고. 너무 뜻밖이라 창순과 아내는 어안이 벙벙했다. 아들은 졸업은 했지만 아직 취업 준비 중이었다.

그렇게 비혼과 무자녀를 주장하더니 결혼해도 괜찮겠냐니? 좋아해야 할지 싫어해야 할지 난감했다. 일단 취업부터 하고 나서 결정하라고 했더니 오히려 제가 반문했다.

"여자 친구 집에서 빨리 하라고 성화란 말이야."

"뭐야? 그럼 너희들 벌써?"

아내가 뒤로 넘어가면서 기함했다.

"무슨 소리야? 벌써라니?"

창순은 눈치 없게 말하고 나서 아차 싶었다. 어린 것들이 벌써 속도위반한 모양이었다. 아들 녀석이 표정이 기묘하게 뒤틀려 있었다. 속에서 알 수 없는 원성이 들려왔다. TV 드라마나 인터넷상에서 듣던 혼전 임신이 자신 앞에 닥칠 줄은 상상도 못했었다.

창순은 아들의 뜻에 따라 상견례를 하기로 했고 취업도 빨리 서두르라고 닦달했다. 마음이 한없이 서글펐다. 그는 은퇴 후 가기로 했던 전원생활도 포기하고 새로운 고민에 빠졌다. 벼르고 별렀던 해외여행도 이미 물 건너 간 뒤였다. 그는 아들과 예비 며느리에게 미리 단단히 다짐했다.

"결혼은 하되 반드시 분가할 것이며 아이가 태어나도 키워 줄 생각은 없으니 알아서 해라."

그러고 나서 아들 부부가 생활할 집을 구하기 위해 발바닥에 불이 나도록 뛰어다녔다. 어떤 배신감과 서글픔으로 그는 자꾸 화가 났다. 하지만 아내는 별 동요 없이 모든 걸 잘 처리했다. 아내는 그와 달리 대범했고 차분했다. 아들의 결혼식을 앞두고 창순은 경철을 찾아가 그동안 자신이 살아온 세월에 대해 장탄식을 늘어놓았다.

범생이로 살아온 베이비붐 세대의 아픔과 상처에 대해 주저리주저리 늘어놓았다. 그러다가 어느 순간, 영미를 떠올렸고 낮은 한숨을 쉬었다. 경철은 그의 이야기를 들으며 가만히 어깨를 두드려 주었다. 마치 공감한다는 듯이. 그는 목사관을 빠져나와 일부러 상도동 언덕배기를 걸었다.

교회에서 언덕 하나만 넘으면 곧바로 상도동으로 연결되었다. 새로 지은 아파트 단지를 지나 숭실대 쪽으로 걸어갔다. 왼쪽으로 상도터널이 보였다. 상가가 밀집된 골목길을 지나는데 음식 간판이 눈에 들어왔다.

'영미네 분식.'

어떤 느낌에 따라 그는 무작정 안으로 들어갔다. 4평도 안 돼 보이는 좁은 공간에 여러 명이 칼국수를 먹고 있었다. 그릇 안에 바지락과 큰 새우가 보였다. 군침이 돌았다. 그가 자리에 앉으려는데 주인으로 보이는 여자가 다가와 물었다.

"주문하시죠."

여자는 나이 육십도 더 돼 보이는 뚱뚱하고 약간은 험상궂은 인상이었다. 말투도 뚝뚝하고 정이 없어 보였다. 그는 눈을 들어 사업자등록증을 보았다. 이름이 김영미로 나와 있었다. 그렇다면 혹시?

창순은 식사를 마치자마자 자리에서 일어났다. 신용카드 대신 현금으로 값을 치르고 밖으로 나왔다. 거리를 걸으며 생각했다.

세상에 흔하고 흔한 이름이 영미가 아니던가. 무언가 홀린 듯이 들어간 자신이 스스로 생각해도 우스웠다. 이튿날 그는 아내와 함께 분식집을 찾았다. 손님이 없어서인지 주인 여자 혼자 스마트폰을 보고 있었다. 그는 용기를 내어 물어 보았다.

"아주머니 초등학교는 어디서 나오셨나요? 제가 아는 분과 인상이 비슷해서요. 혹시 이름이 김영미?"

"제 이름 맞아요. 저는 저 구청 앞에 있는 ○○○초등학교 나왔어요, 저희 언니 오빠도 다 그 초등학교를 나왔어요. 그때는 국민학교였는데. 제가 어릴 적만 해도 집안이 너무 가난해서 중학교도 못 가고……."

아내가 눈을 동그랗게 뜨더니 말했다.

"세상에……."

"벌써 50년도 넘었네요. 방직 공장 뒤로 상상 꼭대기 달동네가 있었는데 그 동네에서도 가장 높은 지대에 저희 집이 있었어요. 집에서 보면 산 아랫동네가 환하게 보였지요. 집은 바람만 불면 지붕이 날아갈 것만 같은 루핑을 얹은 판잣집이었어요. 저희 아버님이 폐병이 있으셔서 저희 형제 모두 국졸로 마쳤어요. 참 어렵던 시절이었지요. 어머님께서도 고생을 참 많이 하셨었어요. 친구들은 모두 중학생 교복 입고 다니는데 나는 집에서 헐렁한 고무줄 치마 입고 집안일이나 하는데 눈물이 어찌나 나던지."

여자는 말을 하다 말고 눈물을 질금거렸다. 창순도 속에서 알 수 없는 아우성과 함께 눈물이 흘러내렸다.

"그래, 자녀분들은 다 출가 시키셨나요?"

아내가 물었다.

"네, 다들 잘 살아요. 그런데 두 분도 혹시 저랑 같은 국민학교 나오셨나요?"

창순은 긍정의 뜻으로 고개를 끄덕였다. 그녀는 잠시 아연실색하는 것 같았다.

"세상에 살다가 국민학교 동창을 다 만나다니, 혹시 저 기억나세요?"

창순은 당장이라도 눈물이 쏟아질 것 같았다.

"그냥 제가 알고 있는 이름이 맞는지……. 혹시나 제가 아는 사람이 맞는지 궁금했어요."

"하긴 저도 전혀 얼굴이 기억나지 않네요. 세월이 벌써 50년도 넘게 흘렀잖아요. 그런데 엄청 반갑고 좋네요. 댁들도 자녀들 다 시집

장가갔나요?"

"이제 겨우 한 놈 보내려는 중이에요."

그는 아내와 함께 자리에서 일어났다. 영미는 눈물이 글썽한 눈빛으로 말했다.

"국민학교 다닐 때 옆 남자 짝꿍을 제가 좋아했더랬어요. 이름이 뭐였더라, 창 뭐라든가 잘 기억은 안 나지만 어린 시절이라 뭣도 모르고. 아이쿠, 제가 별 쓸데없는 소리를 다 하네요. 그럼 안녕히 가시고 다음에 또 오세요."

창순은 또다시 마음속에서 흐르는 눈물소리를 들었다. 꼭 드라마 속의 한 장면을 보는 것 같았다. 아들을 분가시키고 한 달쯤 지난 뒤였다. 이번에는 혼자서 영미네 분식을 찾았다. 분명히 자리는 맞는 것 같은데 상호가 바뀌어 있었다. 커피 브랜드점이었다.

그동안 무슨 일이 있었던 걸까. 그는 숭실대가 보이는 쪽으로 걸으며 마음이 아려왔다. 그때 왜 말하지 않았을까. 니가 말하는 그 짝꿍이 바로 나 창순이었다고. 후회 반 아쉬움 반 그는 미진한 그리움에 시달리며 상가 앞을 지나 골목길로 들어섰다.

그곳에 아들 부부가 사는 아파트가 보였다. 며느리가 임신 중이라 보양식이 필요할 것 같아 찾아가는 중이었다. 마스크를 쓴 사람들이 서로 길을 엇갈리며 바쁘게 움직이고 있었다. 그중에는 세월을 붙잡기 위해 안간힘을 쓰는 자신의 모습도 섞여 있었다. (2023년 순수문학)

미지수

화장실에 들어갔더니 그녀가 퉁퉁 부은 손을 계속해서 씻고 있었다. 벌써 한 시간째였다. 비눗방울이 넘쳐 바닥을 흥건하게 적시고 있었다. 오가던 사람들이 눈짓을 했다. 누군가 말려야 하지 않겠느냐는 암묵적 표시가 있었지만 선뜻 나서려는 사람이 없었다. 주인을 잘못 만난 손은 피멍이 들고 불쌍하게 변해 있었다. 옷도 물방울이 튀어 흠뻑 적셔져 있었다.

"이제 그만 좀 씻으세요, 아휴 저 손 좀 봐. 물도 아껴 써야지. 그렇게 낭비하면 어떡해요?"

드디어 한 여자가 나서며 큰소리로 말했다.

"네, 이제 다 씻었어요."

그러나 수돗물은 여전히 콸콸 쏟아지고 있었다.

"벌써 한 시간째 저러고 있다니까. 어제도 그제도 그랬어."

그녀는 손을 한번 세차게 흔들더니 옷에 슥슥 문질렀다. 퉁퉁 부은 손에서 피가 스며 나오고 있었다. 그녀가 화장실 문을 나서는 순간 누군가 말했다.

"아휴 끔찍해. 아무래도 뭔가에 뒤집어씌운 것 같애."

그녀는 밖으로 나가는가 싶더니 다시 본 성전으로 올라갔다.

어느 날인가부터 그녀의 큰 눈에 슬픔과 두려움이 보이기 시작했다. 아버지가 사업에 실패하면서 가세가 급격하게 기울어져 있었다. 이미 결혼할 나이도 지났는데 그녀는 취직할 곳을 찾아 이리저리 헤매고 있었다. 그러다 찾아낸 곳이 텔레마케팅 업무였다.

지인이나 무작위로 차출한 전화번호를 받아 전화로 물건을 판매하는 업무였다. 기본급 외에 붙는 수당이 있다지만 사기(詐欺) 같아 보였다. 시중가보다 몇 배나 비싼 가격으로 강매하다시피 한 물건은 대부분 불량품이거나 모조품이었다.

언뜻 생각하면 다단계로 의심되기도 했다. 고객들의 항의가 빗발치고 환불소동이 일어났지만 소용없었다. 환불은 처음부터 없던 항목이었다. 처음에는 비교적 중저가로 판매가 이루졌다. 3-5만원 내외였는데 이 역시 원가의 열 배를 넘는 폭리를 취한 데다가 모조품이었다.

당장 항의와 비난이 봇물 터지듯 그녀에게 달려들었다. 그녀도 모르고 한 일이기에 어쩔 수 없는 상황이었다. 그녀는 쩔쩔매며 상황을 모면하려 애썼지만 소용없었다. 온갖 모욕과 비난을 뒤집어쓴 그녀는 타사로 이직했다. 전과 다를 바 없는 비슷한 회사였다.

주로 지인에게 전화해 물건을 판매하거나 회원으로 가입시키는 것인데 근무 시간에 딴 짓을 하거나 통화 중이 아닐 때는 근무 태만으로 여겨져 잘린다고 했다. 기본급 외에 수당이 붙는 것도 비슷했다. 판매 실적이 저조해도 많은 회원 수를 가입시키면 그에 따른 수당도 붙는다고 했다.

그녀는 여러 지인에게 전화해 시도했지만 번번이 거절당했다. 당연했다. 최악의 경제불황에 사기성이 농후해 보이는데 누가 그 제의에 응해 주겠는가. 다급한 그녀는 내게 전화를 걸어 읍소하기에 이르렀다. 나는 설거지를 하다, 청소하다가도 그녀의 전화를 받았다.

누가 옆에서 감시하는지 계속 물건에 대한 설명과 가격대에 대해 열심히 이야기했다. 한두 번도 아니고 짜증이 났다. 웬만해서 싫은 소리 안 하는 게 나의 철칙이었는데 부담과 짜증이 났다.

"자매, 나는 자매가 추천하는 그 물건에 대해 관심도 없고 살만한 여력도 없어요, 다른 사람한테 알아보세요."

그러자 당장 날카로운 반응이 나왔다.

"제가 전화 드린 건 물건을 사라고 그런 건 아니에요. 이렇게라도 계속 전화 통화를 해야만 잘리지 않고 다닐 수 있어요."

그건 자기 사정이지 어떻게 매번 내게 전화를 걸어 성가시게 한단 말인가. 그런데 왜 미안한 마음이 드는 걸까. 정작 미안해 해야 할 사람은 바로 그녀인데. 결국 그녀는 한건도 성공하지 못한 채 잘리고 말았는데 나중에 알고 보니 그 회사는 망하기 일보 직전이었다.

처음에는 교계를 중심으로 성공하는 듯 보였으나 얼마 안 가 문을 닫고 말았다. 생활이 궁핍해진 그녀는 또다시 일자리를 찾아 수소문하고 다녔다. 추운 겨울 입고 다니는 외투는 똑같았다. 흰색 돕바였는데 소매 끝이 닳아 반들반들했다. 그럼에도 외모는 언제나 빛이 났다.

워낙 외모가 출중했다. 얼굴이 점점 어두워지더니 말투도 거칠어졌다. 그런데 어느 날 그녀가 내게 말했다.

"저 이번에 신학교 가기로 했어요."

"어머! 축하해요, 자매는 틀림없이 능력 있는 사역자가 될 거예요."

어느 모로 보나 그녀는 사역자 감이었다. 교양으로 보나 영성으로 보나. 피부도 곱고 어디 내놓아도 빠지지 않을 만큼 외모도 뛰어났다. 언젠가 그녀의 가족을 본 적이 있었는데 모두가 미인형이었다. 외국에서 살다 돌아온 그녀의 언니 또한 미인형이었다. 남동생도 어머니도 역시 수준급 외모였다.

외모만큼 심성도 곱고 착한 그녀였다. 교회 공동체에서 여러모로 선한 영향력도 끼쳤던 그녀는 모범적인 신앙인이었다. 무작정 착한 거나 온순한 것도 아니었다. 때에 따라 강하고 담대한 면모도 있었다. 언젠가 지나가던 행인이 그녀에게 다가와 성적인 농담을 던질 때였다. 그녀가 단호하고 분명한 어조로 말했다.

"함부로 남의 모임에 끼어들지 말고 갈 길 가세요."

당시만 해도 그녀에게 리더로서의 태도와 마음가짐에 대해 충고하는 사람들도 있었다. 리더로서의 말과 행동에는 친절함과 동시에 단호함이 있어야 한다. 분명하게 맺고 끊음과 냉정함도 갖추어야 한다. 그녀는 곧바로 순응했다. 워낙 미모에다 바르게 처신하니 따르는 남자 형제도 많았으리라 생각된다. 그녀와 많은 대화를 나눈 건 아니었지만 겉으로 나타나는 그녀에 대한 평가는 좋을 수밖에 없었다.

"전 사역 담당이 아니고요. 찬양과 율동만 담당하는 거예요."

그런데 내 입에서 전혀 엉뚱한 말이 나왔다.

"그렇다면 학비도 많이 들겠네요. 의상도 마련해야 할 테고요."

"그래서 후원자를 구하는 중이에요. 학비와 의상비를 지원해 주실 만한 분을요."

"……."

"학우 중에 소개해 준 분이 있어서 찾아갔었어요. 기업하시는 분이었는데 혹시 제 후원자가 되어 주실 수 있나 해서요."

그녀는 잠시 뜸을 들인 후 심호흡을 했다. 뭔가 하기 어려운 말인 것 같았다. 얼굴빛이 착잡하고 심기가 복잡해 보였다. 그때였다. 그녀의 핸드폰이 다급하게 울렸다. 그녀는 자리를 피해 밖으로 나가 전화를 받았다. 목소리가 들뜨고 반가움에 어쩔 줄 모르는 언제 그랬냐는 듯 활기가 넘치고 있었다. 애인? 확실한 건 남자 목소리였다.

무슨 내용인지 몰라도 그녀는 반가워 어쩔 줄 몰라 하는 모습이었다. 누구보다 절제되고 안정된 그녀 모습에 이상한 기류가 흐르고 있었다. 쉽게 흥분하고 짜증도 잘 내는, 예감이 좋지 않았다. 불길한 상당히 나쁜 예감이 마음속을 훑고 지나가고 있었다.

언젠가부터 그녀 곁에 항상 남자들이 보였다. 10대 후반의 청소년부터 40-50대 중반의 남자들까지. 대부분 인상이 험하고 체격도 우람한 걸로 보아 조폭을 연상케 하는 남자도 있었다. 남자들에게 지나치게 친절하게 구는 모습도 영 눈에 거슬렀다. 오해받기 좋은 상황이 여러 곳에서 포착되었다.

이야기를 나누는 모습에서 구역질나는 역겨운 모습이 보이기도 했다. 천하고 음란한 기운이 느껴졌다. 누구보다 열정적이고 모범적인 신앙인이었던 그녀였다. 사교성이 좋아 인간관계도 잘하고 봉사활동도 열심인 그녀였다. 그런데 언젠가부터 그녀의 행동에서 천한 색기(色氣)가 흐르고 있었다.

자주 화를 내고 싸움질을 하더니 공동체에서도 걸핏하면 문제를 일으켰다. 피스 메이커였던 그녀가 트러블 메이커로 변한 것이다. 공동체에서 리더 역할을 맡기도 했던 그녀는 결코 말을 함부로 하는

법이 없었다. 개인적으로 초신자에게 일대일 양육을 할 때도 분명하
고 지혜롭게 처신했었다.

상대의 인격을 존중하면서도 비굴하지 않게 할 말은 정확하게 했
다. 봉사활동도 빠짐없이 참가했고 교인들로부터도 존중과 칭찬을
들었다. 전에 없던 현상이 나타나면서 그녀의 주변에서 사람들의 모
습이 점차 사라지고 있었다. 아예 대놓고 외면하는 모습도 보였다.

보다 못한 내가 나섰다.

"자매, 우리가 서로 여자 입장에서 이야기해 봅시다. 만약에 우리
한테 장동건처럼 잘생긴 남자가 와서 친절하게 잘 대해주면 마음에
끌리겠지요. 나도 그럴 것 같아요. 그런데 남자들은 더해요. 자매가
뚱뚱하고 못생겼다면 이런 말 안 해요. 자매는 같은 여자가 보아도
천사처럼 예쁘게 생겼어요. 그런 자매가 남자들한테 너무 친절하게
대하면 어떻겠어요. 아마도 자기를 좋아해서 그런가 보다고 오해하
지 않겠어요? 그렇게 착각해서 자매한테 프러포즈했다가 거절당한
다면 아마 상처받게 될지도 몰라요. 그러니 상처를 방지하는 차원에
서 조금 거리를 두고 대하면 어떨까요?"

영특한 그녀는 단번에 알아차렸다.

"맞아요. 그런 것 같아요. 그렇지 않아도 신학하는 학우가 자꾸
저한테 관심을 가지고 대하는 것 같아요."

"아니 그거야 같이 목회하려고 사모 삼고 싶어서 그러는 것이죠."

"네, 무슨 말인지 알겠어요. 저도 앞으로 조심할게요."

"글쎄 남자들은 만나 주기만 해도 자기를 사랑하는 줄 알고 오버
한다니까요. 멍청하긴."

"그러게나 말이에요."

그렇게 일단락 넘어갔다. 그런데 그녀의 상태는 점점 안 좋아지는 것 같았다. 재앙은 겹쳐서 온다고 했던가. 가난과 어둠이 짙어질수록 그녀의 영적 경계선에 이상 기류가 발견되기 시작했다. 상처가 쌓이면서 내면에 어둠의 세력도 넓혀지는 것 같았다.

말을 할 때마다 분노 섞인 짜증도 자주 냈다. 나는 그녀의 옛 모습만 생각하고 위로와 덕담을 해주었다. 어둠이 짙을수록 새벽은 밝아 온다. 고난 끝에 영광이 있다. 인내는 쓰나 열매는 달다. 강한 연단 뒤에 축복이 올 것이다.

그러나 그녀는 듣는 둥 마는 둥 했다. 그리고 내게 대놓고 짜증과 멸시 섞인 말을 했다. 너무 어이가 없고 화가 났다. 어떤 때는 내가 자기 종이라고 된 듯 마구 명령하고 조종하려 들었다. 교만까지 추가돼 전혀 딴사람 같았다. 불쌍히 여기고 도와주었더니 원수로 갚더라는 말이 실감났다.

그래도 하고 다니는 모양새를 보면 눈물이 났다. 완전 풀죽은 모습으로 어깨가 축 늘어지고 힘없이 휘적휘적 걸었다. 얼마나 힘들고 괴로우면 사람이 저렇게까지 변할 수 있단 말인가. 사랑은 만병통치약이라던데 저 상처 난 마음에 부어질 수 있다면.

사람들의 외면 속에도 그녀는 교회는 꼬박꼬박 나왔다. 모양새를 보니 돈벌이는커녕 사람들 상대하기도 어려워 보였다. 어쩌다 보면 성전 입구에 서서 고개를 숙인 채 기도에 몰입하는 것 같았다. 오른손을 쳐들고 뭔가 알 수 없는 소리로 기도하는데 방언처럼 들렸다.

목에 파란 힘줄이 돋아 있었다. 간절한 애끓는 목소리로 그녀는 안타깝게 부르짖고 있었다. 알 수는 없지만 그녀의 기도가 응답되길 나 역시 소망했다.

'주여! 저 인생을 불쌍히 여겨주시고 자유와 해방을 주옵소서.'

이렇게 기도하며 지나갔다. 그녀는 예배가 없는 날이면 교회 십자가 탑 앞에서 두 손을 높이 들고 기도했다. 몸이 바짝 여윈 걸로 보아 제대로 먹지도 못하는 것 같았다. 불쌍하고 안타까워 눈물이 날 지경이었다.

예전에는 그녀 곁에 교인들도 많이 보였었는데 모두 외면한 채 그냥 지나갔다. 물론 나도 그녀가 그렇게 된 이후부터는 일부러 피해 다녔다. 그녀에게 묻어 있는 영적 기운에 나쁜 영향력을 받을까 두려웠다. 언젠가 그녀를 두고 축사(逐邪) 기도를 했다가 사흘 밤낮을 꼼짝도 못하고 누워 지낸 적이 있었다.

의인이나 된 양 작정하고 축사 기도를 했는데 단번에 몸속에서 기운이 빠져나가더니 두려움이 엄습했다. 머리가 깨질 듯이 아프고 숨이 막히더니 도저히 자리에서 일어날 수가 없었다. 몸 위로 커다란 바윗덩어리가 얹힌 느낌이었다.

그런데도 그녀는 내게 전화를 해 자기를 위해 금식기도를 하라고 명령했다. 마치 자기가 부리는 하인에게 하듯이 명령조로 말했다.

"당분간 아무것도 하지 말고 기도하세요. 물만 마시고 음식은 절대 입에 대면 안 되고요. 다른 생각은 일체 하지 마시고 기도에만 전념하세요. 알겠죠?"

나보다 나이도 어리면서 내가 제 종인가. 당장 마음속에 반발이 일었다. 전에는 그렇지 않았는데 갈수록 교만도 상승하고 있었다. 감정이 뒤틀리면서 그녀를 위한 모든 기도를 중단해 버렸다. 말 잘 듣는 착한 아이처럼 대해주자 대놓고 짜증 부리는 횟수도 높아졌다.

그녀가 하는 배반의 아픔과 상처 이야기도 이젠 더 이상 듣고 싶지 않았다. 이치에 닿지 않는 말을 자주 하더니 나중에는 하나님이 자기를 미워한다는 등, 속을 썩인다는 등 엉뚱한 소리를 했다. 한번은 이야기를 하다 말고 자리에서 일어나더니 갑자기 괴성을 지르는 것이었다. 느닷없이 분노가 폭발한 것이다.

사람들의 시선이 집중하면서 내게도 시선이 쏠렸다. 그녀의 입에서 알 수 없는 괴성과 욕설 악담이 튀어나온 것도 바로 그때였다. 나는 서서히 지쳐가고 있었다. 공연히 착한 척 의인인 양 오지랖 떨다가 내가 먼저 죽을 판이었다. 더 이상 그녀에게 기력을 쏟고 싶지 않았다.

그녀의 증세는 점점 심해졌고 교회 내에서도 소문은 급속히 퍼져 문제가 되었다. 그렇다고 그녀의 교회 출입을 막을 방도는 없었다. 다만 예배 중에 난동을 부리지 않도록 지근거리에서 감시하는 정도였다. 그녀 자신도 자신의 영적 상태를 알고 있었기에 그토록 기도에 애를 쓰는 것이 아니던가.

어느 날인가부터 그녀의 몸이 옆으로 기울어지는 것 같았다. 걸을 때 몸을 제대로 가누지 못하고 옆으로 비스듬히 기울인 채 걸어갔다. 얼굴이 먹칠을 한 듯 시커멓게 변해 있었다. 어둠이 덮인 얼굴로 교회는 빠지지 않고 꼬박꼬박 나왔다. 그게 더 신기했다.

어쩌다 교인들과 이야기하는 모습도 보였다. 그녀의 상태를 안타까워한 교인이 손을 잡고 기도해 주거나 돈 봉투를 주기도 했다. 그녀는 기도는 받아도 돈 봉투는 거절했다. 대부분 그녀를 외면하고 모른 척했지만 착한 양으로 분류되는 교인들은 그녀에게 다가가 위로와 덕담을 해주었다.

"이 또한 지나가리라. 어둠이 지나면 새날이 오듯 곧 자유와 해방의 기쁜 소식이 올 것이다."

그녀는 아멘! 했다.

하지만 그녀의 상태는 좀처럼 나아지지 않았다. 옆으로 기울어진 모습이 이제는 허리가 점점 꺾이더니 꼬부랑 할머니처럼 변해 가고 있었다. 누군가 말했다. 사탄에게 제압당한 모습이라고. 사람이 변해도 어떻게 저렇게까지 변할 수 있을까 탄식하듯 하는 말에 체념과 방관이 묻어 있었다.

나도 어쩌다 그녀와 마주치거나 할 때에도 아는 체를 하거나 다가가지 않았다. 두려웠다. 그녀와 나의 반응이. 그때마다 내 안에서 통곡 소리가 들려왔다. 한번은 내가 기도실을 지나가고 있는데 그녀가 다가오더니 말했다.

"기도 좀 부탁드릴게요. 제가 이번에 금식기도를 작정했는데 너무 힘들어요. 생각나실 때마다 저를 위해 기도해 주세요. 너무 힘들어요."

전보다 몸이 더 많이 야위어 있었다. 불쌍한 마음에 울컥 울음이 나오려고 했다.

"그래요, 어서 회복하고 좋아지셔야죠. 나도 생각날 때마다 기도할게요."

"네 부탁드려요, 제 안에 있는 이 사악한 영이 떠나가도록 기도해 주세요, 금식 이외는 방법이 없다 하니 저도 죽을힘을 다해서 기도하려구요."

나는 지갑에서 돈을 꺼내 그녀에게 건네주었다.

"그래도 밥은 먹고 기도해야죠. 몸이 너무 많이 상한 것 같아요."

그러자 그녀가 거절했다.

"돈은 필요 없어요. 저도 돈 있어요. 그냥 기도만 해주시면 돼요."

거절하는 그녀의 손길에 오히려 내가 당황했다. 생각해 보니 그녀는 극심한 어려움에도 단 한 번도 내게 금전적인 도움을 요청한 적이 없었다. 그때 무슨 바쁜 일이 있었는지 그녀를 위한 기도를 많이 한 것 같지는 않다. 나는 한동안 그녀를 위한 기도를 중단한 것에 대해 자책과 부끄러움이 일었다.

예전에 그녀가 건강했을 때 내가 한 말이 생각났다.

"나에게 깊은 상처 준 사람이 있는데 두고두고 생각나면서 미워서 견딜 수가 없네요."

"그건 집사님이 축복 못 받게 방해하려는 사탄의 세력이에요. 용서하시고 풀어버려야 해요."

당연한 말이지만 수긍이 안 갔다. 그녀는 평소에도 베풀기는 좋아했다. 언젠가 친구가 만들어준 빵을 20개쯤이나 준 적이 있었다. 그런데 그녀는 그것을 자기보다 더 힘든 노인에게 나누어 주는 것이었다. 그때 내 안에 뭉클한 감동이 밀려 왔다.

그녀가 언제부터 어디서부터 잘못 되었는지는 알 수 없었다. 어쨌든 좋은 결과가 있기를 바라며 나도 생각날 때마다 기도했다. 그녀는 한동안 교회에 모습을 드러내지 않았다. 그게 더 오히려 불안했다. 불편하긴 해도 눈앞에 보이면 안심하겠는데 한동안 안 보이니 별의별 상상 시나리오가 다 써졌다.

계절이 바뀌고 해가 넘어갔다. 또다시 사계절이 지나갔다. 그때까지 그녀는 모습을 드러내지 않았다. 때마침 코로나19라는 광풍이 온 나라를 휩쓸 때였다. 혹시? 코로나에 감염돼서 잘못된 건 아닐까. 나도 모르게 한숨이 나왔다. 코로나로 교회마다 빗장을 걸어 잠

그는 일이 벌어지고 있었다.

일명 온라인 예배가 시행된 것이다. 교회가 코로나 감염원이라도 된 듯이 온 매체가 비난의 화살을 퍼붓고 있었다. 예배실은 물론 교회 십자가 탑 광장에도 사람들이 보이지 않았다. 툭하면 나타나서 돈을 요구하던 노숙인들도 코로나 때문인지 보이지 않았다. 예배가 재개되기까지 오랜 시간이 흘렀다.

코로나 펜데믹 시대가 되면서 하루에도 수십만 명씩 확진자가 발생했다. 코로나 위드 덕분이었다. 그런데 교회 문은 다시 열렸다. 아이러니였다. 그러나 교인들의 숫자는 현격히 줄어들었다. 거리두기로 띄엄띄엄 앉아도 절반도 차지 않았다. 마스크로 얼굴을 가리니 못 알아보고 지나치는 경우도 발생했다.

교회 안뜰에 개나리와 진달래가 흐드러지게 피어 있었다. 길가에 벗나무가 봄의 환상곡을 울리듯 흰 꽃잎이 바람에 휘날리고 있었다. 유채색 꽃무리가 보여도 마음은 이상하게 우울했다. 오랜만에 벚꽃 구경에 나선 사람들만 신나 보였다. 갑자기 불어난 인파에 오히려 짜증이 났다.

그때, 나는 뭔가에 이끌린 듯 십자가 탑 앞으로 걸어가고 있었다. 그때 내 앞으로 허리가 구부정한 여자가, 아니 노인이 지나가고 있었다. 꼬부랑 할머니처럼 허리가 완전히 휘어져 있었다. 작고 가녀린 손으로 연신 입을 닦으며 가늘게 신음소리까지 내고 있었다.

가까이 가서 보니 그녀였다. 가슴 속에서 천둥소리가 나는 것 같았다. 바람이 불면 곧 날아갈 듯 위태로워 보였다. 쓰러질 듯 쓰러질 듯 간신히 몸을 지탱하고는 겨우 걸어가고 있었다. 그래도 마음 한편에서 안도의 한숨이 나왔다. 그래도 죽지 않고 살아 있어서 다행이다.

살아 있는 한 언제든 희망은 존재한다.

난 그 말을 꼭 믿고 싶었다. 세월이 덧없이 흘러가고 있었다. 그녀를 안 지도 십 년 넘는 세월이 지나가고 있었다. 그녀는 누구보다 신실하고 모범적인 신앙인이었다. 앞장서서 봉사도 잘하고 리더로서의 탁월한 재능도 보인 그녀였다. 뿐이랴, 재능과 미모를 겸비한 그녀가 아니었던가.

망연자실 서 있는데 누군가 와서 내 허리를 쿡 찔렀다. 남편이었다.

"뭘 그렇게 정신없이 쳐다보고 있는 거야?"

"저기 말이야. 저 앞에 가는 여자."

내가 손가락으로 가리자 남편이 누구? 하며 사방을 휘둘러보았다.

"저기 앞에 허리 구부정한 여자."

"아! 저 여자 소문이 나쁘더라고, 남자들과 스캔들이 많은 모양이야."

"뭐?"

충격이었다.

"남자들이 실컷 이용해 먹고 배반 때리고 상처가 심하다 보니 정신착란 증세가 왔다나 봐. 에잇 죽일 놈들 같으니. 그래도 교회는 안 빼먹고 꼬박꼬박 나오니 신통하지."

"아니야, 그건 못된 인간들이 꾸며댄 헛소문일 뿐이야."

난 소리를 버럭 질렀다. 남편을 향해 눈을 하얗게 흘겼다.

"어디서 순 못된 소문만 듣고 다니는 거야?"

속에서 걷잡을 수 없이 분노가 치밀어 올랐다. 누군가 자기 멋대로 꾸며댄 말이 분명했다. 기자가 추측성 기사를 쏟아내는 것처럼. 아니 그건 어쩜 사실인지도 몰랐다. 그럴지라도 인정하고 싶지 않았다. 가슴이 너무나 아플 것 같았다. 그녀 안에 악마가 침입했다 하더라도 필시 무슨 사정이 있을 거였다.

성폭행을 당했거나 그로 인한 상처와 두려움으로 정신병이 발발했거나 둘 중의 하나일 것이다. 그녀가 먼저 나서서 악마 노릇은 안 했을 것이다. 적어도. 그녀가 걸어가자 사람들이 슬금슬금 피해 지나갔다. 사람의 이기심의 한계는 어느 정도일까.

그건 두려움일까, 무관심일까. 아님 그도 아닌 피해의식일까. 난 왜 그녀에게 오지랖을 떨면서 애통해하는 걸까. 그녀를 향한 이 관심은 교우를 향한 사랑일까 긍휼일까? 아님 값싼 동정심일까. 분명한 건 마음이 엄청 불편하다는 것이었다.

언젠가 자동차로 용인 근처를 지날 때였다. 그때 운전을 하고 있던 남편이 말했다.

"저기 창밖을 봐봐."

옆으로 길게 뻗은 건물이 보였다. 규모가 크고 웅장해 보였다. 용인정신병원이었다. 환자들이 장기간 입원해 있는 대형 병원이었다. 정신병동은 해마다 늘어나도 그 수요를 감당 못한다는 말이 생각났다. 정신이 온전치 못한 환자들에 대한 가혹 행위에 대한 기사 내용도 생각났다.

규모가 엄청나게 큰 걸로 보아 많은 환자들이 고통스러워하는 모습이 저절로 연상되었다. 갑자기 가슴 속에 큰 통증이 훑고 지나갔다.

"집안 어르신 중에 말년에 정신병으로 고통당하다 돌아가신 분이 있었어."

뜬금없이 남편은 침울한 어조로 말했다.

"정신병자라니?"

"평생을 주색잡기로 일관하더니 노년에 갑자기 정신병이 발발한 거야. 하루에도 수십 번씩 발병하는데 지옥이 따로 없더군. 멀쩡히 밥을 먹다가도 발을 뻗대고 울어대고 집안에 있는 물건이란 물건은 몽땅 숨겨두고 한밤중에 산에 올라가 짐승처럼 울어대고. 그런데 그 것보다 더 기막힌 건 사람들의 반응이었어. 젊어서 방탕하고 못된 짓 일삼더니 천벌 받은 거라고. 그런데 그 천벌을 왜 가족들이 받느 냐고."

"그런데 그 어르신이 누구야? 난 처음 듣는 이야긴데."

그 부분에 가서 남편은 입을 다물었다. 가까운 인척인 것은 틀림 없는데 말하기 곤란한 모양이었다. 그때였다. 남편 입에서 탄식어린 말이 나온 것은.

"휴, 그게 다 여자 하나 잘못 들인 탓이지."

"그건 또 무슨 소리야?"

남편의 얼굴이 굳어지더니 갑자기 핸들을 확 꺾어 차선을 변경했 다. 언젠가 유튜브에서 들은 간증 이야기가 생각났다. 그는 교계에 유명한 신학자이자 민주화운동에 앞장선 농촌 목회자였다. 한때 감 옥까지 갔다 온 그는 아이러니하게도 감옥 안에서 성령 체험을 했다 고 한다. 그에게는 이웃 사랑을 몸소 실천하여 잔잔한 감동을 일으 킨 일화가 있다.

그가 농촌 목회할 당시였다. 이웃 교회에 알코올 중독으로 폭력을 일삼는 아버지와 중병으로 몸져누운 어머니와 끔찍한 가난 속에서도 항상 밝은 미소로 생활하는 여자 청년이 있었다. 그녀는 거듭되는 환란 속에서도 모범적인 신앙생활을 이어 갔는데 어느 날 갑자기 자살을 해 큰 충격을 주었다.

그런데 문제는 그녀가 속해 있는 교회였다. 자살한 사람은 교회에서 장례식을 해줄 수 없다고 거절한 것이다. 성경 구절과 규칙을 들어서 단호하게 거절한 것이다. 그때 그것을 지켜보고 있던 그 목사가 나서서 대신 장례식을 치러주었다. 그는 농촌 목회를 하면서 많은 청년들을 선도했고 많은 성과를 이루었다. 그런데 그가 하는 간증이 너무 놀랍고 충격적이었다.

그에게는 일본에서 태어난 큰형님이 있었다고 한다. 일본에서 초등학교 다니면서 조센징이라고 왕따 당하고 상처를 심하게 받았다. 해방 후 귀국하여 생활하다 군에 입대했는데 무슨 일이 있었는지 제대 후 정신분열증이 발발했다. 정신병 증세는 온 가족을 환자로 만들었다.

한밤중에 일어나 식칼을 들고서 가족들을 죽이겠다고 협박하고 집안을 난장판으로 만들어 가족들은 차라리 큰형이 자살하기를 바랄 정도였다. 신학교에 입학한 동생은 죽어라 아르바이트 해서 큰형을 정신병원에 입원시켰다. 그러나 비용이 만만치 않아 도로 퇴원하기를 반복하며 가족들은 지옥 같은 상황을 매번 겪어야 했다.

그러던 어느 날 가족들은 일주일 단위로 돌아가며 큰형을 돌보며 사랑을 실천해 보기로 했다. 마지막 수단이었다. 이전처럼 진저리치지 않고 사랑으로 대해주자 어느 날인가부터 안정을 찾기 시작했다. 어느 날 큰 형님은 자신이 예배를 인도하겠다고 했다.

성경구절을 읽고 난 그는 찬송을 불렀다.

'예수님은 누구신가, 우는 자의 위로와 없는 자의 풍성이며
천한 자의 높음과 잡힌 자의 놓임 되고 우리 기쁨 되시네.
예수님은 누구신가, 약한 자의 강함과 눈먼 자의 빛이시며
병든 자의 고침과 죽은 자의 부활 되고 우리 생명 되시네'

가족들은 모두 감격의 눈물을 흘렸다. 차츰 차츰 정상을 회복해 가던 어느 날 큰형에게 간경변이란 중병이 찾아왔다.

어느 날 큰형님은 세수를 하다 엄청나게 많은 피를 쏟았다. 죽음을 예감한 큰형님은 가족들에게 자신의 병을 고쳐준 예수님에 대해 간증했다. 흰옷을 입은 예수님이 자신에게 나타나 네가 병에서 놓였다. 그는 평화로운 모습으로 자신을 병에서 놓여나게 해주신 예수님을 간증한 뒤 찬송가 '내 영혼이 은총 입어 중한 죄 짐 벗고 나니' 찬송을 불렀다. 마지막 3절을 부른 뒤 운명하기 직전 그는 창밖을 바라보며 말했다.

"예수님께서 나를 마중 나오셨다."

그는 천사 같은 모습으로 천국에 입성했다. 그 간증을 들으며 남편과 나는 얼마나 울었는지 모른다. 제정신 아니라고 함부로 대하고 멸시해서는 안 되겠다는 생각에 눈물이 한없이 흘러나왔다. 육신의 질병보다 더 무서운 건 정신병이다. 악마라는 바이러스를 내쫓는 데는 치료약보다 사랑이라는 묘약이 더 필요하지 않을까.

그러나 위험지수 또한 높기에 실천하려는 사람도 많지 않으리라. 십자가 탑 앞을 지나 지하성전이 보이는 계단을 내려설 때였다. 어디선가 울부짖는 소리가 들려왔다.

"하나님, 누가 제 꼴을 보고 주님을 믿겠습니까? 이 흉한 모습을 보고요. 저 좀 고쳐 주세요. 제 주변에는 아무도 없답니다."

아무도 없긴 왜 없어, 성령님이 계시지 하고 싶었지만 참았다. 남의 기도를 엿듣는 건 실례다. 그녀는 사람들의 눈을 피해 지하 어두운 데서 기도하고 있었다. 차라리 전에처럼 방언으로 하든가 하지. 난 쓸데없는 참견을 하며 다시 계단을 올라섰다.

그녀가 지날 때마다 교인들이 말없이 눈총을 쏘아대고 있었다. 상태가 점점 심각해지고 있었다. 꼬부랑 할머니처럼 굽은 허리로 주로 화장실 안에서 움직였다. 사람들은 화장실에 볼일 보러 들어갔다가 놀라 기겁하기까지 했다. 그녀는 손을 씻다가 아는 얼굴을 만나면 일부러 인사를 하고 아는 체를 했다.

그러나 반응은 싸늘했다. 표정에서 사랑받고 싶어 하는 욕구가 역력했다. 공동체에 합류하고 싶어 하는 것 같기도 했다. 생활은 어떻게 하는지 가족들은 어떤 식으로 피해를 당하는지 생각할수록 머리가 아팠다. 자꾸만 한숨이 나왔다. 어쩌다가 저 지경까지 갔을까.

생각해 보니 그녀의 영적상태에 심각한 기류가 발생한 건 불과 3년 전이었던 것 같다. 공동체 예배에서 임원 역할을 하며 찬양을 인도하던 그녀에게 악마의 손길이 뻗쳐들고 있었다. 연예인 못지않은 외모라 그런지 유혹의 손길이 많았던 것 같다.

그러나 그건 어디까지나 내 추측이었다. 그녀 곁에 항상 남자들이 보이는 건 늘 있던 일이었다. 그런데 소문이 나쁜 방향으로 흘러간 것 같다. 그녀가 후원자를 찾아갔을 때였다. 그녀는 심각한 어조로 말했다.

"그분이 갑자기 저한테 그러는 거예요, 네 안에 음란 마귀가 있구나, 빨리 내 눈앞에서 사라져라."

"……"

"그때 그분 부인되시는 분이 갑자기 제 앞에 오더니 그러는 거예요. 어디서 미혹하려 드는 게야. 네 안에 미혹의 영이 있다는 걸 모를 줄 알았니?"

그녀는 분하고 억울하다는 표정을 지었다. 하지만 그건 내가 객관적으로 보아도 팩트 같았다. 그녀의 겉모습에서 느껴지는 영적 기류가 그러했다.

언젠가 그녀가 내게 한 말이 떠오른다.

"우울증에 사로잡혀 자살한 사람은 지옥에 안 가고 천국에 간대요."

나는 그 말에 수긍해 주었다. 억지로라도 그렇게 믿고 싶었다.

"고마워요 믿어줘서."

세상은 사랑이라는 만국공통어를 상실해버린 것 같았다. 누군가 말했다. 사랑은 형용사가 아닌 동사다. 행동으로 나타내 보여주어야 한다. 또 한 사람은 말했다. 사랑은 감정이 아닌 의지다. 감정은 아침에 좋았다가 저녁에는 싫어지는 것이다. 하지만 의지는 사랑을 이해하고 책임지고 지키는 것이다

의지적인 사랑, 그것이 진짜 사랑이라는 것이다. 그런데 그 진짜 사랑이 내게도 존재하는 걸까. 남편도 때에 따라 좋아졌다 미워졌다 귀찮아졌다 하는데. 그리스도의 사랑? 그 사랑만이 가능할 것이다. 그러나 직접 다가가기엔 두려움이 컸다.

또다시 그녀가 한 말이 생각났다.

"그때는 정말 제가 힘든 시기였어요. 등록 마감 삼일 전이라 그때 희소식이 들려왔어요. 모 기업체 장로를 찾아가 봐라. 그가 장학금을 희사한다는 소식이 있는데 이 시대의 선한 그리스도인이라 하더

라."

밝은 빛줄기 같은 소식에 그녀는 무작정 달려갔다. 그러나 소문과
는 달리 선뜻 만남이 이루어지지 않았다. 몇 번의 시도 끝에 만난
그는 생각 외로 까탈하고 불친절했다. 그녀는 단도직입적으로 자기
는 모 교단의 신학생인데 학비를 후원해 줄 수 있냐고 물었다.

하지만 상대는 그녀의 전신을 훑어보더니 인상이 찌푸려졌다. 그
는 비서에게 눈짓을 하더니 뒤돌아섰다.

"오늘은 그만 가주시죠. 저희가 급히 처리할 안건이 있어서요. 연
락처 알려 주시면 차후라도 저희가 연락을 드리도록 하겠습니다."

"전 지금 너무나 급해요. 등록 마감이 바로 사흘 뒤입니다. 여러
신학생들 후원하신다고 들었는데 저도 포함시켜 주시면 안 될까요?
부탁드립니다."

그녀는 돌아서는 장로의 손을 덥석 잡으며 떼를 쓰듯 말했다. 장
로는 갑자기 표정이 싸해지더니 더러운 이물질을 떨쳐버리듯 손을
뿌리쳤다.

"돌아가요! 나중에 생각나면 연락할 테니."

"저 너무 힘들어서 이렇게 찾아왔어요. 제발 도와주세요."

"눈치 없긴, 다른 사람한테 가보든지."

그녀는 낙담하여 그 자리에 털썩 주저앉았다. 그러자 장로 입에서
폭탄 같은 소리가 쏟아졌다.

"너 네 안에 있는 그 음란마귀부터 치워버려! 어디 와서 행패야."

그러자 안에서 듣고 있던 그의 부인이 뛰쳐나오며 말했다.

"네 안에 미혹의 영이 있어. 우선 기도원에 가서 손부터 깨끗이
씻고 금식기도 해. 네 몸 상태는 네가 더 잘 알 것 아냐? 금식기도

한 후 깨끗한 상태가 되면 다시 찾아와."

그녀는 힘없이 자리에서 일어나 밖으로 나왔다. 뒤에서 비웃는 듯한 소리가 들려왔다. 비서의 목소리였다.

"저런 일이 한두 번이어야지. 개나 소나 찾아와서 장학금을 내놓으라고 난리를 쳐대니."

비서의 말이 가슴 속에 비수처럼 박혔다. 엘리베이터를 향해 걸어가는데 또다시 비서의 목소리가 들려왔다.

"얘, 그런데 방금 그 여자한테서 무슨 냄새 나는 것 같지 않았니? 큼큼하면서도 향불 같은 냄새."

"응, 나도 방금 맡은 것 같애. 절간에 가면 나는 냄새 향불 태우는."

"맞아 바로 그거야."

뒤통수에 대고 철퇴를 가하는 소리였다. 몸이 천 길 낭떠러지로 굴러 떨어지는 느낌이었다. 그러고 보니 아무리 목욕을 해도 몸에서 이상한 냄새가 나는 것 같았다. 그래서 이상하다 생각했었는데 이제야 알 듯했다. 향수를 뿌려도 소용없었다.

그리고 자신도 모르게 남자를 보면 몸을 밀착시키고 자꾸만 눈짓을 했다. 그때마다 남자의 입가에 묘한 웃음이 보이며 동침을 요구하는 경우도 생겨났다. 그래서 정신없이 남자에게 이끌려 모텔 입구까지 갔다. 남자가 계산을 하러 간 순간 그녀는 누군가 뒤에서 목을 움켜잡는 걸 느꼈다.

그러더니 갑자기 몸이 공중에 붕 뜨는 느낌이 들었다. 발에 바퀴가 달린 듯 어디론가 그녀는 정신없이 달려갔다. 정신 차리고 났을 때 그녀는 작은 교회 문 앞에 서 있었다. 그런 일이 한두 번이 아니었다. 그녀는 눈물을 글썽이며 말했다.

"저요, 저도 모르게 남자를 유혹한 적은 많았지만 한 번도 성관계를 한 적은 없었어요. 믿어 주세요."

"네, 나도 믿어요."

"감사합니다. 정말 감사합니다. 믿어 주셔서요."

그녀는 눈물을 쏟았다.

"친구 중에 음란한 애가 있었는데 그 애를 통해서 들어온 것 같아요."

기절초풍할 말이었다. 영(靈)도 영끼리 통한다더니. 언젠가 신앙서적에서 읽은 기억이 난다. 영도 서로 비슷한 존재끼리 이끌린다. 전혀 성향이 다르면 아무리 강력한 영도 침투하지 못한다.

영도 인격적이어서 자기의 존재를 거부하면 스스로 떠난다는 것이다. 은사 사역하는 목회자가 한 말이다. 음란의 영에 사로잡힌 여자를 두고 사역한 적이 있었다. 당장 이 여자에게서 떠나라고 했더니 이 여자가 나를 너무 사랑해서 떠날 수가 없다고 했단다.

그럴 때 방법은 딱 한 가지다. 여자가 정결의 영을 사모하고 성령님을 의지하면 마귀는 저절로 떠난다. 네가 나를 싫어하니 내가 네 안에 더 이상 머물 수가 없구나. 영도 서로 성향이 비슷해야 이끌리지 전혀 다르면 절대 침투할 수가 없다는 것이다.

그로부터 몇 달의 시간이 흘러갔다. 그녀는 교회에 올 때마다 화장실에서 손을 씻고 또 씻었다. 모르긴 해도 목욕도 엄청나게 많이 했을 것이다. 온몸의 뼈가 점점 휘어져 가고 있었다. 얼굴에 주름살도 나타나기 시작했다. 그녀를 바라보는 내 마음에도 절망이 드리워졌다.

　조그만 희망의 불씨라도 잡기 위해 나도 자신을 설득하고 있었는데 이젠 어쩔 수 없다는 포기가 생겨났다. 그리스도는 일곱 귀신 들린 막달라 마리아도 고치셨고 거라사의 광인 군대 귀신도 고치셨다지만 그녀에게는 해당이 안 되는 것 같았다. 차라리 정신병동에 입원이라도 했으면.

　하긴 그녀라고 왜 정신병원에 가보지 않았을까. 틀림없이 가보았을 것이다. 눈이 내리는 겨울날이었다. 더러운 세상을 흰 눈으로 씻어 내려는 듯 하얗게 색칠을 당하고 있었다. 나도 모르게 마음속에서 환호성이 터지고 있었다.

　"야! 정말 멋있다."

　나뭇가지마다 눈이 쌓여 휘어지고 있었다. 그때 십자가 탑을 지나는데 여러 사람들이 웅성거리는 모습이 보였다. 바닥에 쓰러진 여자를 두고 경찰에 신고를 해야 하나 구급차를 불러야 하나 의논하는 것 같았다. 몸집이 작고 여윈 여자는 간신히 숨만 붙은 채 미동도 하지 않았다. 가까이 가기도 전에 가슴 속에 쿵하고 절망이 몰려왔다. 그녀였다.

　멀리서 사이렌 소리가 급박하게 들려오고 있었다. 누군가 그녀의 어깨를 흔들며 정신 차리라고 계속 외치고 있었다. 그런가 하면 누군가 그녀에게 손을 내밀어 축사기도도 했다. 나사렛 예수 이름으로 어둠의 세력은 쫓겨날지어다. 어느 샌가 그녀 주변으로 사람들의 손길이 모아지고 있었다.

　그녀를 향해 손을 내밀어 눈물로 기도하는 것이었다. 눈물 방울이 그녀 위로 뚝뚝 떨어지고 있었다. 그때마다 향기가 라일락 같은 향기가 어디선가 펴져 왔다. 어떤 사람은 가슴을 치며 통곡하고 기도

했다. 그 사이에 앰뷸런스가 도착했다. 그녀가 들것에 실려 옮겨지자 몇 사람이 따라 올라갔다.

미처 올라가지 못한 사람은 돈을 꺼내 주며 잘 부탁한다고 신신당부했다. 앰뷸런스는 거친 눈발을 헤치고 영등포 쪽으로 질주했다. 사람들은 눈물을 닦으며 돌아섰다. 눈발이 그들 위에도 폭포수처럼 쏟아졌다. 이윽고 내 마음속에도 안정된 평화가 찾아들고 있었다.

집에 돌아온 나는 유튜브를 찾아 또다시 목회자의 간증을 들었다. 벌써 몇 번째인지 몰랐다. 천국의 실존과 정신분열증에서 놓여난 큰형님에 대한 간증이었다. 정신병에서 고침 받은 형님은 눈에 광기가 사라지고 안정된 모습을 되찾아가고 있었다.

가정 예배를 인도하던 형님은 그동안 자신 때문에 고통 받았을 동생들의 노고를 치하했다. 그러면서 자신을 고쳐 주신 예수님에 대해 간증했다. 어느 날 흰옷 입은 예수님이 그에게 말씀하셨다.

"내가 너를 병에서 놓임 받게 하노라"

가정은 형님으로 인해 천국 같은 평화가 임했다. 형님은 돈을 벌어 동생들의 노고를 갚겠다고 했지만 가족들은 말렸다. 그러다 스트레스 받아 또다시 병이 도질까 염려되어서였다. 행복도 잠시 어느 날 형님은 간경화증 말기라는 진단을 받았다.

이제 더 이상 방법이 없었다. 형님의 바람대로 매일 예배드리며 천국을 예비하던 어느 날 아침이었다. 형님은 세수하다 말고 엄청나게 많은 피를 토했다. 하지만 다음 순간 얼굴이 해같이 빛나면서 천사처럼 변했다. 그의 얼굴에 기쁨과 은혜로 충만했다.

그는 빛난 얼굴로 말했다.

"동생들, 나 오늘 예수님 나라 간다. 예수님 나라 가서 우리 동생들 뒤 봐달라고 예수님께 기도할 거다."

그때 그는 말했다. 우리 형님 성공했구나. 죽을 때 하늘이 열리고 천국에 입성하면 그건 바로 성공한 인생이다. 예수님으로 인해 성공한 형님은 너무나 훌륭한 신앙인이었다. 형님은 숨지기 전 찬송을 불러 달라고 했다.

'내 영혼이 은총 입어 중한 죄짐 벗고 보니

슬픔 많은 이 세상도 천국으로 화하도다

할렐루야 찬양하세 내 모든 죄 사함 받고

주 예수와 동행하니 그 어디나 하늘나라'

형님은 3절을 부를 무렵 창밖을 보며 말했다.

"예수님이 마중 나오시네."

마지막 멘트에 눈물이 나왔다. 천국이 준비된 그리스도인이 죽는 것은 축복이다. 천국 문이 열리고 예수님과 영원히 사는 것이다. 천국 소망은 가장 큰 영적 자산이며 축복이다. 인생은 성자와 사기꾼 사이를 왔다 갔다 하며 살아간다. 그러나 마지막으로 웃는 자가 진실로 웃는 자다.

인생을 중간 결산하지 말라. 인생의 마지막 9회 말 홈런이 남아 있다. 하나님과 함께 마지막까지 가야 한다. 9회 말이 가장 중요하다. 인생의 진짜 성공은 천국 가서 예수님과 영원히 사는 것이다. 나는 앰뷸런스에 올려지는 그녀의 모습을 보면서 마지막 9회 말이란 단어에 집중했다.

걱정과 두려움이 마음속에 스며들려는 순간이었다. 마음속에 또다른 음성이 천둥처럼 들려왔다.

"네 안에 계신 이가 세상에 있는 것보다 크심이라" (2023년 사상과 문학)

평 론

　신외숙의 냥이 엄마는 집에서 고양이를 키우거나 길고양이에게 먹이를 몇 번이라도 줘본 사람이라면 십분 공감할 내용이다.

　아주 많은 사람이 자신의 화풀이 대상을 동네 고양이로 삼는다. 잔인하게 학대하다 잔혹하게 죽이는 일이 비일비재하다. 소설가 자신인 듯한 화자는 이 땅의 고양이 수난사를 한참 펼친다. 인간이 참 못됐고 모질다. 동물을 학대하는 사람도 벌을 좀 받았으면 좋겠다. 동물복지법이 통과된 지 3년이 지났지만 동물을 학대하다 죽인 사람이 벌을 제대로 받았다는 뉴스는 접하지 못했다.

　길고양이 가족 일곱 마리가 집 마당 계단에 나타난 데서 이야기가 시작된다. 이들을 거둬들여 키우는 동안 온갖 사연이 다 펼쳐진다. 고양이의 생태에 대한 이야기를 한참 하는데 문제는 이들의 번식력이었다. 결국 화자는 암컷 예쁜이와 노란둥이를 포획틀로 잡아 동물병원에 데리고 가 수술을 시킨다.

　새끼를 그렇게 계속 낳으면 몸이 배겨나지 못할 것 같은 이유에서였다. 그런데 화자가 사는 동네 전체가 재개발이 되면서 동네 고양이들의 생존에 문제가 된다. 각자 이사하는 동네로 몇 마리씩 데리고 가지 않으면 동네 고양이들은 전멸할 것이다. 하지만 길고양이들을 이사 가는 동네로 데리고 가는 일이 어디 쉬운 일인가. 소설의 마지막 장면이 눈물겹다.

　나는 차에서 내려 도로 우리가 살던 집으로 달려갔다. 주머니에서 캔 사료를 꺼내 고양이에게 주었다. 고양이들은 마지막 만찬인 듯 마구 냥냥대며 먹기 시작했다. 어느 샌가 뒤에 서 있던 남편이 손으로 눈물을 훔치고 있었다. 내 눈에서도 눈물이 소리없이 흘러내렸다.

　전국적으로 재개발된 지역이 한두 군데가 아니다. 시골에 가도 웬 아파트가 그리도 많이 들어서 있는지. 지금까지 전국 방방곡곡 재개발된 곳마다 그곳에 서식했던 길고양이들이 떼죽음을 당했을 것이다. 생명체를 고귀하게 생각하여 길고양이들을 안전하게 이주시키는 일을 우리 인간들이 하면 안 되는 것일까. (한국 소설 2022년 11월호에서 발췌)

작가의 말

바야흐로 AI(인공 지능)시대다.

현재 AI는 전 분야에 걸쳐 광범위하게 모든 직업군을 잠식하며 확산돼 가고 있다. 인공지능에는 챗봇과 로봇 스피커 바둑판 지게차 반도체 등이 있는데 요즘 관심을 끄는 건 챗봇 gpt이다. 묻고 답하는 챗봇은 프롬프트를 생성하며 인간과 유사한 텍스트를 생성할 수 있다.

대화의 계층구조를 이해하도록 설계된 챗봇은 어떤 질문에도 즉시로 대답을 내놓는다. 챗봇은 매우 간단하고 쉬워 보이지만 그가 내놓는 대답이 전부 진실은 아니다. 어디까지나 통계에 의한 짜맞춘 답을 인공지능이 말해주기 때문이다. 일종의 알고리즘으로 잘못된 오답과 획일화 된 사고의 변형이 있을 수 있기 때문이다.

챗봇은 자칫하면 사고의 획일화와 사고 기능의 최소화로 분별력과 지정의에 대한 판단기준마저 흐릴 수 있다. 의견을 기기에 의존함으로 기억력의 저하와 생각하는 기능을 떨어뜨려 치매가 유발될 수도 있다는 것이다. 이는 스마트폰 기기도 마찬가지다.

앞으로는 신적 영역인 예술분야마저 인공지능이 잠식해 갈 예정이라고 한다. 어느 문예지에선가 AI가 쓴 시(詩)가 당선작으로 선정된 경우가 있다고 해 깜짝 놀랐었다. 뿐인가, 앞으로는 소설 시나리오 작곡 분야까지 AI가 활동 영역을 넓혀갈 거라고 한다.

종교적인 영역도 예외가 아니다. 교회에서 하는 목사의 설교나 절에서 승려가 하는 설법도 AI가 대신해 줄 날도 멀지 않았다고 한다. 기막힌 현실이다.

평생을 예술 하나에 의지하고 살아온 예술인들에겐 이보다 더 큰 위기상황은 없을 것 같다. 그렇다면 AI가 판치는 예술계는 어떻게 될 것인가. 아마도 질은 나날이 떨어질 것이고 예술인들은 손 놓고 방관자세만 취하게 될지도 모른다. 아니면 AI와 창조적 능력을 놓고 경쟁을 하든가.

안 그래도 인터넷 스마트폰의 범람으로 독자 수가 급감한 문학계는 가진 자들만이 공유하는 친목단체로 변형될지도 모른다. 그렇다고 평생을 예술을 업(業)으로 살아온 예술인들에게 포기란 있을 수 없는 일.

봄의 서곡을 알리던 어느 날 부여를 찾았다. 노교수님의 시 창작교실을 찾아 오랜만에 강의를 들었다. 아직도 시(詩)를 사모(思慕)하는 지망생들이 있다는 사실에 놀랐다. 대부분 노년층이었지만 열심히 시를 창작하고 발표하는 모습에 경외감마저 들었다. 돈이 되기는커녕 오히려 돈이 들어가는 문학활동을 범인(凡人)들은 이해하지 못할 것이다.

동아리 수준으로 전락한 문학단체는 어딜 가나 경로당을 방불케 한다. 요즘 어떤 젊은이가 소설을 직업으로 가지려 하겠는가. 육십 평생을 소설 하나에 의지하고 살아온 나는 닥친 현실을 수긍하면서도 가슴이 아릴 때가 많다. 연인이자 친구이자 도피처였던 소설이 언제까지 나를 지켜줄지 의문이다. 그럼에도 나는 소설 중독에서 벗어나지 못한 채 여전히 비현실 속을 살아간다. 여전히 상상의 세계속에 안주하려 하고 컴퓨터 앞을 못 떠나고 있다. 챗봇을 이기고 말 겠다는 이상한 다짐을 하면서.

남들은 노후대책과 재테크에 열 올리는 동안, 나는 여전히 비현실에 빠져 툭하면 여행을 떠나고 나만의 예술 지상주의를 외치고 있다. 소설은 언제까지나 나의 연인이고 친구이고 가족이다.

이번에 내는 단편 창작집 무인텔은 내 23번째 저서이다. 알바를 뛰면서 얻은 지식과 주변의 이야기를 소재로 9편의 단편을 엮어 보았다. 쓰다 보니 내용이 거의 비슷한 게 많은 것 같아 불만스럽기만 하다. 책은 낼 때마다 조심스럽고 성취감보다는 걱정부터 앞선다.

과연 얼마나 많은 독자들이 내 책을 읽어줄지 궁금하다. 하지만 에벤에셀 되신 하나님의 은혜에 감사하며 긍정적 기대를 해본다. 또 등단 이전부터 나의 문학 인생을 도와주시고 출판을 기획해 주신 도서출판 한글의 동화작가 심혁창님께도 깊은 감사의 절을 올린다.

코로나라는 역병이 지나는가 싶더니 중국 황사 미세먼지가 극성을 부리고 있다. 봄꽃을 시샘하는 황사가 속히 물러가고 독자들의 삶속에 늘 형통의 축복이 임하길 기도하며.

작가 신외숙 배상